人生是一场
　　未知的旅途
你我都在路上

别叫我恶魔

生如野草

弈青锋 著

江苏凤凰文艺出版社

图书在版编目（CIP）数据

别叫我恶魔：生如野草 / 弈青锋著. -- 南京 ：江苏凤凰文艺出版社, 2025.5. -- ISBN 978-7-5594-9312-5

Ⅰ. I247.5

中国国家版本馆CIP数据核字第20256EK428号

别叫我恶魔：生如野草

弈青锋 著

责任编辑	王昕宁
特约编辑	马春雪
装帧设计	青空·阿鬼
责任印制	杨 丹
特约监制	杨 琴
出版发行	江苏凤凰文艺出版社
	南京市中央路 165 号，邮编：210009
网　　址	http://www.jswenyi.com
印　　刷	三河市兴博印务有限公司
开　　本	880 毫米 × 1230 毫米　1/32　插页 4
印　　张	9.25
字　　数	243 千字
版　　次	2025 年 5 月第 1 版
印　　次	2025 年 5 月第 1 次印刷
书　　号	ISBN 978-7-5594-9312-5
定　　价	49.80 元

江苏凤凰文艺版图书凡印刷、装订错误，可向出版社调换，联系电话 025-83280257

目录 CONTENTS

001 第一章 魔契者

025 第二章 焚烧

047 第三章 炽炎之刃

071 第四章 魔威初现

094 第五章 转正测验

115 第六章 破妄之眸

目录 CONTENTS

138 第七章
魔铭印刻

165 第八章
沉舟计划

184 第九章
生如野草

217 第十章
旧世街

245 第十一章
护道人

268 第十二章
魔鬼训练

288 番外
流星

第一章
魔契者

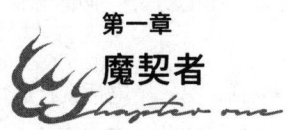

大夏,锦城。一辆全地形司耀运兵车正急速开往魔灾发生地。

车厢内,实习司耀官们稚嫩的脸上写满了紧张与凝重。任杰穿着橙黄色的防火服,背负超二十公斤的装备坐在车尾。

"宝贝在干吗,宝贝睡了吗?宝贝在干吗,为啥没回话……"突如其来的手机铃声,打破了车厢内严肃的气氛。

任杰眼神大亮,连忙掏出屏幕碎成蜘蛛网一般的手机:"喂?有事找任杰,指定能解决,什么事?"

所有人的目光都被吸引到了任杰身上,这是什么手机铃声?

"给孩子当家教?行啊,怎么不行?我高考成绩刚下来,满分七百五十分,我考了七百四十五分。今年锦城的高考状元就是我,不信你去查。"

这下车厢里的众人不淡定了,有没有搞错,高考总分七百四十五分,你不去念大学,来司耀厅青训队玩儿命?疯了吧!

林怀仁撇嘴:"吹牛吧。"

田宇看着"抖娘百科",嘴角直抽:"还真是杰哥,嘶——"

林怀仁一脸不爽:"69区谁不知道他任杰的大名?'最强打工小

王子'，只要给钱，除了犯法的事，他什么都干，最多的时候同时做二十七份兼职。我还在红浪漫KTV的舞男团里见过他，他还是领舞的。这都能考状元……"

大家听得嘴角直抽，好家伙，一天同时打二十七份工？他哪儿来这么多时间？

任杰完全不管大家投过来的目光，刚挂电话，另一个电话就打进来了。任杰更开心了，连忙接起："喂？小蔡啊，球场被占了搞不定？行行行，你让他们等着，我这边完事儿就过去。"

田宇满脸蒙："杰哥，啥活啊你就接？"

任杰翻了个白眼："'黑车'司机乱停车把篮球场给占了，怎么劝都不走，篮球队的叫我过去清场。别看我这样，我可是69区最强吵架王，出道至今，上到锦城敬老院，下到南山幼儿园，未逢对手，给我二百块我就能把司机全骂走，给我五百块我能骂一宿。"

此话一出，田宇直接跪下了。他握住任杰的大手，一脸严肃："我苦他们久矣。"

众人一听，也纷纷求助——

"杰哥，还接单吗？我跟评论区里一个'杠精'吵架，吵了一宿都没赢啊。"

"我妈总催我找对象，可以麻烦你去我家把我妈骂到离家出走吗？"

任杰嘴角直抽，你这小机灵鬼还挺孝顺。

坐在车厢主位的卫平生实在是看不下去了，轻咳两声，车厢里的队员们连忙坐直噤声。

卫平生看向任杰，眼中满是无奈。任杰家里的情况，他是知道的，也是苦了这孩子。

"魔灾现场马上就到了，整队，检查装备。"卫平生左边机械眼冒出红光，环视全场，"重复下任务目标。"

众人齐声答道："封锁现场，疏散群众，救援、转移被困民众，配合镇魔司镇压恶魔，将伤亡损失减到最少。"

卫平生眯眼："很好。大家都是实习队员，我知道，你们大多是为了转正后能获得一次注射启灵基因药剂的机会才来报名的。实习期间在外勤任务中的表现会记录到考核成绩里，救出来的人越多，转正机会就越大。但也给我记好了。救人的前提，是要保护好自己，无法保护自己的人，什么也保护不了。

"还有，别直面恶魔，除非你不想活了。猎杀恶魔是镇魔司的事，别狗拿耗子多管闲事。把我教你们的那些都记好了。"

车厢里，洪亮的应答声回荡："是，教官。"

运兵车一个漂移急刹停住，队员们鱼跃而下，可刚一下车，就被眼前的一幕惊傻了。

整座瀚海龙城小区都燃烧起来，夜空被火光映亮，圆月高悬，却不见月光。隐约能听到魔吼和兵器的碰撞声。无数身着橙黄队服的司耀官在现场忙前忙后，拉起警戒线封锁现场，救助民众。不断有人被从魔灾现场中抬出来，重度烧伤的、断胳膊断腿的、一身血的……

蓝星灵气复苏已有二百年，经历了大灾变和种族战争，人类文明曾被击溃，又从废墟中重建。可人类也因此弄丢了海洋、天空，甚至是月亮。迄今为止，魔灾依旧是威胁民众安全的首要灾祸。

卫平生见到这一幕不禁瞪眼："镇魔司干什么吃的，一只三阶的熔岩巨魔，这么久了还没收拾掉吗？"他本意是带这批实习队员来收尾，谁知道魔灾发展到了这么棘手的程度。

当即有人报告："卫队，镇魔司的人手不够，大部分人都去城外执行荡魔任务了，支援还要等会儿才能到。"

"啧，怎么偏偏挑这个时候？那是谁在跟恶魔对战？"

"好像是猎魔学院的一个小姑娘，她是神眷者。"

希望她撑得住，卫平生咬牙，随即回头望向实习队员："杵那儿干什么？都跟我进火场救人。"

警戒线里,扑面而来的热浪灼得人面皮生疼。

实习队员们都是十几二十岁的年纪,哪里见过这个?此刻腿都吓软了。真的要冲进去吗?要是死了怎么办?

这时,一位被烟气熏得浑身焦黑的司耀官背着个女人从燃烧的大楼里冲了出来。那女人满身鲜血,却不顾自己的伤势,不住地挣扎:"求求你了,救救我的孩子!他还在楼里,还没出来,他还小。"

那司耀官被汗水浸湿的脸上满是为难:"抱歉,这位女士,我很理解你的心情,但27号楼的火势已经失控了,楼体结构不稳,不具备救援条件了。"

那位母亲绝望地哭喊着,死死盯着燃烧的大楼,拼了命地往里冲:"放开我!求求你了,放开我啊,我要回去救他……那是我的孩子。"

然而司耀官能做的,也只有死死拉住那位母亲。

这样的场景,魔灾现场比比皆是。

任杰从那位母亲身上收回目光,默默戴上呼吸面罩,抽出消防斧和撬棍握在手里,大步流星地朝燃烧中的27号楼走去。

田宇瞪大了眼睛:"杰哥,你干什么去?不怕死啊?我们只是来实习的。"

任杰头也不回,扬起手中的消防斧,声音昂扬:"我知道危险,但有些事总要有人去做。我们是司耀官,是负重前行之人。'生当作人杰,死亦为鬼雄',这世界需要英雄。"

望着任杰奔赴火海的背影,众人鼻头发酸,有些感动,林怀仁甚至有些无地自容。然而刚走出两步,任杰猛地顿住,回头望向卫平生:"卫叔,以防万一我确认下,根据司耀厅规章制度第二章第十三条,于魔灾中成功救出民众,救出一人,奖励二百块,奖金可叠加,且无上限。此条例也适用于实习队员吧?"

卫平生愣了一下:"是倒是……"

任杰眸光一凝,回头直奔27号楼冲去,怒吼道:"这英雄我当定了！"随即一头扎进火海。

众人此刻满脸黑线，什么英雄，你是为了那两百块吧！

卫平生拍着脑袋，气急败坏："这臭小子，我刚才在车上说的都忘了吗？愣着干什么，还不快用高压水枪给楼体降温？"

实习队员们回过神来，赶紧动起来，一道道高压水柱打向楼体。

卫平生顾不得其他，左边机械眼连眨两下，一边扫描楼体，一边用对讲耳机联系任杰："还有四人有生命迹象，那孩子在六层中门，你去救，剩下的交给我。"

"收到。"任杰一脚踹开变形的安全通道大门。汹涌的热浪直冲他面门，哪怕有防火服保护，他也觉得浑身滚烫，被灼得生疼，汗水早已浸湿脸颊。

目光所及之处，烈火燃烧，到处都是被烧焦的残骸。任杰虽然经历颇多，心智成熟程度远超同龄人，也没见过这场面。

"这二百，不好赚啊。"任杰吐槽了一句，直奔中门冲去。

就在这时，一道魔吼声夹杂着爆炸声传来，大楼坍塌，震耳欲聋，甚至形成了肉眼可见的音波。

居民楼的玻璃全部被震碎，任杰的身体被冲击波轰飞，一头砸进中门里。他顾不得疼，连忙爬起来望向声波传来的方向。

一只体型超过三米、形如蛤蟆一般的熔岩巨魔趴在楼宇废墟上，它周身黑烟缭绕，皮肤上不断涌出岩浆，散发着惊人的热量。

除了八岁那年曾目睹晋城甲级魔灾外，这还是任杰第一次如此近距离地接触恶魔。

熔岩巨魔下方是一道人影，与恶魔庞大的体型相比显得渺小了许多。由于其身上笼罩的星光太过耀眼，根本看不清面容。

这应该就是一直在跟恶魔对抗的小姑娘了。

"能跟这样的怪物战斗，基因武者是真的恐怖。"

我这辈子算是没戏了，任杰心想。

"哇……"任杰转头，抽出防火毯直奔哭声来源处走去。

外界，田宇他们有些急了，火势太大了，根本灭不掉。田宇有些纳罕：卫教官都背着三个人出来了，任哥怎么还没动静？

卫平生见任杰还没出来，转头就要再进火场。此刻，任杰一手抱着个八九岁的孩子，一手拎着黑包，从楼里冲了出来。

田宇眼神大亮："哈哈哈……杰哥厉害。"

卫平生脸上也露出欣慰的笑容。

就在这时，熔岩巨魔一个起跳，竟直接将基因武者撞进了27号楼中。楼体不堪重负，发出轰隆巨响，瞬间坍塌。

任杰猛地抬头，破碎的楼板、钢梁、燃烧物铺天盖地朝他压来。死定了！几乎是出于本能，任杰用尽全身力气，直接把那孩子推向卫平生。

"任杰！"

"轰隆隆——"巨响传来，卫平生接过孩子，眼睁睁地看着任杰被压在了废墟之下，瞬间被吞没。

烟尘滚滚，废墟中，任杰仰躺在地上，他的左臂被钢梁压住，身体多处被钢筋刺穿，胸口凹陷，鲜血不断从口中涌出，喷在了氧气面罩上。他只觉得胸口无比灼热，仿佛要被烧穿一般，又仿佛有什么东西正在跟他融合。

任杰半睁着眼睛，一脸苦笑。还真成鬼雄了。人都救出来了，楼却被撞塌了，这可真是人生无常。

弥留之际，任杰忽然猛地瞪大了眼睛，似乎看到了不一样的景象。

一位身着灰色百褶裙、黑丝袜、白色运动服的少女站在钢梁上。身披星光，手持寒光凛凛的长剑，黑发随着火星飞扬，宛如九天玄女般神圣美好。少女低头望向被钢梁压在下方的任杰，眼中满是愧疚："对不起……是我没用……"

她看着任杰，还想说什么，可那熔岩巨魔已经甩着脑袋冲了上来，她只能提剑顶上,手中长剑星光炽烈!

卫平生则是不顾危险地冲了过来,他看到任杰的伤势,瞬间红了眼:"别睡!别睡!还有救!我这就带你走!"

…………

抢救室外,卫平生等人,还有那对母子都在焦急地等待着。

不一会儿,任杰被护士从抢救室里推了出来。

卫平生急道:"怎么推出来了?接着救啊?"

医生摇了摇头:"没救了,左臂截肢,下脊骨粉末性骨折,内脏破裂大出血,多处骨折、脱套,这伤放在基因武者身上都没救,更何况他还不是。除非有基因生命原液,抑或是高阶恢复系基因武者出手,但这种资源,不是随便就能调来的。机械义体强殖手术我也考虑过了,但这么多器官要更换,他的身体扛不住。"

卫平生咬牙,一拳捶在墙上:"怎么会这样?"

医生叹了口气:"我给他注射了肾上腺素,等下他会短暂清醒过来,交代下后事吧。抢救期间,他手里一直攥着那黑包,拽都拽不出来,可能是什么重要的东西吧。"

大家围在抢救床前,看着任杰惨烈的伤势红了眼眶。

任杰缓缓地睁开了双眼,迷茫地望向众人。

卫平生眼眶泛红,鼻头发酸:"最后的时间了,有什么未了的心愿,你就说吧。"

任杰舔了舔干涩的嘴唇,望向那自己亲手救出来的小孩子。

那位母亲满眼的愧疚:"小明,快去跟哥哥说几句话。"

小明抽泣着,一把拉住任杰的胳膊:"大哥哥,你要跟爸爸一样,变成天上的星星了吗?对不起……要不是为了救我……"

任杰笑着,虚弱地道:"别自责,别跟我一样一直带着愧疚活着,知道吗?"

卫平生听到这个,不知想到了什么,心狠狠一颤,握紧了拳头。

田宇红了眼眶,就连医生都鼻头微酸。

他真的好温柔啊……

小明吸着鼻子,重重点头:"嗯。大哥哥,我答应你。"

就在这时,任杰面色诡异地潮红起来,似乎是回光返照了。他将手中一直攥着的黑包塞到小明怀里,强撑着道:"这是你的书包,里边装的都是你的暑假作业。我看了,你一个字都没写,所以我救你的时候顺便把这个也拿了出来。别以为家里着火了就能不写作业了,好好学习,天天向上,别辜负了哥哥的一片心意。"

小明愣住,抱着书包,看着满满一包的暑假作业,仰头"哇"的一声哭了出来,眼泪堪比水枪。

卫平生等人表情僵住。还以为是什么重要的东西,结果就这个?

大家脸上不禁泛起笑容,可笑着笑着就哭了,泪水不住地从脸颊上滑落。

母亲连忙戳了一下小明:"快,还不快谢谢哥哥?"

小明哭得更大声了:"哥哥,我谢谢你八辈祖宗。"

那位母亲满脸尴尬,训斥道:"这破孩子,怎么说话呢?这可是哥哥的一片心意。"

任杰的脸上露出欣慰的笑容,心想:他一定是被我的一片赤诚所感动了吧。我任杰,无愧英雄之名!

随即,他两眼一翻,两腿一蹬,彻底没了动静……

此刻,任杰只感觉世界一片漆黑,身体越来越冷,仿佛有一双无形的大手在将他朝着黑暗深处拖拽。耳边传来阵阵呢喃,似恶魔低语。

就要死了吗?死亡原来是这种感觉吗?终于能歇下来了,常年兼职打工,想尽办法赚钱,有时候一天只能睡两三个小时,自己真的很累了,终于能好好睡一觉了。只是这一睡,怕是再也醒不过来了。

安宁阿姨怎么办?她自己一个人照顾天天,撑得住吗?天天的魔痕病又能再支撑多久?她知道我出事了,肯定会哭的吧。

啊啊啊……真不想死啊……好后悔啊……

任杰的意识奋力挣扎着,却仍然渐渐失去了身体的控制权,无力回天。

医生沉痛道:"深夜十一点四十四分,患者心脏停搏,确认脑死亡,无生命体征。家属呢?停尸房没地方了,直接送到火葬室火化了吧,就别折腾了。"

卫平生抹了把眼泪:"大家来送他最后一程。"

还是别让安宁来看任杰了,只会在她的心上再添一道伤。明天再通知她好了,只是,该怎么开口呢?

此时,任杰蒙了,他能清楚地听到医生跟卫平生的对话!

直接送火葬室火化,这么草率吗?我还没死透呢,还有意识啊,直接烧不得疼死?你们不能这么对待英雄!然而他什么都做不了,只能任凭大家在一片哭声中将他推往火葬室。

任杰急疯了,我感觉我还能再抢救一下啊!

火葬室中,巨大的焚烧炉门打开,此刻的任杰已经被换上了干净的衣服,整理好了遗容。

小明还在哭,那位母亲也啜泣着。

田宇他们也抹起了眼泪,虽然大家平日里不怎么喜欢任杰,但都是同一个青训队的,在一起训练了快一个月,多少有点感情,没想到第一次出外勤,人就这么没了。

卫平生蹲在地上抽着烟,一根接着一根,表情落寞。

工作人员歪头道:"那开始了?"

没人说话,场中气氛悲伤又沉重,卫平生默默地点了点头。

就在这时,走廊里传来一阵急促的脚步声,一位背着长剑的少女急匆匆地冲进了火葬室。此人正是那位在魔灾现场对抗恶魔的姑娘姜九黎。

没了星光遮掩,众人终于看清了她的容貌。一头黑色的长发如瀑布般垂落腰间，明眸皓齿，皮肤白皙如雪，鼻梁高挺，五官完美得如画中走出来的一般，似仙女谪落人间。只不过此刻的姜九黎多少有些狼狈，白色的运动服上满是黑灰，洁白的藕臂上也缠上了绷带。

随着她的到来，整个火葬室都明亮了起来，众人愕然地望着这气质出尘的少女。

姜九黎的目光落在任杰身上，眸光一黯，她瞄了卫平生一眼，欲言又止，只是默默地靠在墙边，捂着手臂，低着头，死死地攥紧了拳头。

她虽然不认识这个人，这人却因她而死，归根结底还是自己能力不够，至少，送他一程。所以那边的事情一结束，她就跑过来了。

工作人员看了姜九黎一眼，见她没有上前的意思，直接把任杰推进了焚尸炉。炉门闭合，火化开始。

任杰在心里破口大骂，我还没完全死，别烧啊。

意识还在不断下坠，只不过这一次，似乎是落到底了。任杰惊奇地发现，他来到了一片广阔的镜湖之上，低头望去，便看见自己的倒影随着一圈圈涟漪的扩散而扭曲。镜湖周围是无边无际的黑暗空间，湖面上飘荡着几缕稀薄的白雾。

任杰蒙了："这是哪儿？死后的世界吗？"

很快，他发现镜湖世界的黑暗空间中飘浮着一块黑色的碎片，像是从煤块上掉下来的一般，上面有着密密麻麻的双螺旋纹路。

任杰猛地瞪大了眼睛："这……这不是我的吊坠吗？"

十年前，晋城发生了甲级魔灾，他的父母、弟弟皆死于魔灾，他被一个叫陶然的司耀官拼命救了出来。而陶然也为救他牺牲，留下了妻子安宁，还有五岁大的女儿陶天天。

后来，任杰被安宁收养，带到了锦城生活。卫平生是陶然的战友，也参与了那场救援，所以才对任杰这么上心。

任杰清楚地记得，这碎片是他当年在废墟里胡乱刨出来的。他想把弟弟救出来，却只挖到了这个碎片。这么多年，他一直将碎片带在身上，当作护身符，也当作对家人的念想。

难道这东西还是个宝贝？任杰不禁想起被砸的时候胸口处传来的灼热感。是因为碎片吗？正常人受了那么严重的伤早死了，可我的意识居然还没消散。

任杰思考时，那黑色碎片直直坠入镜湖之中，镜湖空间开始震荡。

一棵漆黑的巨树冲破湖面，蓬勃生长，主干犹如虬龙一般蜿蜒，螺旋向上，无数粗壮的枝丫犹如魔爪一般从主干上延伸而出，几乎撑满了整座镜湖空间。枝丫丛生，却无片叶，就像是一棵被烧焦了的枯树。相比于圣树，这更像是一棵恶魔之树。

任杰满眼震撼，眼前的一切早已超出了他的认知。鬼使神差地，他不禁抬手触摸树干，冥冥之中，两者的气息相互勾连。

下一刻，恶魔之树下方最大的一根主枝丫变得赤红，瞬间燃烧起来。一颗宛如太阳般耀眼的火焰果实于那火焰枝丫上成形，散发着惊人的高温。火焰果实内部，隐隐可见魔影。

这时，一道宛如恶魔的低语声，于任杰耳边响起："魔契已成，契约恶魔：炎之恶魔。魔化代价：让他人流泪。

"代价，已支付。炎之恶魔基因注入，初次契约魔化开始。"

瞬间，湖面上飘荡着的白雾被恶魔之树吸收一空。炎魔枝丫上，无穷火焰顺着主干冲入镜湖之中，化作无尽火海，将任杰的意识吞没。

与此同时，焚尸炉开始点火。焚烧炉内部，湛蓝色的火焰从数十个高温火焰喷口中汹涌喷出，直接喷在了任杰身上。任杰的衣服化为飞灰，诡异的是，他的身体并未被上千度的火焰灼伤。

殷红如血的赤色魔纹自任杰的胸口处生长而出，宛如火焰云纹，张扬而狂躁。很快，魔纹爬满任杰全身，并开始吸收焚尸炉里的火焰，为他修复伤势。随着伤口愈合，骨骼重组，任杰的心脏竟也重新开始跳动。

半小时过去，火葬室内的气氛依旧沉重，不时有啜泣声传来。卫平生直直地盯着天花板,手中的烟蒂冒出黄烟,快烧到手了都不自知。

负责火化的工作人员愕然地看着焚尸炉面板:"什么情况?怎么烧不掉?"半个小时,上千度火焰的灼烧,就算是钢筋铁骨也炼成水了,可感应器却显示任杰的尸体还在。

有队员不满道:"还没好吗?你们行不行啊?"

工作人员瞪眼:"啊呸,我火化过的人比你吃过的饭都多,你可以质疑我郑瑛的人品,但不能质疑我的专业水平。"

田宇揉着眼睛:"欸,杰哥为了救人英勇牺牲,也算是大功德了。救人一命,胜造七级浮屠,传说就有那大功德之人死后成就不灭金身,尸体千年不腐。你们说杰哥这一烧,能不能烧出二斤舍利子?"

卫平生瞪眼,起身一个巴掌拍在了田宇的后脑勺上:"屁的舍利子!怎么,你还想拿来盘啊?"

郑瑛也急了,他当即加大火力,让焚烧炉全功率运行。

"咚、咚、咚……"

就在这时,一阵微弱的敲门声传来。安静的火葬室内,所有人都瞪大了眼睛,面色泛白。

哪儿来的敲门声?大家都没动,难道幻听了不成?还是说……

众人的目光不禁落在了焚尸炉上。

"咚!"更响亮的敲击声传来,焚尸炉门都跟着震了一下。

众人的脸色更白了,确认了啊,声音就是从焚尸炉里传来的。

姜九黎瞪大了眼睛,这么诡异的事情她还是第一次见。

郑瑛额头上浮现出一层细汗,干这工作这么多年,他也见过不少邪门的事,但像是这么邪门的,还是第一次见。

田宇白着脸,声音颤抖:"你……你们说是不是杰哥死得冤,死后冤魂不散,才……"

卫平生道:"我们要相信科学。"

姜九黎更难过了,不自觉地咬紧了下唇。

郑瑛咽了咽口水，念叨着："相信科学，要相信科学。"

下一刻，一道如闷雷一般的巨响传来，焚尸炉钢门瞬间变形，被巨大的冲击力轰飞出去，赤红色的火焰如火山迸发一般从焚尸炉口喷涌而出。"咣当"一声，扭曲的钢门砸在火葬室的墙上。

郑瑛抱着脑袋趴在地上，惨叫一声："啊啊啊……不要取我狗命。"

室内因喷涌而出的火焰疯狂升温，于所有人震惊的目光中，浑身赤裸的任杰从焚尸炉里爬了出来。他身上缭绕着熊熊烈焰，赤红色的火焰云纹爬满了全身，头顶处两只完全由火焰构成的炎魔之角冲天，犹如从火焰中踏出的不世君王。

他双眸赤红，嘴角带着狂放不羁的笑："有医生在吗？我觉得我还能再抢救一下。"

这一刻，火葬室内的所有人都傻了，一脸不可置信地看着从焚尸炉里爬出来的任杰。

"鬼……鬼呀！"郑瑛扭头就跑。

卫平生瞪大了眼睛，满眼惊骇，被一口烟呛住，捂着胸口一阵猛咳。

小明哭得更厉害了，他妈妈也被吓得哭了。

田宇面白如纸。杰哥刚才不都已经死了吗？我亲眼见到的啊！怎么从焚尸炉里爬出来个大活人？一千多度，烧了半个小时没烧死？人否？什么情况？这这这……

姜九黎张大了小嘴，眼前发生的一幕甚至让她忘记了呼吸。

什么情况？是生死存亡之际，意外觉醒为基因武者了吗？

她的目光不由自主地朝任杰移动着，随即她瞪大眼睛，骤然红了脸颊，小啐了一口后，扭头就走。他他他……他没穿衣服！

她一边走，一边掏出手机："喂……诺颜姐吗？这边有件事拜托你一下……"

任杰看到姜九黎离开的背影，感觉无比熟悉。

我就是被她砸死的。她也过来了？

卫平生总算是从震惊中回过神来了，连忙冲上前去扶住任杰。

任杰身上的火焰云纹和炎魔之角也随之消退，恢复了正常，只不过其左臂依旧是空空如也的状态，断臂处甚至还在涌血。魔化后，火焰云纹可以借助火焰的力量修复自身伤势，但胳膊都被切下去了，连底子都没了，还如何修复？断臂重生？这种能力任杰现在可没有。

"到底什么情况？你这……"卫平生一脸震惊。

任杰摸了摸鼻子："可能是开启基因锁，成为基因武者了吧。"

恶魔之树的事情任杰并没说出来，毕竟这事实在太过骇人听闻了。他现在也是蒙的，便随意找理由糊弄过去了。

卫平生一股热血涌上头，面色涨红："好，太好了。你小子还真是够幸运的，火焰的能力，应该是古血系的。转正的那一针基因药剂你是用不上了，但你这胳膊……"

任杰嘴角一抽，我难道要过上过儿的生活？

他刚要说话，就听一阵急促的脚步声传来，锦城人民医院的院长带着医生、护士团急匆匆地赶了过来。

小护士们一见任杰，全都红了脸颊，尖叫起来："快，快给这位小兄弟做止血处理。"

一帮医生冲上来，为任杰的断臂做止血处理，并将其抬上转运车，盖上毛毯。

院长一脸热情地握住任杰的手："让您受委屈了，您认识华兴集团的高层怎么不早说？快上救护车转运，别错过了最佳手术时间。"

任杰皱眉："华兴集团高层？转运？去哪儿？"

院长热情地道："去锦城华兴生物实验室，那边刚打来电话，要为您安装机械臂。"

任杰：哦吼！

锦城华兴生物实验室门口，任杰被工作人员推往快速通道。他望着夜空，断臂处传来的疼痛让他非常清醒。

已是深夜，圆月黯淡，泼洒而下的月光化作银河，流向天边，无一缕落在大夏的国境上。从百年前的那一夜开始，月亮不再属于人类。

黯月之外，一座巨大恢宏的金色大门矗立在蓝星的苍穹之上。大门紧闭，门户之上神纹流转，充斥着神圣的气息，散发出的神辉圣光泼洒大地，映亮夜空，虚幻且真实，仿佛不存在于这一维度之中。

人们将这道大门称为"神圣天门"，其于一百八十年前突兀地出现在蓝星苍穹上，从未开启过。神奇的是，无论是在白天还是黑夜、南半球还是北半球，从任何一个角度望去，看到的只会是神圣天门的正门，没人知道门后是什么。

一百八十年间，天门神辉始终照耀人类，不过这早已不是什么值得谈论的风景。人们已经适应了神圣天门的存在，所有人都知道，若非神圣天门出现，或许人类文明的火种已在大灾变时期熄灭。

任杰的脑海中思绪万千，那个女生，是神眷者吧？安装手臂这件事是她安排的？

转眼工夫，任杰已经被推进了实验室最深处。跟他想象中的那种干净整洁、充满了科技元素的实验室不同，实验室里杂乱不堪，除了实验设备外，到处堆满了折页的书本。

诺颜盘腿坐在办公椅上，举着手机，看得认真。

她扎着双丸子头，上身着白短袖，下身着印花沙滩裤，耳垂上戴着雪花耳坠，左眼被一只医用眼罩遮住。身材虽纤瘦，但五官绝美。胸口上别着的工作牌，标志着她实验室负责人的身份。

她的手机里还传来一阵咿咿呀呀的声音，任杰表情僵住，工作人员识趣地溜了。这下实验室里只剩诺颜跟任杰了。

任杰抹了抹鼻子："你……公放了……"

"我知道，这有什么可藏着掖着的？"

"嗯……可是他们说你要给我装手臂。"

"不急不急,大小伙子流点血又不会死。"

任杰眼角直抽,甜甜地道:"这位姐姐,我真的很急,等你看完,我都流血而亡了。要不您先帮我装手臂,事后,我借一部给你看如何?"

诺颜神色一凝:"十部!"

"成交!"

她这才喜笑颜开地来到任杰跟前,做起了手术准备:"小伙子,你可是捡了大便宜了,我们集团的三小姐亲自打电话过来,嘱咐我给你免费安装手臂,并附赠终生保养维护。啧啧啧,我们家小黎心善。"

任杰黑着脸,心善?那你知不知道我胳膊是怎么没的?果然是那女生的安排,她还算有点良心。不过,她竟然是华兴生物的三小姐。整个大夏,谁不知道华兴生物?

诺颜一把掀开了任杰身上的毛毯。

"哎哎哎……"

"哟,还害羞,姐姐我什么大世面没见过。强殖手术欸,要无菌操作才行。"

任杰嘴角直抽,无菌?你先把烟灭了行不?烟灰都落我身上了!

"这位姐姐,您到底靠谱不?"

诺颜撇嘴:"出去打听打听,整座锦城,谁不知道我诺颜是安装手臂的高手。本姑娘亲自帮你装,是你三辈子修来的福气。说吧,想要装个什么款式的手臂?"

她一边说,一边把展示柜推了过来,里边有各种款式的手臂,不过造型都极为夸张,有带合金锯片的、大铁钳的、电锯的……

任杰捂脸,这都是什么手臂啊,生化人的手臂都没这么夸张。装个这样的手臂,我日后怎么出去见人!

诺颜指向一款金光闪闪、带刀片转轮的手臂,笑嘻嘻地道:"姐姐推荐你装这个,巧夺天工机械杀戮典藏版手臂,这款手臂若是流到黑市上,足以让那帮机械强殖者疯狂,超贵的。"

任杰磨牙："不装，打死我都不装。我装那条好了。"他指向一款稍显正常的机械臂，机械臂骨骼为黑金色，由仿生肌肉束控制。

这年头，机械义体技术已经极为普及了。人类想要打开基因锁，就必须注射启灵基因药剂，幸运的人会觉醒出能力，成为基因武者。

正版基因药剂非常贵，二十万一针，不是什么家庭都打得起的，而黑市中有不少质量参差不齐的劣质版基因药剂，便宜是便宜，但会有副作用，可能会导致身体部分组织器官癌变，这个时候就需要用机械义体替代原有器官。

当然，有人受伤后也会因为肢体残缺选择安装机械义体，也有普通人因为没法成为基因武者，却想要追求远超常人的力量，为自己移植机械器官。安装了机械义体的人，统称为机械强殖者。不过机械义体也不是谁都安得起的。

任杰也没想到，他大难不死，还白捡了个装手臂的机会。

诺颜眼睛大亮："这位小伙子，你很有眼光嘛，这款全能型机械臂是华兴生物实验室最新开发的版本，功能全面。我和你说，别看这条机械臂貌不惊人，在实验中，它曾经的主人可是用它扛住了十公斤TNT 爆炸的威能。"

任杰愕然："你是说，他用这条机械臂挡住了那么恐怖的爆炸？"

诺颜摇头："并没有……人是中午炸死的，席是下午开的，不过机械臂没事。"

任杰："装，就装这个了。"不图别的，就图它结实。

麻醉剂的作用下，任杰半边身体失去了知觉，强殖手术开始。

诺颜眯着眼，单手操刀，随意道："你的事情我都听小黎说了，也算是祖坟冒青烟了。不过注射启灵药剂三年了，还能觉醒，这种案例还是极为少见的。"

实际上，任杰在十五岁的时候就注射过一次启灵基因药剂。

大夏实行九年义务教育，会在孩子们十五岁那年，给他们免费注射启灵基因药剂。觉醒出能力的孩子会前往神武高中念书，至于没觉醒出来的，只能去念普通高中了。

任杰是属于没有觉醒能力的那一批人，他也早就认命，放弃成为基因武者这个不切实际的念想了，谁知道因为这次意外，他拥有了火焰的能力，但具体算不算觉醒，他也不知道。

很多人之所以加入司耀厅，并且如此执着于转正，就是奔着转正后的基因药剂去的，虽说已经过了最佳觉醒年龄，但再次注射基因药剂，还是会有觉醒可能的，虽然可能性很小，但他们也想搏一次。这也是为什么司耀官这职业如此危险，依旧有大批人挤破头想要往里进。

任杰咧嘴一笑："算是幸运吧。诺颜姐，我如今也算是基因武者了，具体要怎么修炼？"他读的是普通高中，了解到的基因武者的专业知识，也仅限于网上查到的那些。

诺颜与他闲聊："想要修炼，首先你要知道基因武者的由来跟基本原理。

"二百年前，蓝星灵气复苏，十二灵泉于世界各地涌现，人类却并未享受到灵气带来的红利，因为人类基因链极其复杂，更有基因锁存在，虽想借助灵气修炼，却始终不得门路。

"动植物们率先借助灵气修炼，开启基因进化，拥有了超凡脱俗的能力，于是事态就开始失控了，处于蓝星生态位顶端的人类跌下王座，大灾变开始，几乎毁灭了整个人类文明。"

诺颜一边说一边手术："事态的转变开始于一场实验。大夏分子生物学家杨红袖教授解开了人类的基因密码，研制出了启灵基因药剂，打开了人类基因进化的大门。于是，基因武者诞生了，基因进化大时代正式开启。但那时，动植物的基因进化已经领先人类太多，并且觉醒了灵智，开始族群化、社会化，逐渐衍生出了妖族、灵族两大种族，他们占据灵泉，割据蓝星。"

任杰无语道："这些我都知道，两百年灵气复苏史嘛，后来爆发了种族战争，人类开始为了自己的生存空间而战。再后来，时空魔渊出现了，恶魔这一物种出现在蓝星上，人、妖、灵三族之间的战争变成了同恶魔之间的战争。人族节节败退，之后神圣天门的出现，才缓解了这一局势，直到今天，形成了人族、妖族、灵族、恶魔四族共存的局面。"

虽然人、妖、灵三族也不对付，但哪怕是现在，恶魔依旧是三族最大的威胁。

诺颜磨牙，狂戳任杰伤口："知道你还问？"

任杰疼得直咧嘴："又没让你说这个。"

诺颜翻了个白眼："成为基因武者的原理很简单，人类一共拥有二十三对共四十六条染色体，除去一对性染色体，还有二十二对常染色体。基因序列位于染色体上，这二十二对染色体，两对为一阶，所以基因武者等级共十一阶，每一阶又分为八段。每提升一阶，就会迎来一次基因进化，而每阶的一段和五段会拥有一个技能位。至于技能是自主觉醒还是吸收基因碎片获得，就要看你自己的基因列强不强了。"

任杰咽了咽口水，好家伙，原来是这么回事吗？

"不对啊，基因武者一共十一阶？可网上的等级口诀是'觉脊力藏体，启命噬天威'。一阶觉境，二阶脊境，依次排列，这才十阶，那第十一阶是什么？"

诺颜摊手："十一阶只是理论上的，目前为止，蓝星上没有任何生命体能触及这一境界。而且因为每个人都是完全不同的独立个体，所以自身携带的遗传基因序列也不同，觉醒的过程就是将自身携带的隐性基因显化出来而已。所以基因武者的能力是多种多样的，迄今为止光是记录在册的就超过三万种，你的火焰能力应该算是古血系，潜力还算不错。你刚觉醒，还处于觉醒期，细胞仍在进化，等过几天，就应该进入一阶觉境了吧。"

任杰皱眉，他目前通过恶魔之树获得的能力，似乎跟诺颜说的不太一样啊。

"我还有个问题,基因武者使用能力,需要支付代价吗?"

诺颜一怔,随即笑道:"基因武者当然不用,你说的是神眷者吧?不过神眷者也算是基因武者的一个分支。

"神圣天门你知道吧?传说当一个人的信仰足够强烈,神明便会投下目光,让其成为神眷者,体内基因化作神之基因,成为行走在人间的神明。每一个神眷者都是极其强大的,对恶魔拥有致命的杀伤力。神眷者使用能力,无须付出代价,但日常中必须对神明保持足够的信仰,否则便会被神火焚身。

"跟基因武者不同的是,神眷者拥有神化的能力,可以通过神化暂时获得更强大的力量,使用神化,就需要付出代价了。维持神化的时间越长,所需要支付的代价就越大。"

任杰咽了咽口水:"什么代价?"

诺颜一脸神秘:"他们会失去一部分身体组织作为代价。"

任杰瞪大了眼睛,这么惨吗?人家是神化,我这个是魔化,而且还是让他人流泪这种奇怪的代价,应该没有什么神明会有这种恶趣味吧。

"你是说,神圣天门会随机赐福,将人变成神眷者?那与神圣天门相对立的时空魔渊会不会也有这种能力?"

诺颜的面色一僵,随即很快恢复如常,她望向任杰的眼神变得揶揄起来。一瞬间,任杰就有种自己的小秘密被看穿的感觉。

"当然有,只不过数量比神眷者更加稀少。他们被称为魔契者。"

时空魔渊,蓝星上无人不知,因为被所有人憎恶的恶魔,便是源于时空魔渊,灵气复苏史中,时空魔渊出现的时间要早于神圣天门。

只不过时空魔渊一直被漆黑厚重的魔气遮掩,位于臭名昭著的荡天魔域之中,不被世人得见。

任杰顿时来了精神:"魔契者?我怎么没听过?"

诺颜笑着:"你当然没听过,魔契者可不是你这种小角色能接触到的。就如同你说的,时空魔渊同神圣天门一样,也会选中一些人,将他们化作魔契者。被选中之人,将与恶魔立下契约,拥有魔之基因。实力同样强悍,并且拥有魔化的能力。不过可惜的是,这份契约将会成为魔契者此生最大的梦魇,并伴随其一生。所以,魔契者都是些可怜的疯子。"

任杰愕然:"为什么这么说?"

疯子?我可不想变成疯子啊!根据诺颜的描述,我是魔契者已经实锤了。因为恶魔之树的缘故,我稀里糊涂地与炎之恶魔签订了契约,拥有了魔化的能力。该不会有什么后遗症吧?

诺颜接着道:"某种程度上来说,魔契者跟神眷者是两种截然相反的存在,相比于神眷者,魔契者就没那么舒坦了。之前说过,神眷者是以信仰之力供奉神明,日常需要对神明保持足够的信仰才不会被神火焚身,而魔契者,则需要以自己的情绪之力喂养魔灵,一旦供给不上,意志就会被魔灵吞噬,成为堕魔者,化作真正的恶魔。"

任杰一抖,风险这么大吗?

"神眷者和魔契者都不是那么好当的。"诺颜淡淡地道,"拥有力量,是需要付出代价的。魔契者情绪之力的产出,来自恶魔原罪。恶魔原罪你听说过吧?暴食、贪婪、懒惰、嫉妒、骄傲、色欲、愤怒、恐惧、难过、自卑,等等。魔契一旦成立,魔契者就会终生被一种恶魔原罪所影响,从而持续产出情绪之力供给魔灵。所以,魔契者的性格就会变得古怪,这种恶魔原罪的影响,也将在魔化的时候达到顶峰。"

任杰瞪眼,好家伙,如此一来,魔契者岂不就成了魔灵豢养的猪羊?但他又疑惑起来,自己好像没被什么恶魔原罪影响,魔化的时候也没什么感觉啊,这是怎么回事?

任杰猛地一怔,看着堆满一整座实验室的圣光秘典,问道:"诺颜姐姐,你该不会是犯了色欲之罪吧?"

诺颜摇头,理所当然地道:"怎么可能?那只是单纯的个人兴趣爱好罢了。"

任杰心想：我信你个鬼。

"所以说，魔契者使用魔化的能力，也是需要付出代价的吧？"

诺颜耸肩："当然，只不过相比于神眷者神化所支付的那种失去身体组织的固定代价，魔契者所需支付的代价就千奇百怪了。可能是叠十只千纸鹤、抽两百根烟、拔掉自己的指甲等，因人而异。

"据调查，魔契者所支付的代价，似乎会跟个人经历有关，而所有的魔契者，都会隐藏自己的代价，不会让除自己以外的任何人知道。因为一旦让人知道，被敌人阻止其支付代价的话……"

任杰咽了咽口水："会怎么样？"

诺颜眼神揶揄："小伙子，你好像对魔契者的事情很感兴趣啊。你该不会是魔契者吧？与什么恶魔签订的契约？魔化代价是什么？"

任杰闻言，道："你想多了，我怎么可能是魔契者？你看我像是被恶魔契约影响的样子吗？"

诺颜满脸笑意，看着任杰啧啧道："如果没成功支付契约代价……你知道魔痕病吗？"

任杰眉头紧皱，他当然知道，因为陶天天得的就是魔痕病。

诺颜淡淡地道："看来你是知道了。如果魔化后未支付代价，魔契者的身上便会长出魔痕。得了这种病的人极其痛苦，发病时魔痕处会传来剐肉割骨一般的剧痛，当魔痕遍布全身之时，便是身死之时。"

任杰仰头望着手术台上的无影灯，眼神迷茫："诺颜姐姐，你是专家你懂得多，魔痕病真的没法被治愈吗？"

诺颜摇头："以大夏现有的医疗水平来说，没有根治手段，只能在一定程度上抑制，一旦得上，就是要人命的绝症。不过也不用担心，只要乖乖支付代价，魔痕病是不会……"

"真的没办法吗？"这一刻，任杰变得有些执拗，渴求地望向诺颜。

诺颜皱眉："你家里有人生这个病了？"

"我妹……三期了……"

诺颜难得地沉默了一会儿，随后道："或许有吧，只是还没找到办法，如果有根治的办法，那么办法一定在荡天魔域里。"

任杰闻言，暗自握紧了拳头，心中暗暗道，我会找到办法的，为了不再让天天遭罪，再难也得找到。

诺颜望着任杰，眼神黯然。任杰的表情让她想到了曾经的自己，曾几何时，她也如任杰这般，坚信自己一定找得到治病的方法，换来的，却是无数次绝望，甚至自己的生活也被毁掉了。

但给人希望，或许不是一件坏事。

"啊呀！"任杰瞪大眼睛，猛地惨叫一声，脸都疼白了。

诺颜一脸坏笑："连接神经丛会很疼，你忍一下。从今天起，你将不再是独臂，而是一个身心健全的人了。"

任杰疼得直冒汗，心道：为什么总感觉你在骂我？

他低头望向自己的机械臂，整条机械臂呈黑金色，其上有金纹雕花，充斥着无与伦比的机械美。肩膀处，机械与肉体完美结合，金属扩张至半个胸口，化作安装槽位承载着连接机械臂跟身体的功能。稍微控制一下，生物肌肉纤维束收缩，左手缓缓握紧，发出"咯吱"声，微微一挥拳，甚至能砸出空爆。更神奇的是，因为连接了神经丛，机械臂有触感反馈，能随心控制。就是，感觉左边沉了点。

"小黎的交代我已经完成了，新手臂功能蛮多，我都设定好了，你回家自己慢慢研究去吧，别在这儿耽误我学习了。加个好友，弄坏了联系我，我给你修，别忘了，十部。"

加完好友，诺颜就开始赶人，任杰几乎是被她推出实验室的。

"这东西没什么伪装功能吗？我就这么回家？"

任杰寻思，虽然这机械臂异常炫酷，但安宁阿姨要是看到了，绝对会生气的，原本她就不同意我去司耀厅。

"手腕向左转三次。"

"砰!"

实验室大门被重重关上。

任杰尝试着照诺颜说的做,果不其然,机械臂上的肌肉纤维束开始变化,宛如翻转的鳞片一般开始拟态伪装,转眼就与真人手臂一般无二。

任杰:牛。

第二章
焚烧

走出华兴生物实验室,任杰往69区的家中走去。

沿途能够看到一座座矗立在锦城各处的白色高塔,塔身细长,高度超过千米。白塔顶端装有巨大的圆球,闪烁着赤红色的光芒。如果从高空俯瞰锦城,这些白色高塔,就如同神明投向大地的一根根神之矛。

白色高塔是官方建设的应对大型魔灾的防御装置,一旦有等级高的魔灾爆发,无法及时镇压下去,防御装置就会启动,形成结界屏障,将魔灾控制在特定区域,防止其进一步扩张。司耀厅将这些白色高塔称为"火柴杆",只不过没人愿意看到火柴杆被点燃。

魔灾侵扰之下,大夏三十三座星火主城早就形成了完善的应对措施,以护佑民众安全。任杰一边走,一边查看起镜湖空间,如今只需要动动意念,他的意识就会出现在镜湖空间。

他仔细观察着这片空间,恶魔之树上有成千上万个主枝,他目前开启的,只是恶魔之树上很小的一部分。

炎魔枝丫主干仍在燃烧,魔灵果实炽热。

很快,任杰发现炎魔枝丫并非全被点亮了,燃烧的只有枝丫主干,从主枝丫上延伸出去的上百个分枝,仍处于未点亮状态,像是没解锁似的。

任杰分析，这根主枝代表的就是炎魔，那这些炎魔主枝上的分枝代表的会不会是技能？毕竟基因武者每阶一段、五段都会拥有一个技能位。或许正式觉醒，进入一阶觉境时，这些分支才会有什么变化吧。

想着，任杰的目光又落在了镜湖湖面上，之前湖面上飘荡的几缕白雾都被恶魔之树吸光了，如今湖面上又多了几缕白雾，此刻，那炎魔果实正在吸收湖面上的白雾。

想起诺颜的话，任杰表情有些古怪。看来我并不特殊，这白雾该不会是……

这时，任杰愕然发现镜湖上的白雾骤然多了几缕，像是凭空出现的一般。然而还不等他弄清楚这是怎么回事，外界的吵闹声便让他的意识回归了现实。

"跳了，我真要跳了！"

任杰抬头看去，这才发现自己不知道什么时候已经走到了锦江大桥上。桥上，不少看热闹的人都被拦在警戒线外。

大桥栏杆上站着一个落魄的年轻人，他一手把着栏杆，一手抓着手机，面色惨白，额头上满是细汗，腿抖个不停。几个治安官正在一旁苦口婆心地劝，年轻人却死活不下来。

任杰看着那年轻人的天灵处有白雾冒出，又瞬间消失。随即，镜湖空间中就多了一缕白雾。他突然想起，他刚从焚尸炉里爬出来的时候，好像也见到有白雾从大家的头顶钻出来。当时他还以为出现幻觉了，看来并不是。

旁边有几个群众竟然开始起哄，几个治安官怒了。

"他要真跳了，你们对他的生命负责吗？你们没孩子？"

"他本就要崩溃了，就别起哄了，不想被请回厅里喝茶就闭嘴。"

几个治安官和周围部分群众的头顶也有微弱的白雾析出，只不过加起来不够一缕。看来得验证下我的猜测了。

任杰拨开人群，大步上前，直接钻进了警戒线里。

治安官瞪眼："哎哎哎……干什么的？"

"司耀厅第七大队司耀官，我是专业的，我来处理。"

实习的应该也算，对吧？

治安官一听，眼神大亮，碰到救星了啊，毕竟司耀厅干的就是赈灾救人的活儿。

王鹏见有人过来，顿时急了："别过来，今天天王老子来了也不好使，再来我就跳了。"他一边吼着，一边低头看向桥下，面色更白了。

任杰双手插兜，随意地道："你确定想好了？桥面距离河面至少五六十米，跳下去跟拍在水泥地上没什么区别，全身骨折，内脏出血，头都会被拍扁。死了还好，要是没死透，你后半辈子就得在病床上度过了。"

王鹏听了任杰的话，满眼恐惧，头顶析出大量白雾。他咽了咽口水，吼道："正好，我就是想找个痛快的死法，死了一了百了。别想吓我，死我都不怕，还怕这个？"

任杰嗤笑一声："是啊，死你都不怕，你却害怕活着。行，你跳吧，我不拦着。啊对了，别以为死了就完事了，你死后，手机会被破解，里边的聊天记录、相册、浏览器记录、书签，还有你电脑硬盘里的资料，都会被打印出来给你的父母看，以证明你真的是自杀。"

王鹏瞪眼："啊？真……真的？"

几个治安官疯狂点头。不愧是专业的，这招够毒。

王鹏心道：你们是魔鬼吗？我人都死了，还得社会性死亡一遍吗？现在删还来得及吗？王鹏咬牙，直接低头删起记录来，还一脸舍不得。

任杰则趁此机会，悄无声息地靠近他。

王鹏余光瞥见任杰靠近，不禁怒吼道："别过来！退后！再靠近我可真跳了啊！"

任杰步子一顿，翻了个白眼："大哥，你要跳，也别往河里跳，换个地方死不成吗?"

王鹏怒道:"我都要死了,还得挑地方?凭什么就不能往河里跳?"

任杰抬手一指,众人顺着他指的方向望了过去,只见栏杆上挂着的牌子上有一行醒目的标语:

> 请勿往河里倾倒废弃物,文明你我他,环保靠大家。

王鹏蒙了,什么意思?

任杰摊手道:"你也看到了,河里不让乱丢垃圾。"

治安官:他都这样了,就别再刺激他了。你真是专业的?

"你……"王鹏生气,什么也不管了,当场就要下来跟任杰拼命,就没有这么欺负人的,这非常不合理。

任杰倒是乐了,因为就这么一会儿工夫,他已经在王鹏身上搞到了不少白雾。

好巧不巧,桥面上刮来一股侧横风,王鹏本就腿软,被风一吹,脚下一滑往后一仰,直往桥下跌去。

这突如其来的一幕让所有人都吓了一跳。

任杰箭步猛冲,几乎是本能,他脚下数道耀眼火星绽放。

"轰"的一声,鞋子当场炸开,沥青路面都崩出了黑印。借着这股推力,任杰如闪电般冲到了前面,一把抓住了王鹏……的手机。

"啊啊啊……手机,我的手机,别看我的浏览器记录!"

任杰并未放弃,扒着栏杆,直朝着坠向河面的王鹏抓去。下一刻,他的左手掌直接从手腕处断开、弹出,整只左手发射出去,夹住了王鹏的大腿,大力锁死。

"啊呀!"一声杀猪般的惨叫回荡开来。王鹏整个人都被机械手吊在半空,眼珠暴突,眼泪狂飙,剧烈挣扎!

"放手!你快放手啊!往哪儿抓呢?"

治安官和围观群众围上来，低头望向桥下，而后一脸惊恐，狠狠地打了个冷战，太残忍了！

任杰也愣了一下。我的机械臂竟然还有这功能？

"不用担心，我这就把你拉上来。"他一边说，一边回收机械手。

一时间，王鹏叫得更惨了："啊啊啊！放手！我求求你了，放我下去，我宁可摔死，别救了！"

任杰一脸严肃："乱说！一条鲜活的生命就在眼前，身为司耀官，身上的职责不容许我放手！"

王鹏已经在翻白眼了："那你倒是轻点啊！"

任杰尴尬地笑了笑："不好意思，我这是新手，用起来还不熟练，我很快的，你忍一下。"

这一刻，王鹏切实体会到了什么叫作生不如死，就连治安官也捂起了脸。在众人惊恐的目光以及王鹏的一声声惨叫中，任杰到底还是把人给拉上来了。这期间，那白雾就没断过，全跑到了镜湖空间里。

上岸后，王鹏像大虾一样蜷缩在地，而后被治安官给架了起来。

任杰笑着："不用谢我，兄弟。作为被我亲手救出来的人，你怎么说也算得上是个杰出青年了，好好活着，忘记过去，拥抱明天吧。"

说完，任杰潇洒转身离去，如果不是一只鞋子被炸开了花，还真有那么点小帅气。

王鹏气疯了，什么鬼？杰出青年是这么算的？

"走，跟我们回厅里一趟，做下笔录。"

杰出青年王鹏气急败坏："先去医院！"

…………

回去的路上，任杰有点开心，他总算是弄明白了，那白雾应该就是情绪之力，所以魔灵果实才一直吞噬那情绪迷雾。而他之所以一直都没被恶魔原罪所影响，大概是因为那情绪迷雾。只要他持续供给，确保湖面上的情绪迷雾总量不被魔灵吞光，他应该就不会被任何一种恶魔原罪影响到。情绪迷雾的收集也很简单,只要在他身边的人产生剧烈的情绪波动即可,无论是悲伤、难过、愤怒……但凡是超越日常的剧烈的情绪波动,他都能收集到。

无论是他死而复生,还是英勇救下跳桥男子,都已经验证了这一点,只是他还没弄清楚这收集的范围究竟有多大。

不知道其他魔契者有没有这种能力,不过诺颜姐说,魔契者是用自身的情绪之力供给魔灵,从没说可以收集别人的情绪。

弄清楚原理的任杰也算是松了一口气,眼中燃起熊熊斗志。等到我正式觉醒,拥有了更强大的实力,一定能同时打更多的工,赚更多的钱了吧。

…………

69区外环南山路,昏黄的路灯灯光映照出略显杂乱的街道,一栋栋上了年纪的居民楼挤在一起,密不透风。阳台上晾满了衣服,五颜六色,一股浓厚的生活气扑面而来。

这是任杰住了十年的地方,一处老破小的居民区。一楼有不少门市房,什么双满意超市、刚子早餐,只不过此刻都落下了卷闸门,唯有一间店没关门,此刻还亮着灯牌,上面写着"安宁洗衣屋"几个大字。这门,是给他留的。

任杰走进去,这间二十多平方米的门市异常拥挤,两边摆放着的老旧洗衣机此刻正轰鸣着,晾衣竿上挂满了已经洗好的衣物。

"安宁阿姨,还没休息吗?"任杰叹了口气,回首熟练地拉下卷闸门,关了灯牌。他走到里边,顺着楼梯上了二楼,就见一个穿着围裙,身材消瘦的女子正在洗衣台前用手搓着衣服。她的手因为常年沾水,皮肤开裂,指尖缠了不少胶布,额头上挂着一层细密的汗珠。

女人已有三四十岁,容貌姣好,只不过脸上满是生活的风霜。

似是听到了声音,安宁回头望向任杰,脸上泛起柔和的笑容:"小杰回来了啊?给你留了晚饭,在冰箱里,等下自己吃。"

任杰的心里一揪，鼻头微酸："都这么晚了，怎么还没休息？天天呢？"

安宁笑着："睡了，今天睡得早。"

洗衣篮里还有不少衣服没洗，任杰一边说着，一边穿过走廊，从洗衣篮里拿过衣服洗了起来。

安宁满眼无奈："你就别跟着忙了，早点睡吧，司耀厅的训练很累吧？老卫有没有多照顾你？"

任杰笑着："早洗完早休息，卫叔对我很照顾，转正是早晚的事。"

提起这个，安宁眼神一黯，随即装作无意地说道："小杰，今天我又收到三所名牌大学的录取通知书，还说可以免除学费。暑假还没过去，报到时间也没到，你真的不再考虑一下吗？还是去上学的好。"

任杰摇头笑着："安宁阿姨，您就别劝我了，我十八岁了，有权决定自己的人生，我不上大学也可以学习，而且当司耀官也不是没前途，工资蛮高的。"

安宁眼睛有些泛红："可是做司耀官太危险了，这个家已经很拖累你了，我不能让你的人生因为这个家……"话还没说完，便被任杰打断："要说拖累，也应该是我拖累了您跟天天。"

"小杰……"

"好了安宁阿姨，别谈这个了，听说隔壁老王头要生二胎了？"

深夜，两人聊起了家常，闲碎的话语声透过窗子，飘出了很远……

帮安宁忙活完，任杰蹑手蹑脚地回了房间。

房子是一楼门市、二楼住房的格局，二楼两室一厅，安宁一间，任杰和陶天天住一间。卧室有十几平方米，中间被帘子隔开，任杰睡左边，右边靠窗，那边是陶天天的地盘，她此刻睡得正香。

折腾了一天的任杰把自己丢在床上，刚想休息，手机就疯狂振动起来。他连忙捂住手机钻进被子中，一看是诺颜发来的消息。

她的网名是"老司姬"，头像是一辆炫酷的大排量摩托车。

老司姬：红毛猩猩伸手要钱.gif

那红毛猩猩一脸理直气壮不说，手上还 P 了字，写着明晃晃的"十部"。

老司姬：快发快发！漫漫长夜，无心睡眠，在线等，急！

任杰捂脸，亏你还记得。

他的头像是一个黑短袖寸头眼镜男，网名"杰哥"。

他很干脆地直接给诺颜分享了一波，毕竟之前已经约好的，他从小就是个信守承诺的好孩子。

老司姬：哦吼！小伙子不错嘛，以后的精神食粮就指望你啦！

杰哥：杰哥推眼镜邪笑.gif

老司姬：看在你这么上道的份儿上，再给你提个建议，伪装成普通的基因武者，如果不想被天门教会的人拉去吊死或火烧圣祭的话，最好还是低调些。

任杰苦笑，她还是猜到了。魔契者身份敏感，如果不想惹出麻烦，最好不要暴露身份。黑色碎片来自十年前晋城的甲级魔灾，当年的事或许没那么简单，有机会也得查查。

手机上消息不少，两百多个兼职群里的消息有 99+，卫平生和田宇等人也发来信息，问他身体怎么样了，任杰逐条回复起来。

....

华兴实验室生活区。

诺颜洗完澡，擦着湿漉漉的头发，仰躺在床上。眼罩已经摘了，她的左眼没问题，也没装机械眼，只是瞳孔呈帝紫色，显得格外诡异。

诺颜一脸兴致勃勃地钻进被窝，舔了舔嘴唇，打开了手机："嘿嘿……就先看这个好了。"

刚一点开视频，动感的声音就传了出来："玛卡巴卡，阿卡哇卡，米卡玛卡，姆……"

看着几只天线宝宝在户外花园里快乐地拍手舞蹈，诺颜脸上的表情瞬间僵住。就这？典藏版？

诺颜不信邪地把视频挨个点开。

"是他，就是他，我们的朋友，小哪吒……"

"你挑着担，我牵着马……"

"少年，你相信光吗？"

"欢迎收看新闻直播间……"

…………

诺颜暴怒：什么玛卡巴卡！亏得我还沐浴更衣，期待满满。

气疯了的诺颜拿起手机，就是一阵疯狂输出。

家里，任杰看向消息聊天框里来自诺颜的无数条六十秒的语音，默默地将手机调到勿扰模式。

显然，六十秒只是飞信语音的极限，而不是诺颜的极限。

任杰的嘴角忍不住勾起一抹弧度，一脸欣慰，心道：不知道我的那些视频有没有治愈诺颜堕落的心灵。只是没感觉到情绪迷雾变多，这东西果然是有收集范围的。

就在这时，任杰愕然地发现，镜湖上的迷雾开始增多了。迷雾并非出自诺颜，而是他的身侧。

帘子后方，被压得极低的痛哼声传来，裹在被子里的陶天天不安地动着。显然，这些情绪迷雾来自陶天天，此刻她正忍受着极致的痛苦。任杰连忙过去，一把掀开被子，只见穿着一身粉色兔子卡通睡衣的陶天天蜷缩成一团，床单都被汗水浸湿了。

她的两条腿和一只手臂上缠满了绷带，隐约能看到肩膀处那宛如黑蟒一般的魔痕，魔痕处的皮肤像是被硫酸腐蚀过一般，漆黑、坚硬，甚至龟裂，形成了像是漆黑鳞片一样的东西。

这就是魔痕病，一种不治之症。时空魔渊出现后，魔痕病也跟着出现了。它就像是挥之不去的梦魇，如附骨之疽一般折磨着病人，直至死亡。

陶夭夭确诊魔痕病的时候才五岁，而那年，她的父亲陶然为救任杰牺牲了。屋漏偏逢连夜雨，麻绳只挑细处断。

十五岁，本应是活泼的年纪，陶夭夭却一直被病痛折磨着。她的双腿和手臂被魔痕覆盖，行动不便，只能坐轮椅。她就像是被困在笼中的金丝雀，这狭小拥挤的屋子，便是她的全世界。

"发病了吗？怎么不出声？止痛药吃了没？"任杰上前，小心翼翼地将陶夭夭扶起，将她摆到舒服的姿势上，然后转身去拿药。

陶夭夭长得很漂亮，有些婴儿肥，带着独属于少女的稚气，大眼中满是灵气，樱桃小嘴外加小琼鼻，给人一种人畜无害的小妹妹之感。只不过，此刻陶夭夭的大眼中噙满了泪水，一头柔顺的黑发都被汗水浸湿。她一手死死地抓着床单，望向任杰的背影："哥，不吃了，忍得过去，那止痛药很贵的，没多少了，你得干多少兼职，妈得洗多少衣服，才……"

任杰可不管，倒出止痛药就往陶夭夭嘴里塞："止痛药而已，哥买得起，你放心吃就完了，那抑制剂再等等，钱能凑齐的。"

陶夭夭已经处于魔痕病三期，不打抑制剂的话，魔痕扩散得很快。任杰知道，不能再往下拖了，只是那抑制剂的价格比基因药剂都贵。

陶夭夭摇着头，双眼通红："哥，要不……别打了吧，魔痕病治不好的，打抑制剂只是浪费钱。我早晚都要死的，我要是死了，你能去上大学，妈也不用这么累，我……"越说，陶夭夭的声音就越小。

任杰站在床边，面无表情地盯着她，眼神很严肃。她知道任杰生气了，不禁可怜兮兮地道："哥你别生气，我……我不说了还不成吗？"

任杰这才坐在床边，一把将陶夭夭抱在怀里，轻轻地拍着她的后背："哥知道你疼，但要坚强，我会把你治好的，无论用什么办法。等你好了，再来照顾我跟安宁阿姨，乖。抑制剂的事情不用担心，等我转正进了司耀厅，就能享受司耀官的福利待遇，司耀官家属病重，司耀厅会下发医疗补贴。会好的，一切都会好起来的，我保证。"

任杰不停地安慰着陶夭夭,也安慰着自己。

这也是任杰放弃念大学的机会,执意要进司耀厅的缘故。基因药剂只是其次,拿到医疗补贴才是他真正的目的。

"哥,抱着我睡。"

"这么大了,抱什么?哥妹授受不亲。不抱,快点睡觉。"

"那牵手总行了吧?不牵我就告诉我妈你在床头柜下面藏不良影片……"

"哦,我亲爱的妹妹,请问您是想牵左手还是右手呢?"

…………

第二天一早,和煦的阳光透过窗子洒落进来,为狭小的房间带来一丝温暖。

"哥,醒醒,哥?"

任杰睁开惺忪的睡眼,于梦中醒来,就见陶夭夭望着他,认真地道:"哥,你好热血,之前你跟我说自己是一个热血男孩,我还不信,现在我信了,喀……"陶夭夭咳嗽道,"你热得都冒烟了……放开我,烫手。"

闻言,任杰猛地瞪大了眼睛,低头一看,被子里冒出滚滚浓烟,屋子里也变得烟熏火燎的。

他一个鲤鱼打挺从被子中站起:"什么情况?"

刚一出来,任杰身上瞬间燃起冲天大火,化作了人形火炬。

陶夭夭则一脸崇拜地望着任杰:"哥,你好燃哦。"

任杰脸色发黑,二话不说直奔房间外的浴室:"你这倒霉孩子,怎么不早叫我起来?你哥都烧着了。"

陶夭夭嘿嘿坏笑:"你可不能指望一个失去行动能力、身患绝症的十五岁美少女叫你起床。"

走廊里,安宁端着早餐,听房间里叮当直响,不禁皱眉:"小杰,夭夭,起床吃早餐了。嗯,什么味儿?煳煳的……"

还没等安宁上前,就见房门被直接撞开,一个人形火炬以百米冲刺的速度从房间里冲出，直奔卫生间。

安宁蒙了："小杰？什么情况？"

天天闹着玩儿把他哥给点了？安宁心思一动，连忙去房间查看，然后她就看到了任杰床单上的人形黑印。

浴室里，水流声音伴随着一阵哧啦声回荡，阵阵白烟从浴室中飘出。任杰的声音从卫生间里传来："安宁阿姨，不用担心，昨晚着凉，可能是发烧了，你们先吃，我等下就去。"

安宁心道：发烧？你发烧能把褥子烫出黑印，烧到身上着火？这是个正常人能达到的体温？

浴室里，任杰淋着凉水，体温逐渐降下来，恢复正常。这是正式觉醒引发的燃烧现象，本以为度过觉醒期要几天的时间，没想到一夜过去就觉醒了。

如今，任杰也算正式开启基因锁，进入了一阶觉境。这一刻，眼前的世界仿佛都变得清晰起来，他甚至能看清水滴落下的轨迹，闻到楼下猪肉大葱馅包子的香味，听到隔壁小孩的哭声、夫妇的争吵声，甚至能敏锐地感觉到水滴落在皮肤上的微妙触感。

觉境，觉醒的就是五识。基因武者进入一阶觉境后，除了身体素质会大大增强外，视觉、触觉、味觉、嗅觉、听觉都会大幅提升。

任杰抬手，打了一个响指，下一刻，火星飞扬，他的整只手掌被赤色火焰包裹。火焰不断爆裂、摇曳，显得极其狂躁。

任杰的双眸中倒映着火光："以后出门算是不用带打火机了，就是不知道我的技能是什么。"

三分钟后，收拾了一番的任杰才来吃饭。饭桌前，陶天天坐在轮椅上，安宁也在，两人都没动筷，全盯着任杰，似乎是在等一个解释，毕竟发烧能烧着火这个理由多少有点离谱了。

任杰摸了摸鼻子，有些不好意思地道："我好像开启基因锁，成为基因武者了，觉醒的似乎是火焰的能力。"

安宁的眼神瞬间亮起,陶夭夭也惊呼起来:"觉醒出能力了?基因武者?我就知道我哥能有出息,是个人杰,果然。火焰能力?快给我表演下,你能徒手煎鸡蛋吗?要溏心的。"

任杰黑着脸,我好不容易觉醒个能力,就是为了给你煎溏心蛋?

别说,还真能。

安宁满眼笑意:"小杰竟然成为基因武者了,太好了。我就知道小杰一定可以,今天中午回来吃饭,我多炒两个菜庆祝一下。"

在普通人的概念里,基因武者实力强大,可以飞天遁地,保家卫国,是神仙一般的人物。

任杰看得出来,安宁跟陶夭夭是真的在为他高兴。

陶夭夭嘟嘴:"要是我也打了基因药剂,说不定我也能觉醒出什么能力,肯定要比我哥厉害。"

任杰笑着揉了揉她的小脑袋:"等哥以后挣了大钱,也给你搞一针基因药剂,你十五岁了,也该打了。"

陶夭夭一缩脖子,弱弱地道:"哥,你确定说的是打针,而不是打我?"

安宁和任杰都笑了起来,此刻的陶夭夭完全不像是身患绝症的少女,她开朗、活泼、乐观,古灵精怪,或许只有在发病的时候,她才会失落吧?

"来来来,别傻站着了,快吃饭。"

任杰看着安宁跟陶夭夭,眼底满是温柔。

她们两个,是我在这世界上唯二要守护的人。想到这里,任杰眼神坚定,拿起筷子,夹向煎蛋。然而刚做出夹的动作,任杰的左手突然往上一挑,煎蛋直接被挑飞,筷子被夹碎,随即左手空握成拳,狠狠砸在了桌上,饭桌被砸得侧掀,一大桌子的菜被震到飞起,撒得到处都是。

安宁的脸上粘了个煎蛋,头上有四五片菜叶子,饭碗也扣在了她的头顶上,她脸上的笑容骤然僵住,额头绷起两根青筋。

另一边,陶天天刚端起的牛奶被桌子给掀翻了,全倒在了她的脸上。两人僵住,瞪着眼,张大嘴巴,不可置信地望向任杰。搞什么?

任杰的左手上下振动,不受控制地疯狂敲桌子,频率特别快。

陶天天磨牙:"哥,快向桌子说对不起,顺便也跟我说一下。"

安宁眯起眼,笑道:"小杰,等下你来收拾,就算是成为基因武者,也不至于这么激动吧。"

安宁表面镇定,心中却在大喊:我天还没亮就爬起来,忙活一早上,辛辛苦苦做的早饭啊!怎么能这么浪费食物!

任杰急得直冒汗,这机械臂怎么不听使唤?新手果然不靠谱,那老司姬是不是哪里给我安错了?

"我手抽筋儿了,不听使唤。"

任杰想尽一切办法想要停下手臂,但根本没用。再这样下去,可就露馅了,任杰想着,一把按住振动的机械臂,扭头再次冲向卫生间:"你们先吃,我去去就来。"

陶天天坏笑:"没想到我哥看着镇静,实际上这么激动,嘿嘿……"

这个庆祝方式倒是挺独特的。

这时,楼下传来一阵大力拍门的声音。

安宁瞪了陶天天一眼,把头上的菜叶子摘掉:"来客人了,等下让小杰收拾干净。"说完急匆匆地跑下楼去。

卫生间里,压制不住机械臂的任杰给诺颜打电话:"老司姬,你这破手臂是坏了吧,一大早上瞎振动什么?"

原本睡眼惺忪、起床气上头的诺颜一下子就来劲了:"该!让你忽悠我!"

任杰磨牙:"都说了终身保修的,你要对我负责。"

"这种话可不能对一个女孩子乱说呢。没坏,就是被我设置了快捷键而已。"

任杰脸都黑了,设置了快捷键?夹筷子的动作是快捷键?

"怎么关?"

"掰无名指会弹出功能列表,自己研究。"

她说完直接挂了电话,任杰脸更黑了,连忙掰动无名指。

果不其然,手背处弹出了全息投影的功能列表,一长串功能,足足有几百项,包括加力、充能能量盾、掌心炮、岩壁吸附、爪刀、点穴等,甚至还有筋膜枪功能。

任杰正研究着机械臂功能呢,就听到楼下传来阵阵吵嚷声。

柜台前,安宁一脸为难地说着抱歉,对面站着一个身穿蟒纹衬衫的富态男人,他戴着大金链子和金手表,脸上戴着茶色墨镜,怀里还抱着个女人。两人身后站着身穿黑色背心的彪形大汉,一看就很不好惹。门外,一个身穿西装、留着披散长发的男子靠着库里南站着,手上把玩着一枚银币。

那女人一脸刻薄,指着甩在柜台上的一件白色貂皮大衣指责道:"瞧瞧你怎么洗的,都洗粘毛了,让我怎么穿?你以为这衣服跟你们这种死穷鬼穿的破烂衣服一样吗?"

安宁不断道歉:"实在是不好意思,这件貂皮大衣我记得,也的确是按照正常的洗护流程洗的,而且取走的时候,它……它也不是这个样子的,不是……"

那女人瞪眼,抓起柜台上的洗衣粉桶朝安宁丢去:"你是说,这是我故意弄的,就为了找你的茬?你也太看得起你自己了。"

洗衣粉桶砸在安宁的额头上,额头磕破了,洗衣粉洒了她一身。

富态男人上下打量着安宁,对她很感兴趣:"这件貂皮大衣我四万买的,赔吧。"

安宁眼眶泛红:"真不是我弄坏的,我怎么可能拿得出那么多钱?"

家里的积蓄基本都给陶天天治病了,经济拮据。

富态男人嗤笑着:"别以为一句没钱就能糊弄了事,开店做买卖的,弄坏赔钱，天经地义。赔不了钱，只要你把这腾退协议签了，这事我可以不追究。"说完从公文包里掏出一份腾退协议拍在桌上。

安宁紧咬着下唇，知道他们是来故意找碴的。

这老居民区已经在腾退了，不是拆迁，没有赔偿款，只是在百区外给套住房，那里是锦城外围，魔灾发生的概率更大，而且洗衣店也得关门。没了经济来源，天天的病根本没办法治。签了这一份腾退合同，就是给他们一家宣判了死刑。

安宁咬着牙："不，我不可能签这个。"

富态男人看着安宁姣好的面容，不禁舔了舔嘴唇，上前一把牵住了安宁的手，顺势朝着她的腰搂去："你是个聪明人，应该清楚，只要不签这份合同，类似这样的事，每天都会发生，生意你也别想做成。当然，我也不是什么不讲情面之人，赔不起钱，就陪我好了。只要你肯陪我，给你宽限一些时间也不是不可以。"

安宁贝齿紧咬，气得浑身发抖："你无耻！"

陶天天听见楼下有争吵声，推着轮椅来到了楼梯口，就看到这一幕，她眼睛发红，怒道："离我妈远点，你个死胖子！"

她想下去帮忙，却整个人连同轮椅一起从楼梯上滚了下来，疼得直流眼泪，爬都爬不起来。

富态男人挑眉："哟，闺女挺漂亮啊，只可惜是个病秧子。"

安宁见陶天天摔倒了，心急如焚："放开我……天天……"说着一把甩开富态男人的手，就要去扶陶天天。

富态男人面色一变："别给脸不要脸。"

他狞笑着，一把抓过安宁的手，抬起巴掌，直奔她脸颊抽去。

这时，急促的脚步声传来，一道敏捷的身影冲出，直直从楼梯口跳了下来。任杰上前两步，抬手一把抓住了富态男人的手腕，拉过安宁，将之护在身后。

看着摔倒在地的陶天天和满身洗衣粉的安宁，任杰只觉得心脏仿佛要炸开一般,双眼逐渐变得猩红,冰冷的眸光落在富态男人的脸上:"你找死。"说着,大手缓缓用力。

富态男人瞪眼,发出杀猪一般的惨叫:"放手,你快放手!从哪儿窜出来的小混蛋,敢动我?都愣着干什么?上啊!"

两个大汉瞪眼,直朝着任杰冲来。任杰抬起左臂,狠狠握紧拳头,加力。"轰"的一声,钢铁之拳狠狠捶在了富态男人的胸口上。

富态男人后退几步,被任杰的气势吓到,随后又强自神定下来,气急败坏地喊道:"都给我上!"

两个彪形大汉闻言刚要挥拳,就见任杰的身上瞬间燃起熊熊狂炎,他一头黑发飞扬,化作焰人,身上穿着的衣服都在燃烧。

烈焰焚身,生人勿近。

任杰歪头望向那吓傻了的女人。

女人脸都吓白了:"你……你要干什么?别过来,你……"

她惊叫着躲到富态男人身后。

任杰一步步靠近,身上散发出的炽热高温逼着富态男子等人不断后退,一直退出店铺。他回头望向安宁跟陶夭夭:"别担心,我来处理。"说着,一把拉下卷闸门。

陶夭夭眼神晶亮地看着这一幕,起了一身鸡皮疙瘩:"我哥好厉害。妈,快扶我起来,我还要看。"

安宁则是一脸担忧,心道:人家有权有势的,这么做真的可以吗?

店铺窗户一侧,安宁和陶夭夭探出头望了过去。

出了洗衣屋,受到恶魔原罪影响的任杰再也无法压抑心中的狂躁,脸上的笑容逐渐张扬、狂放。

安宁和陶夭夭是他最在乎的人,她俩受了欺负,他不生气才怪。

富态男人躲到后面,怒道:"你们两个还愣什么,工作不想要了?打啊!"

那两个彪形大汉怒吼一声,鼓起勇气,再度冲向任杰,可任杰身上火焰猛烈，滚滚热浪根本让他们无法靠近。

任杰双眸血红："再不滚，我不介意给你们一点教训。"

两个彪形大汉对视一眼，面色泛白，直接扭头跑了。

普通人跟基因武者打，不是找死吗？

富态男人见状，气急败坏："没用的饭桶。王淼，你倒是上啊，信不信我告诉我爸！"

那靠在车上的长发西装男子总算是动了，他从车里抽出一把蓝鞘太刀，横在了小巷口，嗤笑一声："没想到这种小地方，还能出个基因武者。只是一阶觉境就想出来混，是不是太高看自己了？我可是二阶脊境一段。"

王淼缓缓抽出太刀，身上绽放出强烈的灵气波动。

"少爷，怎么收拾他？"

富态男人满眼阴狠："让他长点教训，在我面前叫嚣，他还不够资格。"

王淼眯眼："既然这样，我就陪你玩一玩。"说话间，他将手中银币抛上天空，抽刀直奔任杰斩去，刀锋之上，竟有高速水刃形成，"水刃斩。"

任杰狞笑一声："你废话可真多。"

说话间，竟抬起左臂，直朝斩击挡去。

王淼一愣，心道：胳膊不想要了？正合我意。

然而，只听"铛"的一声，刀刃砍在任杰的机械臂上，火星四起，刀刃翻了，高速水刃也没破开任杰半点皮。

这是什么？王淼心中大惊。

任杰抬臂一扬，拨开太刀，一握拳，弹出三道锋利的爪刀，向王淼挥去。

这是机械臂？强殖者？王淼瞬间暴退，险之又险地避开，西服被划开了三道口子。

下一刻，任杰以掌心对准王淼，五指张开："掌心炮。"

威力强悍的掌心炮发射，王淼只来得及以刀身格挡，整个人向后滑去。

任杰抬手接过坠落的银币，徒手一捏，银币被烈焰融成了银水。他朝着富态男人狠狠一甩，银水滚烫，烫得富态男人满脸起泡，捂着脸尖叫不停："啊啊啊……打他，给我打。"

王淼咬牙："你找死。水龙弹。" 王淼张嘴，对着任杰一阵狂喷，一道道水弹高速飞来，划出阵阵破空声。

任杰抬手防御，水弹大多被高温火焰汽化，但还是有部分打在身上，疼得他不断后退。高温蒸汽化作白雾，转眼间充斥了小巷，遮挡了视线。

任杰咬牙，心道：人家二阶，我一阶，光靠机械臂的话，不是很有把握啊，而且人家还有技能，我也只是刚能起火而已。按理说，我一阶一段了，应该有技能的啊。再试试好了。

意念一动，任杰的意识便来到了那片镜湖空间之上。他抬手触摸恶魔之树，果不其然，那种气息勾连的感觉再度浮现。

他抬眼望向炎魔主枝上延伸出去的上千枝条，这一刻，他竟有一种只要他想，就能开启任何一根副枝的感觉。

这枝条代表的果然是炎魔的技能吗？任杰二话不说，直接选了一个最粗最大的枝条点亮。

炎魔果实中冲出了一道红光，直接注入那枝条之中，枝条被点亮，瞬间燃烧起来，长出一片赤红色的火焰树叶。

恶魔的低语再次于心底响起。

"炎魔天赋技能开启。技能：焚烧。神威如火，焰由心生，八荒焚烬，皆为焦土。"

来了来了，果然是自带技能，无须吸收对应的基因碎片。不管了，一口气解决了再说。魔化一次的代价也只是让他人流泪而已，也不是很难。

"魔化……开启。"打定主意，任杰直接开启了魔化，他并未发现，那镜湖之上原本就已经稀薄到了极点的迷雾随着这次魔化被瞬间清空。

小巷里充斥着高温蒸汽，王淼抓准时机，一刀破开迷雾，水刃斩直奔任杰砍来。

就在这时，任杰身上的气势变了，无穷的火焰云纹从胸口处生长而出，瞬间布满全身。头顶两只炎魔之角凝聚，身上火焰骤变，变得异常狂躁炸裂。任杰缓缓睁开了双眸，一头黑发化作赤红，宛如燃烧的火焰，整个人似那烈焰中的恶魔，眼神炽热且疯狂。

王淼被吓得一抖，手上的斩击却一点不慢。

面对斩来的水刃，任杰竟抬起右手，一把抓住刀身。恐怖的高温蒸发了高速水刃，刀身直接被熔断成两截，化作铁水，滴落在地。

王淼惊恐地道："这……这不可能。"

下一刻，任杰已然抬起大手，正对着王淼的面门："焚烧。"巨大的钟形火焰从任杰的掌心喷出，宛如火箭发动机喷出的尾焰一般，瞬间将王淼的身影吞没。

"波纹水泡。"王淼瞬间防御，一层蓝色的水泡屏障浮现，将他全身包裹，以抵御任杰的烈焰，可他整个人还是被轰飞了出去，被逼到了墙角。

整个小巷充斥着火焰，墙壁被烧黑，路牌、钢管甚至开始熔化。

富态男人和那个女人都吓疯了，连忙钻进水泡里躲避。

"你到底行不行？一阶觉境的基因武者都打不过，我爸白养你了。"

王淼咬牙："闭嘴，今儿遇到茬子了。"

他心中暗道：这小子的火焰很古怪，温度高不说，还带着极强的爆裂效果。水泡摇摇欲坠，似乎随时都会被冲破，王淼只能不断加厚水泡，隔绝焚烧带来的高温。

任杰感受着体内涌动的强大火力，脸上表情更加疯狂。

炎魔魔化，身体素质增强三倍，五识大幅度提升，获得火焰抗性，不惧火焰焚烧。火焰云纹可吸收火焰之力，修复身体伤势，恢复体力。魔化状态下，技能威力翻倍。自身火焰温度提升三倍，且增强火焰爆裂效果。怪不得魔契者即便需要支付代价，也要使用魔化。因为魔化后，可以让魔契者拥有碾压同阶，甚至越级作战的能力。

任杰似不满足于单手释放技能，又抬起一只手对准水泡："焚烧。"

单发火箭发动机变双发了，王淼根本扛不住。水泡在双发焚烧的威能下直接被蒸发。炽烈的火焰下，三人被烧得黢黑，狠狠地撞在了墙上。

任杰单脚蹬地，烈焰于脚下绽放，整个人化作火焰流星冲上前来，机械臂加力，重重捶在了王淼身上。墙壁则出现了蜘蛛网一般的裂纹。王淼受到冲击，无力地瘫软下去。

此刻富态男人彻底慌了，强忍剧痛道："你……你想怎么样？"

任杰怪笑着："有钱就了不起是吧？就能欺负人是吧？不要再来骚扰安宁阿姨，不要再让我看到你们，否则……"说话间，任杰一拳打在墙上，墙面应声碎裂。

富态男人都快吓哭了，哆嗦着道："只要你放了我，我的就是你的。"说话间，他一把将那辣妹推到前面。

任杰只是淡淡地瞥了眼："还是算了吧，我不喜欢秃头女人。"

辣妹：我哪儿秃了？

富态男人急道："她头发虽然着了，但还是有头发的。"

话落，就见任杰抬起手，烈焰在辣妹头顶划过，辣妹的一头秀发瞬间炭化，直接秃顶。

"现在秃了。"

"啊啊啊！"辣妹当场瘫坐在地，哭了起来。

富态男嘴角直抽，眼看是没戏了，不禁祈求道："你到底怎样才肯放过我？"

任杰受恶魔原罪的影响越来越深，脸上也泛起如恶魔一般的微笑："刚才搞乱了洗衣店，不得赔偿吗？"

富态男人一怔，哪里还不明白？直接把自己的劳力士金表和大金链子摘下来塞给了任杰，道："请你笑纳，不成敬意。"

任杰道："那就用来当医药费没意见吧？安宁阿姨的额头可都磕破了。"

富态男人哪里还敢有意见？任杰这才满意一笑，朝着他伸出了手。

富态男人咽了咽口水，小心翼翼地伸出手，跟任杰拍了个手："您……您这是放我走了？"

任杰瞪眼："想什么呢！凑上来自己挨打，我懒得动！"

富态男人行走江湖多年，还是头一次碰到这么变态的人。他神色一狠，跪在地上用自己脸疯狂打任杰的巴掌。我就不信打不疼你！

此刻，任杰望着瘫坐在地上大哭的秃头辣妹，不禁舔了舔嘴唇。

他鬼使神差地伸出手去，刚要触碰到，忽然浑身打了一个激灵。身为祖国大好青年，我怎么会诞生出这么变态的想法？

惊得任杰直接掐了大腿一下，这才回过神来，意识到不对劲。愤怒、贪婪、懒惰、嫉妒、暴食、残暴……这都快让我给凑全了！他连忙查看镜湖空间，里边的情绪迷雾果然没了。

怪不得我如此变态，原来是被恶魔原罪影响了。只是颜姐不是说，魔契者只会被一种恶魔原罪影响嘛，我怎么不一样？

想到这里，任杰连忙解除魔化，然而恶魔原罪的影响依旧未曾消除，情绪迷雾根本不够。更让人担忧的是，魔化结束，是要支付代价的。

虽然富态男人和女人都已经在哭了，但任杰心底，那"代价，已支付"的恶魔低语仍未浮现，一股莫名的危机感油然而生。

第三章
炽炎之刃

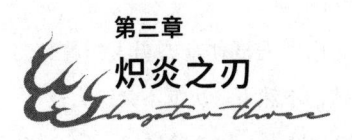

魔化后，不及时支付代价可是会得魔痕病的，可现在仍不是已支付的状态。说到底，"让他人流泪"这个代价本就很笼统，也没规定到底让多少人流泪才算。难道两个人哭还不够？

任杰瞪眼："哭！哭大声点！是我打得不够狠，都看不起我吗？"

一时间，两个人哭得更凶了，堪比哭丧。任杰的目光则是落在了王淼的身上，将他揪起来。王淼死死地瞪着任杰，一言不发。

任杰瞪眼："你怎么不哭？"

王淼咬牙："呵，男子汉生于天地间，顶天立地，有泪不轻弹，我五岁之后就没哭过。今天栽你手上了，我认，但我不信你敢杀我。来啊，你动手啊。"

任杰挑眉，心想：今儿还遇到个硬骨头，不过，就没有什么硬骨头是我任杰啃不下来的。

王淼不知任杰心中所想，接着说道："你可以战胜我的肉体，但绝对无法战胜我的灵……"话还没说完，急疯了的任杰竖起两根手指，朝着王淼的眼睛就是一戳。

"啊……我的眼睛……"这下王淼扛不住了，捂着眼睛原地打滚，泪水终于顺着眼角流了出来。

恶魔的低语于任杰心底响起:"代价,已支付。"

那股莫名的危机感消失,任杰这才松了口气,随即表情古怪,这都行?不论用什么办法,给别人弄哭就行了呗。

下一刻,任杰眯眼,回过头来,亮出爪刀抵住富态男人的脖颈,吓唬道:"最后警告你一次,别再来找碴,不然下一次就不会这么轻易放过你了。安宁洗衣屋虽小,却是我的全世界,你若敢碰它,我让你一切尽失。"

富态男人不住点头:"能……能放我们走了吗?"

"滚吧。"

三人连滚带爬地往外跑。

"等下。"

"怎么……怎么了?"

"衣服脱了。"

三分钟后,在街坊邻居的注视下,烟熏火燎的三人像是大黑耗子一般从小巷里冲出,钻进车里,踩着油门跑了。不多时,穿着包臀裙、披着破洞西装的任杰从小巷里走了出来。街坊邻居们一个个张大了嘴巴。

任杰也没办法,每次起火,身上的衣服都会被烧光。这么多人看着,总不能光着身体回去。打架也太费衣服了,以后得控制好起火范围才行。

他厚着脸皮冲回安宁洗衣屋,陶夭夭见他这副打扮,当即笑了:"噗哈哈哈……女装……"

任杰没好气地捶了陶夭夭一下:"笑什么笑?自己从楼梯上摔下来不疼吗?下次再有这种事情,早点叫我处理。"

安宁则有些担忧:"他们……"

任杰柔声安慰着:"不怕,不给他们点教训,麻烦只会一个接着一个。一味地忍让换不来尊重,他们要是再来找麻烦,直接报警。我收拾下出门打工了，中午不回来吃饭。天天，晚上回来给你带好吃的。"

安宁这才点头。今天要是没有小杰在，真不知道该怎么办好了，反正事情已经出了，正常开门做生意吧。

任杰冲了个澡，换了套新衣服，虽然刚才在三人的身上搞到了不少情绪迷雾，但镜湖空间里也没剩多少了。

一旦情绪迷雾被吞噬净尽，估计又要化身变态了，还是得想办法多搞点才成。而且针对魔化所需支付的代价，还得多做些准备，不然等真要支付的时候掉链子可就不好了。思考片刻，任杰拿上大金链子、大金表，背着书包出了门，今天他还有十几份兼职要做。

自己的等级还是太低了，万一那富态男人再找等级高的基因武者来找我的麻烦，应付不来可就难受了。基因武者是依靠吸收灵气来修炼的吧？灵气……灵气？任杰猛地僵住，对啊！我为什么一丝一毫的灵气都感觉不到？那怎么修炼，怎么升级啊？

猛然间，任杰想到一个可能，当即发消息给诺颜。

杰哥：我有个朋友让我问一下，魔契者该不会是需要用魔气修炼吧？

老司姬：废话！不然为什么叫魔契者？

任杰这下傻眼了。

还真是啊！我去哪儿搞魔气啊！

蓝星所有的灵气都来自十二灵泉，时空魔渊出现后，荡天魔域逐渐成形，将灵泉侵蚀魔化成了魔泉。目前，荡天魔域拥有五座魔泉，剩下的灵泉由三族占据，人类两座、妖族三座、灵族两座。

魔气只存在于荡天魔域中，大夏国境内充斥的是灵气，想要魔气，除非是去种族战场，抑或得到从魔矿中开采出来的魔晶。无论哪个方法，都不是现在的任杰能搞到的。

这一刻，任杰的意识站在镜湖上，无奈地望向恶魔之树。

"要去哪儿找魔气？这不是坑人嘛！"

就在这时,似乎是感应到了任杰的意志,恶魔之树直接将镜湖上剩余的情绪迷雾吞噬一空。下一刻,他的身体中迸发出超强吸力,将不少灵气吸进了镜湖空间。经过恶魔之树的转换,灵气化作漆黑的魔气,注入任杰的身体。任杰的等级直接从觉境一段升到了觉境三段。随后由于情绪迷雾消耗一空,停止了吸收转换。

任杰满脸蒙地站在原地,表情逐渐疯狂。恶魔原罪发挥作用,任杰又控制不住心情了。

他怎么也没想到,恶魔之树还有把灵气转换成魔气的功效,不过前提是消耗情绪迷雾。

这时,远处一个抱着书包、穿着短裙的女学生远远地瞥了任杰一眼,然后低着头快步走着,不小心撞到了任杰身上,脚步踉跄,向后跌坐在地。她一脸慌乱,连忙道歉:"对……对不起,实在对不起,我太着急了,没注意到你,撞疼了吗?我……我……"

说着说着,学生妹子的脸就红了,她有些害怕地看了任杰一眼,并朝他伸出手,示意他拉自己起来。

任杰并未伸手,反而额头青筋暴跳:"对不起有用的话,要警察干什么?说,哪个学校的?叫什么名字?"

正常来说,碰到这么美丽大方的女学生,他这个年纪的小伙子应该会帮忙,哪儿有上来就一通骂的?

学生妹子尴尬地收回手,连忙爬起:"抱……抱歉,我下次注意,您……您怎么才能原谅我呢?"说完可怜兮兮地看向任杰。

任杰不耐烦地道:"得了得了,又不是什么大事,你随便赔我个十万八万作为精神损失费吧。"

学生妹子在心里破口大骂:我就撞了你一下,还得赔钱?碰瓷吗?!你给我等着,要不是人多……

学生妹子脸上的厉色转瞬消失,随后慌张地从兜里掏出五块钱外加一根棒棒糖,低声道:"我只有这些……行吗?"

任杰一把抓过揣进兜里，扭头就走。

学生妹子看着任杰离去的背影，额头青筋暴跳，抓着书包便混入了人群。

…………

人群中，一个拎着公文包的帅气西装男子随意走着，目光时不时瞥向刚才的女学生。

"夜队，刚才那小子够勇啊，只是被撞了一下，就要了人家五块钱。啧啧啧……他要是知道这学生妹子的真实身份，怕是得吓哭。"

街角的咖啡店，穿着职业装包臀裙、黑丝袜，踩着高跟鞋，戴着茶色墨镜的职场女精英正端着杯热气腾腾的咖啡，眼角余光同样落在了女学生的身上。女人留着一头长达腰际的黑直发，身材火辣，脸蛋精致，光是坐在这里，就吸引了不少人的目光。

"小叶，专心点，别跟丢了，逮到她可不容易，别让她出了我的感应范围。"

"陈妲的一切行动都是有目的的，不会无缘无故撞人，那少年可能就是她这次的目标。云筱、老吴，你们跟着那少年，有备无患。"

人群中，一个扎着马尾、学生模样的元气少女点头："收到，夜月姐姐。"

随即，她悄无声息地跟上任杰。同时，一个身穿背心、留着寸头、身材雄壮、在街上发着传单的健身教练与云筱一起跟了上去。

就在这时，通信器起传来叶淮焦急的声音："夜队，跟丢了。"

夜月磨牙，茶色墨镜下，如红宝石般猩红的眸子亮起："找，她走不远。"

…………

一处小巷里，那个撞了任杰的女学生随意将书包丢进垃圾桶，皮肤随着衣服一起融化变形，身高也跟着变化起来，转眼工夫，就变成了身材精瘦、皮肤黝黑的农民工。

"镇魔司的狗鼻子倒是蛮灵的,不过想逮到我?你们还差得远呢,我陈婳'千幻魔女'的名号可不是白叫的。"

一只全身雪白的小貂从陈婳怀里爬了出来,"嘤嘤嘤"叫个不停。陈婳神情异常激动,当即联系了上线。

刀哥:"事情办得怎么样了?那股气息,确定是新觉醒的魔契者吗?接触过了没?能否拉进来成为同伴,作为我们魔爪组织的棋子使用?"

陈婳嘿嘿直笑:"那小魔崽子的气息盗宝貂闭着眼睛都闻得到,接触倒是接触过了……就是……"一想起这个,陈婳就来气。

"就是什么?"

陈婳兴奋地道:"这不重要,你还记得当初塔罗牌组织下发的绝密任务吗?筛查所有新觉醒的魔契者,寻找让盗宝貂有反应的人。"

刀哥无语:"那任务不是已经发布快十年了吗?各组织的人手早就放弃了,扑克跟小丑团的人还曾因为错报信息,受到了塔罗牌的审判。"

陈婳急道:"这次不一样,盗宝貂是真的有反应了,那小子绝对是。"

盗宝貂是塔罗牌下发给各组织,经受过统一训练的,用以寻找魔契者,发展下线。虽说有出错的时候,但这么强烈的反应,一定不会错。

刀哥语气一沉:"你是说那小子就是塔罗牌要找的人?"

"肯定。"

这下刀哥不淡定了:"先别上报,万一出错,对我们就是灭顶之灾,把那小子控制在手里再说。你先拖住,没把握别轻举妄动。最近镇魔司查得严,我想办法脱身,你也小心点。若是真的,那可就发达了。"

匆匆交代两句,两人就断了联系。陈婳强压着激动的情绪,摸了摸盗宝貂的脑袋:"臭小子,你休想逃出我的掌心。"

此刻,任杰已经快憋疯了。再不想办法,他就真要开始变态了。

他刚走到路口,就看到一个挂着拐杖、走路颤颤巍巍的老奶奶正要过马路。身为祖国大好青年,任杰怎么可能视而不见?他一个箭步冲了上去,扶住老奶奶就往马路对面走。

老奶奶瞪大了眼睛,一脸愕然地看向任杰:"哎……小伙子……"

任杰满脸堆笑:"没事,奶奶,这是我应该做的,不用谢。"

事了拂衣去,正道的光辉在照耀着我。

那老奶奶站在路边,看着任杰远去的背影,气愤地跺了跺拐杖。我刚从这边过去,足足花了三分钟,你又给我扶回来了!

偷偷跟踪任杰的吴云清和云筱看着这一幕,嘴角直抽。

任杰刚走出没两步,就看到一个大爷站在垃圾桶旁,怀里夹着三个塑料瓶子,手里拿着半瓶水,拧开瓶盖就把水倒了。

这能忍?任杰冲上前去,一把接过大爷手中的空瓶,并把大爷怀里夹的那三个也一起拿过来塞进书包。

"不要了给我,能卖钱呢,谢谢大爷。城市环保,靠的就是我这样的人。"说着一把掀开可回收垃圾桶,伸手进去掏塑料瓶和易拉罐往书包里塞。

大爷蒙了:"不是,小伙子,我……"

"不用谢,真不用谢,大爷您这袋子还要吗?不要的话给我装瓶子。"正说着,他一扭头,看到一个小丫头的气球脱手,飞到了树上,被树枝挂住,根本够不下来,小丫头在树下哭得伤心,"大爷,我先去帮忙了,她在流泪,世界需要我。"

掏完垃圾桶的任杰直奔树下。

老大爷急了:"臭小子,还我瓶子。"

吴云清:这个人,连老大爷的瓶子都抢吗?

任杰跑到树下,在小女孩泪眼蒙眬的目光中,猿猴一般爬上大树,把气球够了下来,塞进小女孩的手中,一脸温柔地微笑着,摸了摸小女孩的头。

小女孩重重点头，开心一笑："谢谢大哥哥。"

吴云清和云筱看着这一幕，脸上都露出了笑容。这位少年还是很暖心的嘛。然而下一刻，只见任杰弹出指刀，直接扎在了气球上。"啪"的一声，气球当场炸开。

小女孩瞪大眼睛，"哇"的一声，哭得比之前更凶了。吴云清和云筱脸上的笑容也跟着僵住。这个人，怕不是有什么大病吧？特地把气球拿下来，就是为了在小女孩面前扎破？他是魔鬼吗！

小女孩的哭声越来越大，引起了周边人的注意。任杰连忙从兜里掏出棒棒糖，塞进小女孩的手里："乖，不哭，气球不好玩，给你吃糖，这个甜。"

小女孩揉着眼睛，呆呆地看着手里的棒棒糖，抽着鼻子："大哥哥，我谢谢你全家。"

任杰嘴角直抽，好家伙，现在小孩子都流行这么谢人吗？

哄好小女孩，任杰赶紧溜了，怕她爸来揍他。

一转眼，任杰又在湖边看到了个大哥。大哥刚晨练完，自行车停在湖边，此刻他正两手扶着自行车，弓着步向前用力，满头大汗的样子。

任杰实在是看不下去了，来到了大哥旁边，双手放在自行车上，跟大哥做出相同的动作。

大哥瞥了瞥任杰，感觉有点奇怪，不明白这么多空地方，他为什么非得到自己这儿。虽然不违法，但多少有点大病吧。下一刻，任杰腰马合一，两腿蹬地，一个前推，直接就把自行车推进了湖里，发出"噗通"一声！大哥被他带的一个趔趄，差点跟着一头扎湖里。

他不可置信地看着任杰："你干什么？"

任杰起身拍了拍手："大哥，不是我说，你这身体也太虚了，的确该锻炼了，我看你推半天也推不动，就来帮忙了。"

大哥：我刚骑完车，那是在做拉伸动作！

任杰没等他说话，头也不回地跑远："大哥，不用谢我，毕竟乐于助人,不求回报是我的人生格言。"

这一刻,吴云清和云筱彻底麻木了。他的确是个好人,但不完全是,要是跑得不快,估计活不了这么久吧。

他们也不知道,这个"大好人"怎么就成了千幻魔女的目标。

任杰很清楚,这么下去,根本没法收集到足量的情绪迷雾供给魔灵吞噬,毕竟也没那么多好事给他做。如此一来,只能搞个大的了。

于是,吴云清和云筱就见任杰去了典当行,当了大金表和金链子,又去了粮油店,随后还去超市买了把雨伞放书包里。

············

正值周末假期,自由广场上人潮涌动,有摆摊的、逛街散步的、放风筝的、约会的,还有在中央喷泉处玩耍的小朋友。

吴云清和云筱装作情侣,坐在广场的中央喷泉边上偷偷观察任杰。

任杰坐在喷泉边上,打开米袋子,抓住一把小米和香豆撒在广场上。他一边喂一边在心里默念,对不起了鸽子,虽然香豆很好吃,我也很爱吃,但吃多了会腹泻,但看你们长得圆滚滚的,一定被喂得很好,这样下去会飞不起来的,这次就当清清肠道,顺便帮我个忙,让我收集一些情绪迷雾。放心哦,不会伤害你们的身体的。

小朋友们看到这一幕开心坏了,纷纷上前问道:"大哥哥,可以分点给我们吗?"

任杰笑着:"当然可以,来哥哥这儿领,每个人都有份。"

小朋友们开心地抓着小米和香豆,跑去喂鸽子了。可能是香豆太香了,除了广场上的鸽子吃,空中渐渐又飞来一些其他地方的鸽子,"咕咕"声一片,广场上也更加热闹起来。

吴云清和云筱笑看看着这一幕,这个人还是蛮有爱心的嘛,还特地买小米和香豆来这里给鸽子们喂食,就是不知道这大晴天的,他买把伞干什么。

就在这时,一位身穿瑜伽裤、运动背心的靓丽女子来到了广场上,她偷瞄了任杰一眼，缓缓朝这边走过来。

云筱的耳机里传来夜月的声音："目标出现，她的目标果然是这位少年。"

夜月和叶准此刻也来到了自由广场，他们伪装成精英白领，拿着笔记本电脑坐在长椅上，假装办公，实则偷瞄任杰和伪装的陈婳。

派人跟踪这少年果然是正确的选择，就是不知陈婳为什么会找上他，还如此锲而不舍。

瑜伽裤靓女买了两个冰激凌，坐在了任杰的旁边："弟弟吃个冰激凌吗？本以为能吃两个的，高估自己了，给。"说着露出阳光笑容，将一支冰激凌递给任杰。

任杰一愣："是送给我的吗？"

陈婳笑着："当然，可不是谁都能得到姐姐的冰激凌呢。"

她心中暗爽，这臭小子，总算是上钩了。

任杰一脸认真："那我不要这个冰激凌，可以换成五块钱吗？"

又是五块钱，你穷疯了吧！我凭什么给你五块钱，哪儿有你这样的？

陈婳尴尬一笑："不……不要算了。"

任杰："要不你还是把冰激凌给我，我看能不能找别人卖掉换五块钱。"

"我自己吃。"她都快被逼疯了，为什么一跟他说话就忍不住生气啊？

陈婳抿了一口冰激凌，眸光似水般瞥向任杰："弟弟，你相信一见钟情吗？广场上人山人海，我却只对你有感觉。"

任杰摇头："我只相信仙人跳，姐姐，你是健身房卖课的吧？这套路太老了，你这个月业绩应该不怎么好吧？"

陈婳：我卖你个大头鬼！

"不信算了，呀，冰激凌都快化了呢。"陈婳一边看着任杰，一边舔着快要融化的冰激凌，引得旁边的人频频侧目。

任杰视而不见，一直仰头望天，突然，他看着一坨白色的不可名状之物从高空坠落，直接掉在了陈婳的冰激凌上，与那白色的奶油完美融合。

任杰脸上的表情一僵，默默掏出书包里的雨伞，撑了起来。

陈婳疑惑："你打伞干吗？"

"遮阳。"

屁啊，你打的分明是透明塑料伞啊。

任杰起身："姐姐你慢慢吃，我还有事，先走了。"说话间就已起身，往广场外走去。

陈婳急了："哎哎哎，别走啊，我……"她刚一伸手，又一坨白色不可名状之物从高空坠落，砸在了她的手背上。

陈婳皱眉，这是什么？她不禁抬头望天，刚一抬头，一坨白色鸟屎正中其面门。陈婳整个人都僵住了，眼神惊恐。而后，数不清的白色"雨点"如瓢泼大雨一般降下，落在人们的头顶和肩膀上。

吴云清的身上被糊了好几摊，云筱的头发上也沾满了白色。两人对视一眼，脸都白了。兽医店，小米，香豆，雨伞……

"跑！"

两人什么也不管了，扭头就往广场外跑。

叶淮也蒙了，这是什么情况？下一刻，他被夜月举起来，挡在了头顶。

叶淮："夜队，你不能这么干啊！"

此刻，自由广场上已经彻底炸了锅，人们拼命朝外跑，为数不多的遮挡物成了大家的避难所。陈婳双眼冒火，焦急地搜寻着任杰的身影，可目光所及之处，皆是慌张乱跑的人，哪里还有任杰的影子？

"臭小子。别落在我手里。"

任杰撑着伞，镇定地于"雨"中漫步，谁也没看出他心中的震惊。

这"雨"也太大了吧！远超自己的预期，没想到突然来了这么多鸽子。不过，任杰又有些庆幸，这样也好，"雨"大一点，效果加倍。

想到这里，他得意地吹起了口哨，继续漫步，"雨"滴答滴答地打在伞面上，他却片"雨"不沾。

巨量的情绪迷雾从人们的天灵中析出，被收集到镜湖空间中，镜湖湖面上满是迷雾。魔灵就算是再能吞，这些也足够满足它的胃口了，甚至还有多余的情绪用来将灵气转换成魔气修炼升级。这样收集情绪迷雾倒是快，就是没法多搞，怕鸽子们扛不住。

自由广场外，镇魔司第三小队汇合了。

吴云清和云筱身上沾满了鸟屎，像是刚从装修工地回来的粉刷匠。两人额头青筋暴跳，不过在看向叶淮之时，心情又好了不少。

叶淮此刻就像是那古罗马的石膏雕塑，正面全是鸟屎，背面一点儿没有。他一脸愤慨地看着夜月。你要挡也用我的背面挡啊！你知道温热的"雨水"在我的脸上胡乱拍打是什么感觉吗？

夜月黑着脸："到底什么情况？怎么这么多鸽子，而且还……"

云筱捏着拳头，一脸气愤："还不是那个'大好人'干的？我们以为他好心地来喂鸽子，谁知道他给鸽子喂香豆，香豆吃多了可是会腹泻的。"

夜月听着云筱的汇报，眼皮直跳。这位少年究竟是怀揣着多变态的心理，才能干出这种损人不利己的事啊？

"继续追，查一下那位少年的身份，好不容易找到线索，绝不能就这么轻易放弃。陈婳连续两次找上他，定有所图，只要盯紧他，就一定会有收获。"

吴云清和云筱已经有些怕了，天知道那"热心市民"还会干出什么伤天害理的事来。别说陈婳了，他俩都想把任杰逮过来暴揍一顿，但任务在身，也没办法，只能继续跟下去。陈婳追不到，找任杰还不简单？于是，第三小队就见到了任杰作为"最强打工人"忙碌的一天。

另一个广场上，横七竖八停满了黑出租车、黑摩的，好好的篮球场成了不规范载客区。任杰双手插兜走了过去，几个打篮球的小伙子见到任杰就跟见了救星似的，连忙围了上去，塞给任杰二百块钱。

任杰挑眉："老规矩？两百块钱，我只骂半个小时。"

那几个篮球小伙给任杰揉肩捶背："杰哥，兄弟几个今天全指望你了。"

任杰熟练地从书包里掏出广播喇叭，站在音箱上，对着那帮黑车司机开骂了。

司机们一看这死小子又来了，心道：我们也在家练习过了，今天若是还骂不过你，我们也就不用混了。

"哥几个，一起上。"一群司机大哥活儿也不拉了，凑上来围着任杰指指点点，疯狂输出。

任杰完全不惧，站在道德的制高点上舌战群儒，唾沫横飞。

夜月他们都看傻了，这小子干的都是什么活儿啊？职业吵架师？那帮打篮球的小伙子是专门雇他来吵架的？

半小时后，黑车司机们灰溜溜地把车都开走了，小伙子们打上了篮球。任杰双手插兜，一副不知道什么是对手的样子。

随后，任杰又化身绿蛙蛙，穿着人偶服在商业街拍照卖蛙蛙，拍照五块，蛙蛙三十。期间还接了十几个遛狗单。

一只绿蛙蛙在商业街遛着十几只狗狗，更受欢迎了好吗？

结束这份兼职后，任杰又跑去景区代排队，排队过程中，还当游戏代练赚钱。接着，他又接了同城跑腿单，一边跑腿一边拿着手机疯狂拍路边的违停车，举报给交通队，举报一辆违停车奖励三十块。

一天下来，夜月他们都看傻了，这是个什么神仙？他一天到底做了多少份兼职啊？干的还都是特别赚钱，不违法但缺德的活儿。

云筱嘴角直抽："他都不知道累吗？"

夜月看着调出来的关于任杰的资料，皱着眉头，眼神有些复杂，她或许明白任杰为什么这么拼命赚钱了。

陈婳也没放弃对任杰的跟踪，只不过这一天下来，任杰去的都是人多的地方，再加上镇魔司跟得紧，她根本没有下手的机会。

让这小子落在镇魔司的手里，那可就不好办了。

就在陈婳计划着到底要如何下手的时候，上头又来消息了。

刀哥："怎么样？搞定没？"

陈婳黑着脸道："还没，不过已经打听出这小子的底细了，69区最强打工人，兼职小王子。现在镇魔司的人也盯上他了，这次要是拿不下，可就没机会了。我已经想到拿下他的办法了，但需要你配合。"

刀哥一怔："你是说……"

陈婳脸上的表情逐渐变得狰狞："想要从我手里抢东西，是要付出代价的。"

…………

晚上十点，Happy酒吧，身穿白衬衫、背带裤，还系了个黑色领结的任杰正姿势优雅地站在柜台后调酒。不少人都是为了看任杰才来这里喝酒。

已经快结束调酒兼职的任杰刷着手机，看看有没有更适合的兼职。如果没有，只能去趟周姨家，给她家大娃、二娃多整点儿饭吃了。

就在这时，一位打扮潮流、背着名牌包包、喝得醉醺醺的女子来到前台，直接将车钥匙摔在了柜台上："小哥，代驾的活儿接吗？化工区家属院。"

任杰一怔："化工区吗？太偏了，一来一回太耽误时间了，这位小姐，您还是……"

话还没说完，那女子直接掏出一千块钱拍在柜台上："接不接？人家就要你开车送我回家嘛。"

任杰看着一千块巨款，眼睛都直了，一个箭步上前，扶住那女子："夜太黑，锦城太危险，别人送您回家我可不放心。哔哔代驾，竭诚为您服务。"说着扶起女子上了酒吧外的一辆车,直奔目的地开去。

车越开越远,逐渐到了人烟稀少的化工区。

"话说你指的方向真的没问题?这边太荒了,你家真住这儿?"

此时,车已经开到了一处化工厂外,巨大的化工厂早已废弃,隐藏在夜幕下,只看得清些许轮廓,仿佛择人而噬的野兽。

女人咯咯直笑:"就停这儿吧,小哥。"

她的嘴唇逐渐向任杰靠近。就在即将触碰到对方的一瞬间,她的整张脸骤然裂成了八瓣,像裂开的花苞一般,朝着任杰的脑袋裹去:"我想像这样,一口一口地吃掉你呢。"

任杰眼珠暴瞪,脸都白了。这是个什么东西?

哪怕心理素质超强,任杰也被眼前的一幕吓了一跳。他本能地想要点火,不管她到底是个什么东西,先火化了再说。

就在这时,一道身影从化工厂巨大的储存罐上跃起,浓重的夜色下,他的双眸猩红如血。他的身体直朝着宝马车坠来,指甲划过掌心,殷红的鲜血从伤口中暴涌而出,化作宛如红宝石一般闪耀的血刀,狠狠扎进了宝马车的车顶。

正要起火的任杰只听"咣当"一声,车顶塌陷,玻璃炸裂,一柄血刀刺穿车顶,贴着任杰的脸扎了下去,隔在了他和裂皮女中间。

任杰甚至看到了自己映在血红色刀身上的倒影。

"嘶……"这又是什么情况?

下一刻,血刀猛挥,一道血色锋芒一闪而过,火花四溅。宝马车被一斩为二,从中间分开,女人的脸皮也被一起切断。

任杰顺着裂口向上望去,就见一身职业装,高跟鞋、黑丝袜加身的夜月正站在车顶,一双猩红之眸正望向自己。

裂皮女并未放弃,她满眼疯狂,手臂变形化作刀锋触手朝着任杰脖颈划去。

"躲远点,危险。"夜月抬手,巨量鲜血涌出,化作鲜血巨爪,一把抓住半个车身，连同任杰一起，朝着远处丢去。与此同时，另一只鲜血巨爪成形，朝裂皮女所在的半个车身猛拍。

"轰——"车身被当场拍扁，大地都跟着颤了一下。裂皮女的身影从烟尘中窜出，连翻了两个跟头，稳住身形。

吴云清从一侧冲出，扬起双手，一把抱住被夜月掀飞的半边车身，巨大的冲击力让他的双脚陷进土里。他一脸轻松地道："小子，下车。我是镇魔司第三小队的，跟了你一天，可没少被你折腾。"

任杰咽了咽口水："啊，原来是镇魔官，失敬失敬。"说完打开了车门。"咣当"一声，打开的车门砸在了吴云清身上。任杰踩着车门下了车，闪身躲在吴云清身后，露出半个脑袋偷偷往外瞄。

车都被切开了，你就非得开门下。吴云清没好气地将半个车身丢到一边，一脸不爽。

夜月回头望向任杰，淡淡地道："找个地方躲好，剩下的事交给我们处理。"

任杰眼珠直转，好像被卷进什么麻烦事里了。可我只想安安静静地打工，老老实实赚钱而已啊。昨晚刚从焚尸炉里爬出来，今天就撞见这邪门的事了，这几天出门没看皇历吧。

吴云清现身，暗处的叶淮和云筱也走了出来，成合围之势，将裂皮女围在中间。

叶淮默默地点了根烟："陈婳，我们找了你这么久，你该不会以为今晚还逃得掉吧？"

陈婳脸上那被斩掉的脸皮逐渐愈合，又化作女人模样。虽然被包围，但她的脸上没有丝毫惊慌之色："我有说要逃了吗？小弟弟，这么急着走啊？你是我的，等我解决了这几只镇魔司的小崽子，再跟你好好算账。"

众人转头，就见任杰已经蹑手蹑脚地走出去挺远了。

任杰咧嘴一笑："哈哈……代驾的账不都已经算完了吗？我就不跟

你们凑热闹了，你们几个慢慢打，我妈叫我回家吃饭呢。"

这些镇魔官和那个变态女都是高阶基因武者，是刀劈汽车、徒手接车的猛人，他一个一阶觉境的小角色跟着凑热闹，不是找死吗？昨天就是被砸死的，今天这热闹我可不凑了。这样想着，他扭头就跑，速度极快。刚跑出去不远，黑暗中就冒出一道火光。

"砰砰砰！"是枪声，夜月心头一紧，还有人？怎么没察觉到气息？

任杰心头一紧，瞪大眼睛望向暗处，将五感催动到极致。

世界仿佛于这一刻慢了下来，任杰能听到青草摇曳的声音，闻到化工厂里传来的铁锈味儿，还有三颗铜黄色的模糊幻影以极快的速度朝他飞来。

下一瞬，任杰的衣袖被炸碎，左侧臂膀冒出一道道幽蓝色的光芒，他张开机械手顶向身前，由于速度过快，甚至产生了幻影。

"铛铛"两声，子弹打在了掌心处，化作弹饼落地，冲击力让任杰后退了两步。最后一颗子弹则擦着他的脸颊飞了过去，在他脸上留下了一道血痕。机械臂过载，冒出阵阵白烟。

任杰面色骤冷，望向黑暗。吴云清一个箭步冲过来将任杰挡在身后。

众人看着任杰的机械臂都愣了一下，这小子竟然还是个机械强殖者。

黑暗中，一道持枪身影走了出来，来人身材高大，穿着黑色风衣，脖颈戴着银链，留着寸头，脸上有一道长疤。这人名李盏，便是陈姗口中的刀哥。"啧啧啧……机械臂不错，军用版的也不过如此了，没想到你这小子身上还装着这东西，不简单啊。"

随着李盏的出现，夜月的神色阴沉下去，眉头深皱。

李盏却笑了："怎么？试图联系本部？当我们的结界师不存在吗？既然引你们出来，就没想让你们回去，真不知道你们司主知道自己的第三小队被我消灭后，会是什么表情。"

化工厂的钢梁上，一道浑身笼罩在黑袍里的身影浮现，好似他原本就站在那里。此刻整座化工厂被结界壁垒挡住，彻底断绝了与外界的联系。任杰嘴角直抽，看样子镇魔司的人是玩脱了。

夜月眯眼："你就这么确定凭你们几个便能灭掉我的第三小队？"

李盏嗤笑一声："我只是陈述事实，我看中的东西，还没人能从我手上夺走。"说话间，他看向任杰，"小子，给你两条路，第一，跟我走，加入魔爪组织，你想要什么，魔爪就给你什么。我们魔契者身份敏感，在大夏就如过街老鼠，镇魔司不会待见你，你活不下去，也没有成长所需的养分。想要变强，想要活命，加入魔爪是你唯一的选择。"

李盏的表情逐渐狰狞："至于第二条路，就不必我多说了吧？"

夜月望向任杰，心中一沉，果然，他是魔契者。所以魔爪才执着于他吗？但夜月并不知道，魔爪执着于任杰的原因远不止于此。

还不等任杰回话，夜月道："别信他，加入了魔爪，可就真没有回头路了。虽然这世界对魔契者有很多偏见，但镇魔司绝不会因你的身份对你出手，只要你心中向阳，恪守底线，魔契者又如何？我始终坚信，力量无正邪之分，驾驭力量的人才有。或许我们无法选择命运，但我们可以选择成为一个什么样的人。"

任杰刚成为基因武者，还是极其特殊的魔契者，夜月可不想他一开始就走歪了。

李盏嗤笑着："光给他喝鸡汤、画大饼可没用，你改变不了现实。小子，选吧。"

任杰一脸犹豫，随即挠着头腼腆地道："我问一下，咱们魔爪有实习期吗？双休吗？薪资待遇怎么样？加班给加班费吗？节假日三薪不？签劳务合同吗？给交五险一金吗？"

李盏："什么五险一金？你以为我们是公司吗？"

任杰一脸失落："啊？那不去了，像我这种正经人，可不能去什么不正经的公司上班，我可是高考状元。"

任杰不傻，这什么魔爪听起来就很阴暗，要是真跟着走了才危险。而且刚刚那三枪，绝对是抱着伤到他的心思开的。目前这种局势下，还是站镇魔司比较靠谱，官方组织，至少人品还是有保证的。

只是任杰想不通，自己昨天才成为魔契者，怎么今天就暴露了？魔爪的人是怎么知道的？

陈姵急了："跟这小子废什么话？先拿下他再说。"

她都憋了一天气了，早就忍不住了。

李盏狞笑一声："先杀镇魔官。记得，那小子要活的。"

说话间，李盏身上绽放出漆黑魔气，两条手臂直接化作巨型钢刀，如离弦之箭一般，直奔夜月冲去。

与此同时，夜月四人收缩队伍，将任杰牢牢护在中间。

"先斩结界师。叶淮，交给你了。"

"得嘞，四对三，优势在我。"叶淮应了一声，从怀里掏出两把带着七十五发弹鼓的AK47，整个人腾空而起。两把AK47倾吐火舌，射出大量的子弹，直奔结界师而去。

陈姵眯眼："四对三，你确定？"话落，她素手一挥，上百张人皮被甩了出去，"撒皮成兵。"

人皮一落地，直接化作画皮恶魔。他们背部裂开，生出一条条末端带着刀锋的血肉触手，于空中狂舞着，任杰今天见过的女学生、瑜伽女子，全在此列。

"上，把他们的皮给我剥下来。"

话落，上百只画皮恶魔疯了一般朝几人冲来。

"锵"的一声，李盏的钢刀与夜月的月刀狠狠碰在一起，碰撞声震得任杰耳鸣不止。

李盏狂笑着，提着钢刀狂斩，空气中一道道森寒刀芒闪烁，快出幻影。夜月贝齿紧咬，凝聚出两柄血刃，跟李盏对砍。

刀光剑影下火星飞扬，铿锵之音不绝于耳。

对砍之中，李盏的身上多了几道刀伤，晶莹的血珠于空中飞撒。

夜月双眸猩红，以血刃对着飞撒的血珠暴斩："血爆。"

"轰——"李盏的血珠，包括他体内的鲜血瞬间炸开，身上的衣服被鲜血浸染，可他的表情依旧疯狂："不够，根本不够。你不知道魔契者的自愈能力都很强吗？我们是魔、不死的恶魔。"

"千刃破。"随着李盏的狂挥，刀锋化作风暴朝着夜月压去。

夜月疾退几步，身上多了数道刀伤，黑丝破裂，鲜血染红了白衬衫。

击退夜月后，李盏腿上延伸出巨大的钢刀，朝任杰踢来。

吴云清怒吼一声，挡了上去。

"岩蜥重甲。"下一刻，吴云清的身材足足壮了一圈，身上长出土黄色的鳞片，一条粗壮的蜥蜴尾巴刺破裤子生长出来，整个人化作了土黄色的雄壮蜥蜴人。

"锵"的一声，火星四溅。李盏这一击脚刀，直接砍在了吴云清身上。吴云清被当场斩飞，砸进了化工厂里。

就在这时，站在任杰旁边的云筱身上散发出强烈的灵气波动，整个人都开始发光，一只带着笑脸的向日葵虚影于其身后浮现。

"阳光领域。"一道金色的防护罩瞬间成型，挡住了李盏的刀。

被击飞的夜月重新站起，鲜血从伤口狂涌而出，化作一杆血色大枪："狂血。"

这一刻，夜月隐于皮肤表面下的血管亮起红光，双眼下方血色眼影浮现，血纹延伸而出，划过脸颊，直至脑后。其身体瞬间消失在原地，化作一道血色流星，冲到了李盏面前。她用血色大枪对李盏猛抽，对方只来得及用刀格挡。"轰"的一声，气爆震耳欲聋，李盏被当场抽飞。

"护好他。"夜月长枪一甩，朝着李盏压去。

一群画皮恶魔也随之冲了上来。

云筱贝齿紧咬："缠龙缚。"

一根根绿色藤蔓从地下窜出，缠绕在画皮恶魔们的脚上，但很快就被刀锋触手切开。

"老吴,你快点啊!葵子光雨。"

向日葵虚影中,一颗颗瓜子冲天而起,化作光雨,落在了吴云清和夜月身上,两人身上的伤势包括灵气都在不断恢复。

吴云清从废墟里冲出来:"来了!乱石。"

一颗颗土石脱离地面,朝画皮恶魔猛砸,吴云清也仗着强悍的防御杀入画皮恶魔群中,然而画皮恶魔根本就杀不死,哪怕把皮撕了,也能很快融合修复。

陈婳躲在画皮恶魔之中,很难找到她的本体究竟在哪儿。魔契者的狂暴战力于这一刻尽显无余。

任杰看着这一幕,脸都黑了,可真是倒了血霉了。

与此同时,叶淮那边也遇到了麻烦。飞射出去的子弹被叶淮疯狂加速,锁定了结界师所在,从不同的角度对他发动致命攻击。

"黑棺。"结界师抬起手,纯黑色的能量结界壁垒成形,将其完全包裹。

子弹打在黑棺结界上,全被弹开。

结界师再一抬手,结界瞬间指向叶淮:"断空斩。"

一道灰色结界墙朝着叶淮所在切割而去。

叶淮头皮发麻,在空中极限变向才堪堪躲过一击,然而一道道的结界墙却不停地朝他斩来,他只能不停寻找攻击的时机。

云筱急道:"叶淮帮忙。"

光凭她跟吴云清,根本拖不住这么多画皮恶魔。

叶淮咬牙,大手一挥。化工厂中,无数钢管、钢筋折断,疯狂加速,宛如落雨一般,朝着画皮恶魔们猛插。形势瞬间缓和不少。

云筱回头道:"你躲好,不要……人呢?"

任杰以此生最快的速度朝战场外狂飙,身后掀起滚滚烟尘。

傻子才老实待在这里,镇魔司小队明显被压制了,李盏和陈婳都是魔契者,还有魔化的手段没用,谁打逆风局啊!

跑着跑着,任杰撞在了一道无形的墙上,鼻子都被撞歪了。墙壁上陡然传来巨大的反冲力,把任杰冲得往后翻了两个跟头:"什么鬼?"

云筱急道:"那是结界,出不去的。小心,它们冲你去了。"

数只画皮恶魔发疯似的朝任杰冲来。

"终于逮到你了,小家伙。我要扒了你的皮。"

背后就是结界,任杰已经退无可退了。面对冲来的画皮恶魔们,他二话不说,抬手对准:"焚烧。"

"轰——"汹涌火光映亮了夜空,宛如火箭发动机尾焰一般的赤色火焰喷涌而出,三只画皮恶魔瞬间被淹没在火光里,转眼就被烧成了灰。

这一次,画皮恶魔没有再生。

任杰这突如其来的一手让云筱和吴云清震惊地瞪大了双眼。

这怎么可能?恶魔之所以难杀,就是因为它们有极强的再生能力,唯有神眷者的攻击对恶魔有巨大的杀伤力,可他不是魔契者吗?怎么如此轻易地干掉了画皮恶魔?

"臭小子,你找死!"陈婳抓着匕首,从一侧朝着任杰狂刺而来。

肾上腺素狂飙的任杰直接将另一只手掌对准陈婳。"轰——"又一记焚烧用出,炽热的火焰将陈婳吞没,其身上的人皮瞬间化作飞灰。

陈婳:"啊啊啊,我杀了你!"

任杰脚下一踏,一声巨响,焚烧用出,他借着这股推力,一跃十几米高,从画皮恶魔群里跳了出来。"要死要死……"

任杰已经麻了,毫不犹豫地直接调动了恶魔之树,情绪迷雾被疯狂消耗,巨量的灵气被任杰牵引过来,转化为魔气注入身体。他的等级以肉眼可见的速度开始突破四段,甚至直冲五段。

虽说一阶的时候比较好升级,但任杰这种突破的速度也是极为吓人的。现在的他完全不管什么情绪迷雾的消耗了,实力能增强一点儿是一点儿，保命要紧。

任杰使用焚烧缓冲落地，还没站稳，李盏就朝着他猛冲而来。夜月想要去追，却被结界师用黑棺困住。吴云清和云筱也被画皮恶魔所阻。

李盏眼中满是狞色：「小子，路是你自己选的，别后悔。先让我废了你再说，免得你再不老实。」其扬起手臂钢刀，朝着任杰肩膀斩去。

巨大的压迫感扑面而来，任杰瞳孔暴缩，意识于镜湖空间中直接触碰恶魔之树。

如今他觉境五段，每阶一段跟五段，是可以觉醒一个技能的。

根本没时间给任杰挑了，他直接选了炎魔枝丫上的一根枝条。枝条瞬间被点亮，燃烧起来，其上同样长出了一片火焰叶子。

恶魔的低语响彻心底。

"炎魔天赋技能开启。技能：炽炎拔刀斩。

"长刃燃火，一瞬芳华，刀锋所至，群星皆寂，致那不灭的炽炎。"

只听"轰"的一声，任杰的身上燃起冲天烈焰，将空气灼烧扭曲。魔纹蔓延，炎魔之角冲天。

"魔化开启。"

其双眸顿时宛如燃烧的大日一般。

"炽炎之刃。"

下一刻，一柄完全由火焰构成的刀柄从任杰的心脏处浮现。任杰一把抓住刀柄，将炽炎之刃从心脏处拔出，刀身笔直，其上火焰缭绕。他钢牙紧咬，对着李盏斩下的巨刃狂砍。

炽炎之刃被拔出的瞬间，其体内全部的火力都汇聚于刀锋之上。任杰身上的火焰全部熄灭，连炎魔之角都暗淡了一些。

钢铁巨刃跟炎刃触碰，并没有发出碰撞之声。在李盏不可思议的目光中，他手臂化作的钢铁之刃直接被炎刃刀锋熔断，就像切豆腐一样轻松。

"唰"的一声，炎刃刹那划过，斩在了他的胸膛上。任杰向上猛挑，在李盏的身上开了个巨大的刀伤，鲜血狂喷。那飞溅而出的鲜血就像是汽油一样被点燃，李盏本人的身上也燃起了冲天大火，化作人形火炬。

"不可能！这绝对不可能！啊啊啊……"

身上的火焰不断灼烧着李盏的肉体，半天都灭不掉。

任杰没在原地傻站着，机械手用出一个爪钩，抓住一处钢梁，拉着他转移了位置。这人太危险了，还是离远点好。毕竟刚刚那一击，自己已经尽了全力了。

吴云清、云筱和叶淮三人全蒙了，呆呆地看着任杰刚刚斩出的恐怖一刀，以及烧成了火炬的李盏。你跟我说这是一阶？

第四章
魔威初现

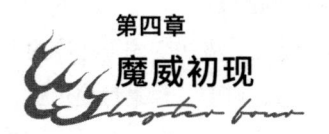

吴云清等人都以为任杰是个毫无自保能力的小角色,但无论是之前的徒手接子弹,还是刚刚的惊艳一刀,都着实让他们震惊。

他竟然伤到了李盏,这可是能把夜月队长拖住的人啊!

只听"轰"的一声,黑棺被无数血刺戳爆,结界师面色一白。

夜月一头黑发狂舞:"神化:血月悬天。"

一轮完全由鲜血勾勒出的圆月浮现在她背后,血月下方出现一条血色长河,她身上血纹耀眼,绽放出无与伦比的神圣光辉。与此同时,她的三只指甲也于无声中化作飞灰,此为神眷者的代价。

任杰瞪大了眼睛,心中震惊,这夜月竟是个神眷者?她的头上怎么还挂着一道血条啊!

夜月额头青筋暴跳:"你的对手是我。血神枪。"

她徒手一抓,一柄巨型血枪成型,朝着李盏的所在奋力投去,三道气环浮现,音爆震耳欲聋。

李盏被血神枪刺扎中腹部,整个人撞到了结界之上。方寸结界因这一枪震了一下,那结界师也因此口吐鲜血。

李盏大口吐血,身上魔雾溃散,眼神疯狂地瞪向夜月:"不愧是神眷者，现在的攻击才够劲儿。本以为不用魔化就能解决掉你们的，现在看来是没戏了。杀不死我的，只会让我更加强大。"

夜月神情冷冽："给我闭嘴。"话落又是两柄血神枪刺出。

李盏狞笑着，身上魔雾滚滚："魔化：千刃恶魔。"

一阵铿锵之音传来，李盏的身体疯狂魔化，皮肤变成了冰冷的金属颜色，利刃从双手、双脚、手肘、膝盖、肩膀、脊梁骨处生长而出，就连头顶也有巨刃弹出。

"刃鬼。"

任杰只感觉眼前一花，森寒的锋芒绽放，三柄血神枪被直接斩碎，大地之上满是刀痕。

李盏腹部的伤口逐渐愈合，他发疯似的朝着夜月冲去。两人撞在一起，疯狂对攻，动作快到任杰根本看不清。夜月的身上不断有伤口浮现，转眼工夫，她十指的指甲都已然消失，正在消失的，是她手臂的皮肤。

李盏狂笑着："你的神化还能维持多久？你还有多少血可用？你会死在我的刀下，唯有你的性命才能平息我胸中的愤怒，哈哈哈……"

李盏将两柄巨刃顺着自己的肋骨插了进去，一边吐血一边猛攻，状如疯魔。

看着这一幕，任杰嘴角直抽，这哥们儿的代价该不会是"两肋插刀"吧，真插啊？显然，影响李盏的恶魔原罪是愤怒之罪。

云筱已经不断地为夜月恢复了，可夜月还是被压着打。

另一边，陈嫔尖锐的笑声传来："小弟弟，你一定会是我的，逃不掉的。"

她显露出真身，化为一个相貌平平、脸带雀斑的女子，她用匕首将自己的面皮剥下来，丢在地上，狞笑着："魔化：画皮恶魔。"

上百张人皮聚拢，冲入陈嫔的身体里，她的内脏仿佛消失了一般，整个人变成了一副软趴趴的皮囊，其上面容不断变化着，唯独没有陈婳自己的脸。

"剥皮之刑。"无数刀锋触手生出,在场中疯狂切割着。

吴云清根本扛不住这样的攻击,刀锋一沾,身上的皮就被剥下大片。云筱主恢复辅助,战斗不是她的强项,能保护自己便已然拼尽全力了。叶淮被结界师盯着,也帮不上忙。

陈婳满眼阴狠毒辣,猛攻云筱:"凭什么,凭什么你们生来就容貌出众,被无数人追求?长相、颜值就是一切吗?我恨!我要把你的脸皮剥下来,做成我的藏品。天生丽质又如何?只会是为我陈婳作嫁衣。"

云筱都快被吓哭了,剥脸皮什么的也太可怕了吧。

见云筱快坚持不住,任杰骤然开口:"真别说,你这别致东西,长得还挺丑,长得丑也就算了,你还不要脸,连面子都丢地上了,变成这副没脸没皮的鬼样子,也怪不得别人。你说对吧?"

陈婳:"你说谁不要脸?"

任杰没说话,指着远处被丢在地上的脸皮耸了耸肩。

陈婳顺着他手指的方向看过去,眼中怒火中烧:"啊啊啊……我这就把你的舌头割下来,让你永远闭嘴!"说话间转头朝着任杰猛冲而来。

任杰面色发白,心道:仇恨转移,云筱是保住了,谁来保护我啊!

与夜月激战的李盏见到这一幕,同样疯一般朝任杰冲来:"他是我的,你别想染指。"此刻李盏被愤怒之罪影响太深,已处于堕落成魔的边缘,神志都不剩几分了。

刹那间,陈婳和李盏就冲到了任杰面前,一人刀锋触手狂挥,一人以钢铁巨刃暴斩而来。

任杰的瞳孔暴缩,一股死亡的危机感自心头升起,我不会两天连死两次吧?!

夜月看到这一幕,双目血红:"血闪。"

她面色骤然苍白下去，整个人却化作一道血色闪电，斜着冲了进来，一把抱住了任杰，背对攻击，将他护在了怀里："血神铠。"

大量鲜血从夜月的伤口中涌出，凝聚为宛如红宝石的血甲，只不过这副血甲是包裹在任杰身上的，并非在夜月的身上。

任杰只觉得一股温暖包裹了全身，那鲜血带着夜月的体温。

夜月道："我会打破结界，支援很快就会抵达，活下去。"

任杰怔住了，呆呆地看着面色苍白、一身狼狈的夜月。

活下去吗？十年前，有人对他说过同样的话……那便是陶然。

时至今日，陶然那满是鲜血的脸仍旧深深铭刻在任杰的记忆中，此刻又仿佛跟眼前的夜月重合了一般。

为什么？为什么明明是第一次见面，你就肯豁出性命来救我？陶然如此，你也如此。我这条命本来就是捡回来的，是陶然用命换的，如今还要为我再搭上一条性命吗？已经够了，任杰不想重蹈覆辙。这一刻，心里积压了许久的愧疚、没日没夜打工的疲惫、被砸死的愤慨、被卷进麻烦事里的愤怒，爆发了。

任杰的情绪剧烈地波动着，镜湖空间中，那恶魔之树如感到了任杰的意志一般，瞬间就吸干了所有的情绪迷雾，整棵巨树泛起黑光，于镜湖之上掀起滔天巨浪。

任杰身上燃烧着的火焰骤然化作纯黑色，双眸漆黑，似不见星辰的夜，一股煌煌魔威以他为中心悍然迸发，席卷全场。

夜月他们没感觉到什么，但陈嫣和李盏仿佛中了定身咒一般，身体瞬间僵住，攻击停滞。这是来自上位者的压制、来自灵魂的恐惧。他们几乎失去了身体的控制权，一脸骇然地望向任杰。

任杰居高临下，眼神冰冷而森然，面若寒霜："虫豸之辈，也敢直视我？你们的头抬得太高了，跪下。"

魔威愈烈，两人只觉得一股重压狠狠砸在身上，仿佛肩上扛着一座巨山。"扑通"两声，刚刚还魔焰嚣张的两人直接被这股大魔之威压得跪在地上，不受控制地俯首。任凭他们如何反抗，也无法抵挡本能，以及灵魂上的畏惧。

这一刻，场中如死一般的寂静。

云筱、吴云清和叶淮一脸震撼地望着这一幕。什么情况？两位开启了魔化的魔契者竟然跪在了任杰的身前，连动都动不了。

他们什么都没感觉到，只觉得任杰仿佛变了一个人般，甚至让人不敢直视他的双眼。此刻夜月距离任杰最近，她是最直观感受到这股威严的人，哪怕她是神眷者，此刻也忍不住双腿发软，浑身颤抖。她满是不可思议地看着任杰的侧颜。

此刻的陈嬿已经被压至地面上，满眼恐惧，而处于堕魔边缘的李盏却狂笑着，脸上满是狰狞与疯狂："大魔之威。是了，我曾在那位的身上感受到过。你，一定是你，你就是塔罗牌要找的人，哈哈哈……"

任杰皱眉，什么塔罗牌？

夜月却瞳孔骤缩，塔罗牌？牵扯得这么大吗？怪不得魔爪组织会为了一个新晋的魔契者如此大费周章，甚至不惜冒险与镇魔司硬刚。夜月压下心中的震惊，心想：这些不是现在需要考虑的事情，机会难得，先灭了他们再说。

结界师见势不妙，已经要跑了。夜月见状，抱着任杰转身，身上血甲重新流进她手中化作长枪。她朝着结界师一个暴力抛投，结界师连忙以黑棺防御，但这一次却没挡住。结界师死后，方寸结界当场破碎。

"叶淮。"

"收到。"叶淮大手一挥，化工厂内无数钢筋、铁条凌空飞起，化作利剑，刺穿了夜月的血甲，其上沾染了满满的神之血，化作一根根血矛，从天而降，直逼陈嬿和李盏。

两人在魔威的压制下动弹不得，只能绝望地等着死亡的到来。

李盏满眼狰狞、不甘，当即以特殊手段传讯："大人，塔罗牌要找的人找到了，是任……"

讯息还没传完,他就被数百根血矛插成了刺猬,彻底死掉了。陈嬿也是如此。他们到死也没想到,本是计划完美的围杀局,却因任杰彻底翻了盘。

见结界师、李盏、陈嬿三人都死了,夜月这才松了口气。

任杰已经从魔化的状态中退了出来,那股魔威也消失不见了。但他的心都在滴血,辛辛苦苦攒了一天的情绪迷雾,一波魔威,全用光了。升级都没用那么多。

没了情绪迷雾,再受恶魔原罪影响,他就要开始变态了啊。

夜月并不知道任杰的这些心思,见危险解除,顺手将他推开,说道:"任杰,这两个人怎么说也是个魔契者,他们的恶魔基因碎片于你有用,你将其吸收了吧。"

任杰愣了一下,看着已经不成人形的两人,问:"吸?怎么吸?"

吴云清哈哈大笑:"这小子不愧是新人,真够新的。"

叶淮黑着脸,心道:可就是因为这新人咱们才翻盘的,不然今晚谁胜谁负还真说不准。

夜月耐心解释道:"基因武者觉醒完成进入一阶觉境后,会自动觉醒吞噬基因,可以吸收妖、灵、恶魔的基因碎片,用以提升自己的技能等级。基因武者每阶都会有两个技能位,这些技能不会随着基因武者等级的提升而自动进阶,而是需要吸收大量的基因碎片进阶技能。吸收与自己属性能力对应的基因碎片效果最好,当然,不对应的也会起到一定的提升效果。

"技能的等级提升,不会超过基因武者自身的等级,也就是说,你如果是一阶基因武者,那么你的技能再提升,也只是一阶,不会变成二阶。当然,我们可以提前积攒基因碎片,就类似于游戏里的技能经验条,如果你在一阶的时候就把经验条攒满,等你二阶之时,技能也就直接二阶了,这回你懂了吧?"

任杰一怔,不禁想起了恶魔之树上代表技能枝丫上的那片火焰叶子，所以一片叶子就代表技能是一阶了？

云筱道："这俩魔契者的等级都不错，足够让你一口气把技能经验条顶满了。"

任杰咽了咽口水，也没客气，上前两手触碰两人的尸体。下一刻，他的手上冒出阵阵黑光，他清楚地感受到有什么东西流进了自己的身体里。他沉入意识空间中查看，发现焚烧与炽炎拔刀斩的技能叶片脉络全部亮起，显然是满了。

下一刻，任杰骤然愣住，只见恶魔之树的根系下方，缠绕着一张人皮，以及一只全身布满了利刃的怪物。

这是陈嫣和李盏的魔灵，怎么跑到这边来了？恶魔之树到底还有多少能力？吸收基因碎片的同时，也能把对方的魔灵扯过来镇压住吗？这魔灵有什么用？该不会分自己的情绪迷雾吧？一只都养不起了，这三只……

"喂喂喂……跟你说话哪。"

任杰思考着这些问题，并没有注意云筱说了什么，直到云筱在他眼前狂晃小手，他才回过神来："怎么了？"

夜月神色一肃："此事事关重大，希望你能跟我们回一趟镇魔司，做下详细调查。魔爪组织的人找上你，绝对不仅仅因为你是魔契者这么简单。此事牵扯到了塔罗牌，如果处理不当，你接下来的日子恐怕不会好过，那些隐藏在暗处中的家伙或许还会对你出手。"

任杰一个激灵："啊？还来？"

夜月拍了拍任杰的肩膀，道："放心，镇魔司会担负起保护你人身安全的责任，只不过你需要同我一起去向司主汇报，顺便做一下备案，你的能力、契约恶魔的种类、代价，以及受何种恶魔原罪的影响，这些都需要说清楚，希望你能理解。"

毕竟，刚刚他的表现绝对不像一个普通一阶觉醒魔契者，尤其是那恐怖的魔威，说不定他契约的是恶魔中的纯种，抑或王族。夜月暗暗想着，见任杰一脸为难，她笑着道："别多想，所有觉醒的魔契者都需要到镇魔司备案的，不是针对你个人。至于原因，你懂的。"

魔契者的存在本身就是极不稳定的因素，镇魔司这种做法也是能够理解的。任杰抹了抹鼻子："那好吧，毕竟安全重要。"

这时，云筱凑过来，一脸好奇地问："哎……你契约的是什么恶魔啊？你刚刚使用了魔化吧？代价是什么？"

叶淮、吴云清和夜月也很好奇。

任杰朝着几人招手，神秘地道："都过来，我小声跟你们说，你们可别告诉别人。"

几人一听，全凑到了任杰面前，瞪大眼睛侧耳倾听。

"我的代价就是……是……"

正说着，任杰突然蹲下，抓起一把土朝几人扬去，然后扭头就跑。

四人直接僵在了原地，云筱的眼泪仿佛喷泉一般涌出，捂着眼睛倒在地上疯狂打滚。叶淮不停揉眼，越揉眼睛就越疼。吴云清更是跪在地上，泪流不止。就连夜月也中了招，不停后退，一边揉眼一边哭，还打起了喷嚏："任——杰——"

任杰头也不回，只顾往前跑，生怕几个人追上来。

"代价，已支付。"

这样也行？任杰有些意外，不过危机感消除，还是让他长舒了一口气。跟我斗，你们还太嫩了。跟你们回镇魔司？恶魔之树的秘密这么多，你们还不得给我解剖切片了？代价都说出去，那不就相当于把自己的把柄交出去？我可没这么傻。

他不相信魔爪，同样也不相信镇魔司。话不多说，先跑再说。

十分钟后，一辆越野车上，任杰像一只乖兔般被挤在后座上，一边是叶淮，一边是吴云清。他们愤怒地盯着任杰，咬牙切齿，恨不得给他生吞活剥了。夜月坐在副驾，闭着眼睛，泪水直流。云筱开着车，一边开一边呜呜哭。

任杰握着拳头,追悔莫及。到底还是小看了基因武者的身体素质啊。我都跑出去了,又被逮回来了。

任杰眼珠直转,当即举手:"我要方便。"

叶淮磨牙:"憋着,别想再耍花招,一切等回司里再说。"

任杰瞪眼:"我不管,我就要方便,身为大夏公民,我有权行使自己的自由权,我又没犯法,你们无权限制我的自由。"

夜月揉着眼睛:"带他去,看住了。"

一处公共卫生间外,云筱停了车。任杰下车,吴云清和叶淮紧紧跟在他身后,寸步不离,生怕一不留神又让他跑了。

任杰下车后没去公厕,而是直奔旁边的小卖铺。

"你干吗?"

"买包纸,不然拿你衣服擦啊。"

买完纸的任杰进了公厕,叶淮两人还要跟进去,被任杰瞪了一眼。两人没办法,这才守在外边,他们不信人能在自己眼皮子底下跑了。

然而十多分钟过去,里边还没动静。

叶淮顿时急了,扭头就冲进了公厕:"你还不出来?"

这一嗓子,给一个正往外走的大叔吓了一跳。

叶淮挠头道:"不好意思。"然后一个箭步冲进去,开始找任杰。

那大叔嘟嘟囔囔,双手插兜走了出去。

叶淮找到了最后一个坑位,只见一根二踢脚就插在坑里,上面的火药引信已经烧到了根部。

"轰——"一声炸响,吓得吴云清一抖,车里的夜月和云筱也被惊动了,一脸愕然地望向公厕。不是吧,这么大动静吗?

叶淮从卫生间里冲出来,扭头趴在一旁的草丛里狂吐。

吴云清一脸惊恐,一个箭步后退八丈远:"他人呢?"

"跑了,咳咳咳……"

吴云清蒙了,他一直在门口站着,没见任杰出来啊。

夜月下了车，看着叶淮的惨状也是捂着鼻子嘴角直抽，随即叹了口气："你们回去吧，我去找他，回去让念灵师读取下那两具尸体的记忆，看看能不能找到什么有用的线索。"说着就离开了。

吴云清也连忙上了车。云筱满脸惊恐，一脚油门踩下去，车子转眼就消失在了街角，只留叶淮站在原地，于风中凌乱。

"哎哎哎……别走啊。我还没上车啊！我怎么回去啊？"

离公厕不远的人行横道上，刚从卫生间里走出来的大叔嘴角上扬，这人不是别人，正是从叶淮眼皮子底下溜出来的任杰。

他用了画皮魔灵的伪装能力，也总算是搞清楚那树根之下囚禁着的两只魔灵有什么用了。只要他消耗一定的情绪迷雾，就能用一次被囚禁魔灵的原始天赋技能，而用一次，魔灵就会被消耗掉一部分。

看那画皮魔灵的状态，再用几次就会彻底消失了。不过这个能力依旧相当变态，这意味着他可以逮其他的魔灵过来，使用其天赋技能，当成外挂临时技能包，这简直绝了好吗！

随着画皮魔灵被使用，属于陈婳的一部分破碎记忆也涌入了任杰的脑海中，让任杰了解到了一部分关于魔爪、塔罗牌，甚至是盗宝貂的事情。

塔罗牌是根植于荡天魔域中的神秘组织，是超出任杰想象的庞然大物，能凭借一己之力搞衡人、妖、灵三族。其旗下有多位执行官，每位执行官只要现身必伴随大事发生，是足以让一国为之震荡的存在。陈婳对他们的了解也不多，毕竟那不是她这个级别能接触到的。

至于魔爪，不过是塔罗牌中一位执行官下辖的组织罢了。其中的成员大多为魔契者，通过盗宝貂搜寻拉新，之所以找上任杰也是因为这个。

任杰眉头紧皱，我是塔罗牌要找的人？他并不认为自己有什么特别之处，唯一能想到的就是恶魔之树了。

若此事暴露，被塔罗牌那般的庞然大物找上的话，麻烦可就大了。好在陈婳跟李盏为了确认自己到底是不是塔罗牌要找的人并未上报，自己暂时还是安全的。

想到这里，任杰微微放下心来。他不想跟他们扯上任何关系。

……………

锦城38区，铜鼓别墅，室内点着成排的蜡烛，挂着白绫。主卧里摆着的也并非大床，而是一口朱红色的棺材。一位身穿西装的男子踏入室内，来到棺材前轻轻敲了两下："大人，出事了。"

棺材里传来一阵咯吱声，随后棺材盖被直接掀开，一个身穿睡袍、戴着睡帽、面色惨白的中年男人从棺材里坐了起来："知道了，李盏人呢？"

"李盏和陈婳在化工区跟镇魔司的人发生了正面冲突，现在恐怕已经死了……"

罗宿"啧"了一声，满脸晦气。

就在刚刚，他收到了李盏的传讯："大人，塔罗牌要找的人找到了，是'人'……"

罗宿在心中怒吼：这不是废话吗？锦城里全是人，这要怎么找？都临终遗言了，能不能交代点儿有用的东西？

"尸体呢？"

"被镇魔司的人带走了。"

"啧，不是告诉他们这段时间不要擅自行动吗？"

罗宿气得发抖，抬手掏出根烟点上，刚抽一口，只见那西装男人猛地抬起巴掌，胳膊青筋暴起，一巴掌抽在他脸上，烟都抽折了。火星飞扬间，罗宿直接被抽得倒进棺材里。

他整个人都蒙了，随即怒火中烧，猛地从棺材里跳起来，一把抓住西装男人的衣领："你干什么，不想活了？"

西装男人脸都吓白了："大……大哥，是您交代的，要是一天抽超过十根烟，就打您嘴巴，但凡不用力，都是对您不尊重。您……您不是要戒烟吗？"

罗宿一怔，随即满脸愤恨地道："今天有……有十根了？"

"有了有了，我都记小本子上了，不信您看。"

罗宿咬牙切齿，一把将他丢在一边，在客厅里来回踱步。

塔罗牌要找的人？这任务都快十年了，亏他们还想得起来。到底上报还是不上报？如果不确定的话，李盏他们也不会拿命去赌。这两个贪功冒进的也不知道跟自己商量一下，现在自己知道的信息只有李盏那句跟没说一样的遗言。

罗宿犹豫了片刻，道："告诉弟兄们最近都老实点，鬼知道镇魔司的人会从尸体里挖出多少有用的信息。我出门一趟，过些时日回来。"

…………

锦城镇魔司分部，司主办公室。沈辞正跪趴在地上，一脸肃穆地拼着由上万块积木构成的甜心少女城堡，脸上不自觉地露出笑容。

就在这时，办公室大门骤然被推开，一位工作人员抱着大堆的文件跑了进来："司主大人，第三小队的人回来了，这是报告……"

沈辞并未起身，泰然自若地接过报告，一边看报告，一边拼城堡，越看拼城堡的动作越慢，最后完全沉浸在了报告里。报告中，不单单有行动报告、任杰的资料，甚至还有念灵师从尸体中挖出来的信息。

"塔罗牌要找的人、十年的老任务、盗宝貂、魔威……"沈辞意识到了什么，连忙翻开任杰的个人资料，"十年前晋城甲级魔灾的幸存者，地龙翻身……晋城……晋城……"

沈辞起了一身鸡皮疙瘩，汗毛倒竖，他骤然起身，"哗啦"一声，甜心少女城堡塌了，可沈辞根本没工夫去管了，连忙掏出手机，一个电话拨了出去。

电话那头位于夏京龙城，大夏的首都。

"喂？总司主吗？我怀疑第三块魔铭刻印出现了。"

"确定吗？具体怎么回事，跟我讲清楚。"

沈辞毫无保留，直接将报告给传到了京都。

电话那头沉默良久："将任杰的个人资料以最高保密等级加密，修改其来自晋城的信息，任何人都无权查看。另外，想办法将其拉进镇魔司，如果他不愿进，也给我拉进大夏体制内，大夏防卫军、司耀厅，什么都行。切记一点，别做出任何逼迫他的事情，不要给他任何精神上的压力，魔契者很不稳定，压力只会让他远离大夏，远离人族。"

沈辞咽了咽口水："总司主，真的要做到这种程度吗？还没确定他就是魔铭刻印的持有者。"

电话那头传来一声叹息："无论他是不是，只要有丁点可能，都值得我们这么做，更不要妄图窥探他的秘密，教训已经够多了。人族不能再失去一位顶梁柱，荡天魔域也不能再多出一位魔主了。妖族厴妖于天，侵占圆月。灵族慧灵树王于地，扎根灵泉。人族式微啊。去做。"

沈辞咽了咽口水，眼底是压抑不住的兴奋，心想：这下算是捡到宝了。他连忙给夜月打了个电话，交代一系列事情。做完这些，沈辞长出了一口气，这才看到那堆碎了一地的甜心少女城堡。

"啊——闺女会杀了我的！"一声惨叫在镇魔司回荡。

69区安宁洗衣屋对面的电线杆子下，夜月已经在这里站了三个小时了。她一边等一边看向安宁洗衣屋和路口，还时不时地抹抹眼泪。倒不是夜月想哭，主要是那尘土攻击劲儿太大了，她到现在还没缓过来，眼睛辣辣的。然而这一幕，在街坊邻居们看来，可就大不一般了。

一个这么漂亮的大美女站在路灯下苦等三小时，一边等一边哭，眼眶还红红的，足以说明问题了。当即就有不少街坊邻居过来安慰："小姑娘，别哭了，有什么过不去的坎儿跟大娘说说？欸，不用不好意思，大娘是过来人了，女娃娃你这是为情所困了吧？"

好几个大娘围了过来，眼中的八卦之火熊熊燃烧，有的甚至掏出小马扎，做好了听八卦的准备。

夜月蒙了，这都什么跟什么？她抽了抽鼻子："没有……大娘，您知道任杰一般都什么时候回来吗？我在等他。"

大娘们顿时眼前一亮，难道这女孩子跟小杰……

"小杰啊？他一般夜里两三点才回来，早上天还没亮就又出门了。这孩子是真好啊，街坊邻里有个大事小情的，一般都找这孩子帮忙。修个空调，找个猫猫狗狗，通下水管道，搬装修材料，给孩子补习功课，就没他办不成的事。就是这孩子命苦啊，谁让家里摊上这事了。姑娘……你跟小杰该不会……"

夜月轻咳两声，不好意思地抹了抹鼻子："大娘……不是你想的那样，我跟任杰的事，我们自己会处理好的。"

大娘顿时来劲了："我跟你说，姑娘，这年头像小杰这么好的孩子可不多见了啊，抓到就别放手。要是这小子有什么对不起你的地方，跟大娘说，大娘帮你揍他。"

夜月的表情古怪至极，任杰？好孩子？

"大娘……真不是……"

还不等夜月说完，就听街口传来一阵阵急刹车的声音。随即，一批人从车上走下来，里面还有几个基因武者。他们手里拿着钢管、油漆、棒球棍，而浑身裹满了绷带、打着石膏的富态男人，则被小弟们用担架抬过来了。

"我说马哥，这事交给小的们来就算了，您还非得亲自过来。"

富态男人瞪眼："你懂什么？给我上，把安宁洗衣店给我砸了，泼油漆，看他还敢不敢狂。那对母女别想好过，我要让那小子知道，他惹错人了。"

一帮人乌泱乌泱地朝着安宁洗衣屋冲来。

大娘们顿时变了脸色："欸，麻烦这就来了，小杰早上不该冲动的，山河集团的人可不好惹。"

安宁听到外边的声音，急匆匆地下了楼，陶天天也在楼上紧张地看着。

大娘连忙支招："安宁，赶紧报警，不然可就晚了。"

安宁满脸忧愁，慌忙拿出手机，正要报警。夜月皱着眉头，一脸冷厉地看着冲过来的打手们："阿姨，不用报警，有我在呢。"

安宁一怔："你是……"

夜月头也不回，直奔那帮打手走去："我是小杰的朋友，阿姨不用担心，我处理得来。"

富态男人一看夜月，更来劲了："上，谁敢给他出头，一起拿下。"

夜月眯眼，双眸猩红如血月一般，她打了一个响指，那几个基因武者立刻全部倒在地上，身上炸出阵阵血雾，这些血雾又凝聚为血刺。夜月手一挥，血刺全部悬停在了打手们的脖颈前。

"你们想拿下谁？再敢乱动一下，就别怪我不客气。"

几个基因武者脸都白了，一脸惊恐地看着夜月。这女人到底是什么等阶的基因武者？

这一刻，无论是安宁还是大娘全瞪大了眼睛，这姑娘好厉害！她真的跟小杰是朋友？

踢到铁板了，那穷小子还有这关系？富态男人的脸也白了："你……你混哪里的？山河集团听过没？你最好……"

夜月眯眼："我混哪里的？镇魔司第三小队队长，你说我混哪里的？"说完，直接亮出了自己的证件。

富态男人的脑袋瓜子嗡了一下，冷汗直冒。镇魔司？自家的势力就算再牛，也不敢跟官方组织掰手腕啊，尤其是权限极大的镇魔司。那小子还跟镇魔司的人有关系？

夜月的面色彻底冷了下去："居民区公然聚众械斗，试图毁坏公民财产，还有基因武者参与其中，你们想进治安厅吃牢饭吗？"

富态男人颤声道："没……没有，哪儿能啊？我们是……是来给老居民楼和店铺翻新、刷油漆的。"

"翻新还带着球棒、钢管、片刀?"

"啊……没,这是……是为了捡垃圾,除杂草,净化小区环境才带来的,之所以半夜过来,就是怕打搅到居民们的正常营业、休息嘛。"

夜月冷着脸道:"你当我瞎吗?光天化日,朗朗乾坤,蔑视大夏律法,还有什么事是你们做不出来的?"

就在这时,任杰黑着脸从一众打手后方走了过来,眼神冰冷地瞄了富态男人一眼,上前一脚踹翻他的担架,走了过去。

富态男人疼得直发抖,怒都不敢怒了。

任杰看向夜月,有些无奈地道:"大半夜的,也不能算是光天化日。"

夜月脸颊一红:"不……不重要,我看山河集团是该好好查查了。"

富态男人彻底急了,要是因为这事惹上镇魔司的人,老爹能打死他:"别……别啊,求放过……我……"

任杰走到夜月面前,挑眉道:"等我多久了?"

夜月笑着:"好久了。给个面子,我们谈谈?"

她的想法很简单,跑得了和尚跑不了庙,任杰总得回家。

任杰叹了口气,跑是跑不掉了:"那就谈谈好了。安宁阿姨,我等会儿就回来,你跟天天先睡好了。"

安宁、陶天天包括大娘们还处于震惊之中,没回过神来。

小杰是怎么认识镇魔司的人的?那可是镇魔司啊!

夜月脸上泛起欣喜之色,一把抓住任杰的手腕:"跟我来。"夜月一边说还一边回头,"你们说的最好是真的。"说完就拉着任杰跑了。

富态男人趴在地上,怒道:"还愣着干什么?干活啊!"

于是,奇怪的一幕就这样发生了。凌晨时分,一群西装革履、戴着墨镜、文着文身的猛男开始行动起来,有的拿着大片刀弯腰除草,有的拎着油漆桶化身粉刷匠,棒球棍、钢管也变成了捡垃圾的工具。

一场大型义工集体献爱心活动,就这样如火如荼地开始了。

任杰被夜月拉着，转眼就出了居民区。

"你要带我去哪儿？该不会直接把我拉到镇魔司给镇了吧？"

夜月翻了个白眼："怎么可能？跟我来，带你去个好地方，一般人想去还没机会呢。"

任杰任由夜月拉着走，而夜月则是想起了沈辞的交代——想尽一切办法将任杰拉进镇魔司，但不能以任何手段强逼，更不能违反他的个人意愿，要他自己想加入才行。

虽说任杰之前的表现极其出色，但也不至于司主下这么大的功夫拉他入伙。而且任杰还很稚嫩，尚未形成有效战力。夜月不知道沈辞这么做的原因是什么，但她可以确定，任杰一定有些特别之处。

司主的任务要是完不成，第三小队下一季度的预算可就少了。作为说客，夜月可是非常认真的。

转眼工夫，她就带任杰来到了一处"火柴杆"下。

这里作为军事禁区，被大夏防卫军重兵把守，普通老百姓想接近都是天方夜谭，更别提参观了。在夜月出示证件后这一路可谓是畅通无阻。

任杰有些傻眼，他没想到夜月会带他来这里。这矗立在锦城的上百根"火柴杆"，他只远远见过，近距离参观后才感受到其庞大的塔身是如此震撼。

夜月带着任杰进入了塔身内部，乘坐电梯来到了"火柴杆"最顶端的赤红色圆球空间。

在任杰踏上来的一瞬间，夜风吹得他发丝狂舞，锦城的夜完整地展示在了他的面前。

霓虹色的灯光宛如焰火一般于大地之上铺开，向外延伸，越是向外，灯火就越暗淡。整座锦城，就像是于黯夜之中亮起的烛光，虽微弱，却也驱散了黑暗。

夜月背着手转了个圈，靠在栏杆上，一头黑发随风飘扬，笑容柔和。一时间，任杰有些看呆了。

夜月笑着眨了眨眼："怎么样？好看吗？"

任杰挑眉："你？还是这锦城夜景？"

夜月脸一红，没好气地瞪了任杰一眼："是问你塔顶的景色。小小年纪不学好，油嘴滑舌的。"

任杰笑着，手肘拄着栏杆，俯视着锦城，双眸倒映着如梦般的繁华："为什么带我来这里？"

夜月坐在一旁的栏杆上，仰着头："为什么……谁知道呢？这么美的景色，我自己欣赏岂不是很可惜？知道大夏三十三座主城为何会被大家称为星火城市吗？"

任杰挑眉："为什么？"

夜月以手指着灯火璀璨的锦城："你看，这像不像是那燃起的星火。大灾变后，人类文明几乎被摧毁。可后来，基因武者出现了。我们舔舐着伤口重新站起，与妖族争，与灵族争，与恶魔血战，于一片废墟的大地之上重建城市，燃起星火。时至今日，城外依旧算不上安全，但终有一天，这燃起的片片星火会成就燎原之势。而这，也是我们正在做的事，酷吗？"

说罢，夜月目光灼灼地望向任杰，这一刻，她的眼中是有光的。

任杰笑着："酷啊，怎么不酷？"

夜月趁热打铁："加入镇魔司吧，你是魔契者，进入镇魔司会有更好的发展。这世界对魔契者的确有偏见，但镇魔司也没你想象的那么不堪，也有一部分镇魔官是魔契者出身。我们镇魔司的待遇也蛮好的，工资高，福利好，你想要的五险一金也有，至于危险系数……你更不用担心，你还很弱，司里不会让你去一线执行任务的，甚至还会为你申请猎魔学院的入学名额，对你进行系统的培训。怎么样，心动了没？你……"

还不等夜月说完，任杰便语气坚定地道："不去。"

夜月眼角一抽："为什么啊？都不考虑一下吗？"说这么半天，白铺垫了？

任杰歪头望向夜月："说真的，我很敬佩你们，你们守护的是国，是整个人族，为此抛头颅洒热血。而我不一样，我守护的是家，那小小的家就是我的全世界了。我怕死，我觉得为了素不相识的人牺牲掉很傻，傻得让人钦佩，我天生就不是那样的人。我至今都不理解，为什么明明是第一次见面，你就能豁出性命为我挡住攻击。换作是我，我做不到，还有等着我回家的人，我不想死。"

夜月不甘心地道："可就在昨天，你冒着生命危险救出了一个孩子。你都能加入司耀厅，为什么不能加入镇魔司？"

任杰摇头："不一样，我加入司耀厅是为了钱，救那孩子也是为了钱，只不过倒霉被砸到了而已。死过一次，会更加清楚自己究竟有多在乎对自己重要的人。其实，我有些讨厌镇魔官，我的资料你应该都清楚，我的父母、弟弟皆死于晋城魔灾。知道吗？他们并非死于恶魔的直接袭击，而是死于镇魔官的攻击，他的攻击被恶魔弹开，余波轰塌了房子。"

夜月眸光一黯："可……可是……"

任杰仰头看向星空："我知道这不怪镇魔官，但心里总会有道坎儿。每个人都有自己想要守护的东西，这跟强弱无关，你守护的是国，我守护的是家。夜月，我们不是一路人。可能我很自私，但我问心无愧。"

夜月深吸了口气："能冒昧地问一句，你这么努力赚钱，是为了给妹妹治病吗？"

任杰一怔，并未隐瞒："是，止痛药很贵，抑制剂很贵，离子透析更贵。如果不是因为我，爹爹他们一家三口会过得很幸福，爹爹或许也不用得这个病。"

夜月一脸认真地望着任杰："你如果想要治好你妹妹，就必须变得更强,加入镇魔司是你变强的最快途径。的确,人类至今仍旧无法攻克魔痕病,但荡天魔域里一定存在答案。国不存,家何在?任杰,加入镇魔司吧,你一定不会后悔。"

任杰依旧摇头,眼神坚定:"如果这世上真有魔痕病的解药,那么我会找到。不加入镇魔司,我也一样可以变强。"

夜月有些挫败,她知道,一个人的想法,不是短时间内就能改变的。既然如此,只能出绝招了。

"如果说,镇魔司可以为你提供治疗魔痕病的药物呢?"

任杰一怔,开始犹豫了,可这股犹豫很快就消失不见:"你是说抑制剂吗?不必了,钱我已经快攒够了,没有你们提供,我也一样能搞到手。"

吃人嘴软、拿人手短的道理任杰还是明白的,想要得到些什么,就总要失去些什么。如今他是基因武者了,随着实力的提升,赚钱的渠道也会变多。他可以前往群星公会,注册成为猎人、探险家,接委托任务赚钱。

夜月有些懊恼,这都不行吗?

任杰话锋一转:"你又为何非要拉我进镇魔司?对你来说,镇魔官这份工作就这么值得自己拼上性命吗?"

夜月闻言笑了:"我很喜欢镇魔官的工作,我出生在锦城,这里就是我的家。我喜欢锦城的烟火气,魔灾的存在却给这座城市蒙上了一层阴霾。我的小学同学、初中同学,甚至很熟的邻居,有不少死在了魔灾中,明明是活生生的离你很近的人,却突然再也不会出现在你的生活里。然而,人们似乎早已经适应了这样的生活,只期盼着这样的倒霉事别发生在自己身上。那个时候我就想,要是这世界上没有魔灾该多好。"

说到这里,夜月的眼神有些惆怅,她抬手将凌乱的发丝捋到耳后。

"知道吗?真正可怕的,并不是魔灾夺去了多少人的生命,而是它让多少人对失去生命这件事习以为常。这世界，本不该如此。我总觉得自己是特别的，十五岁那年，我觉醒成为神眷者，同时，我身上也多了份责任。既然成了被神明选中的人，总归要去做些什么不是吗？"

说到这里，夜月指向了天空中那暗淡的圆月。

"我叫夜月，夜空中的明月，可悲的是，直到今天，我从未被月光照耀过。我想把曾属于人类的月亮夺回来，总有一天，月光会重新泼洒满大夏的沃土。这一路的确挺难，我也经历了不少生离死别，但想到自己每镇压一场魔灾，击杀一只恶魔，就会有人因此而活下去，就会有家庭不破碎、亲人不流泪，我就觉得这一切都是值得的。"

夜月望向锦城的夜空，眼中的光芒在跃动："我夜月，愿为这万家灯火而战，愿为这世界上所有的美好而战。任杰，加入镇魔司吧，与我一起。"

这一刻，望着目光灼灼的夜月，任杰的心仿佛被触动了一般。

对于夜月，任杰是发自内心地敬佩，每一个愿为理想而战并且付诸行动的人都是可敬的。

但他并没有那么崇高的理想，他只想过好眼下的日子。

"还是不去。"

"如果镇魔司给你提供的不仅仅是抑制剂，而是真正能够拔除一部分魔痕的灵药呢？"

这一刻，任杰的眼神骤然一凝："真的？你没骗我？真的有这种药？"

魔痕无法拔除，面积更不会缩小，只会扩散，抑制剂只能抑制魔痕的生长速度，这是常识。

夜月严肃地道："你觉得我会拿这种事骗你？一些尖端的研究、军方的实验资料是不会对民众披露的。我听说有一种灵药，名为灯笼草，对魔痕有拔除作用，可以减轻魔痕病的症状。"

任杰认真地道："如果你们能够为我提供灯笼灵草，我想我可以加入镇魔司。"

夜月眼神一亮，她笑得灿烂，竟直接站在了栏杆上："真的？"

一股夜风猛地拂过，吹乱了夜月的黑发，她笑着展开双臂，像个幼稚的孩子一样在栏杆上保持着平衡，素手轻捋发丝："走啊少年，去见一见命运里的风。你是有点特别在身上的，我想你的未来一定会特别精彩。"

这一刻，夜色与夜月完美地融合在了一起，堪称绝美。

任杰翻了个白眼："见个鬼的风，你裙子倒是被风吹起来了。还特别，特别帅吗？"

夜月脸一红，猛地捂住裙子，直接从栏杆上跳了下来，恶狠狠地瞪向任杰："你不都答应加入镇魔司了吗？"

任杰咧嘴一笑："还真当我是随意忽悠一下就热血上头的中二少年啊。先把灯笼灵草拿过来给我，我再加入，光画饼可没法让我心动。"

夜月脸一黑："镇魔司这么大的组织，还能骗你不成？"

任杰耸肩："你又代表不了镇魔司。"

夜月一个闪身，堵在了下塔的通道处："不行，灯笼灵草我一定给你送到手里，但你得先加入镇魔司。不然今天你可下不去，这塔上就这一个门。"说完，夜月有些使坏地望向任杰。

任杰眼神揶揄："哦吼！是吗？"说完还不等夜月反应，他翻越栏杆，回身朝她摆了摆手，"再见。"而后纵身一跃。

夜月："你干什么？"这火柴杆的高度可是超过一千米，自己都不敢在没有任何保护措施的情况下跳，他怎么直接跳下去了，不要命了？

夜月急匆匆地冲了过去向下望。

任杰于塔顶坠落，耳边传来呼啸的风声，楼下的警戒战士一阵阵惊呼。

坠落的速度越来越快，任杰脚下绽放出汹涌的火焰，两记焚烧技能用出，强悍的推力让任杰疯狂减速。机械手对准塔身，猛地发射，手掌直接拍在了塔身上，开启攀岩吸附模式。一路火花带闪电，任杰就这么安然无恙地落了地，然后在防卫军的震惊中光脚跑了。

看着这一幕，夜月嘴角直抽。现在的一阶新人，胆子都这么大吗？不管怎样，拉任杰入伙的目的都达到了，要跟司主汇报一下。

"沈司主吗？任务完成了，任杰答应加入镇魔司了。"

"真的？太好了，夜月，你真不愧是我的左膀右臂。"

"不过他有条件，他需要镇魔司为他提供抑制剂和灯笼灵草，给他妹妹治疗魔痕病，咱们镇魔司应该能满足的吧？"

电话那头，陡然传来"哗啦"一声。

办公室里，沈辞猛地从地上跳起："灯笼灵草？抑制剂也就算了，灯笼灵草……这这这……你真敢许啊！"

夜月挠头："怎么了？"

沈辞磨牙："你们小队下个季度预算减半。"

夜月："哈？司主，我可是您的左膀右臂。"

"我呸。这臂膀不要也罢。"

沈辞拍着额头，灯笼灵草这东西甚是稀有，必须得摇人了，不然把自己卖了都搞不到。见自己辛苦搭起来的甜心少女城堡再次散落一地，沈辞的脸更黑了。

"喂？总司主吗？"

第五章
转正测验

借着夜色，任杰悄无声息地回了家，安宁已经睡了。

房间里，陶夭夭坐在电脑前，一只手在键盘上狂戳，浏览着网页上的信息。自从得了魔痕病，她就没去上学了，因为出行不便，一直都在家里自学，电脑是她获取外界信息的唯一途径。

陶夭夭不大，但她在电脑方面很有天赋，甚至专门为任杰弄了个兼职网站。任杰之所以能接到这么多活儿，跟她有直接关系。

"这么晚了，还不睡？你要修仙啊。眼睛别离电脑那么近，该近视了。"任杰像个老妈子一样唠叨着。

陶夭夭得意地道："修仙？呵，本美少女作为回笼教教主，已有十五年教龄了，你觉得我会怕黑眼圈？"她指着网页上的新闻，"哎，哥你快看，也不知道是谁这么德才兼备，简直是吾辈学习的榜样。"

任杰歪头瞄了过去，面色骤然僵住。

震惊！自由广场鸽子集体排泄，引发大规模"鸽工降雨"，持续数小时，数百人遭灾。治安厅怀疑是人为因素导致，正在全力调查中，目前线索已锁定在一持伞少年身上。如有线索，欢迎热心市民举报，奖金一万元整。

热搜下面，还有记者在现场的采访视频监控视频。

视频显示的正是任杰持伞漫步的画面，只不过摄像头也被糊了，所以拍得不是很清晰。评论区里的人破口大骂。

看着看着，陶天天表情僵住，一脸怀疑地望向任杰："这背影怎么这么眼熟？他穿的衣服……"

任杰连忙转移目光，额头冒汗，他也没想到会变成这样！

陶天天张大了嘴巴，不是吧，还真是我哥？

她立马掏出手机，打开浏览器搜索——

大义灭亲是否能领到奖金？

举报的具体方法是什么？

任杰脸都黑了，上前一把夺过陶天天的手机："小孩子怎么能整天浏览这种东西呢？要看有正能量的新闻。"

说话间他连忙拉动视频进度条，跳到了下一条。

第七大队司耀官勇救跳桥青年，挽救了一条鲜活生命，其精神值得我们学习。

附救人全程以及当事人采访。

采访视频里，王鹏四仰八叉地躺在病床上。

记者："请问您对此事件有什么感想呢？"

王鹏瞪眼："我就哗哗哗……任杰，啊啊啊……"

记者："看来当事人情绪有些激动，还是等其心情平复后，再继续采访。"

任杰更无语了。

陶天天睁大了眼睛，因为视频里救人的就是任杰，而且她还看到任杰的左手伸出去那么长，把人给捞回来了。"哥，你……你的胳膊是机械臂？你该不会是什么机器人吧？说，你把我哥藏哪儿去了？"

任杰脸更黑了，在陶天天脑门弹了一下："你科幻电影看多了吧？"

"那……那你的胳膊？"

眼看瞒不住了，任杰也就不瞒了："我的左臂是机械臂，如今我也算是强殖者了，别跟安宁阿姨说。"

说话间，任杰手腕微动，直接卸去了机械臂的伪装，黑金色的机械臂完整地展露在陶天天面前，充斥着力与机械的美感。

陶天天双眼发亮，发出惊叹："你今早胳膊之所以不受控制，就是因为这个？你原来的胳膊呢？"陶天天的心里有无数疑问，天天生活在一起的人，正常的胳膊怎么就变成机械臂了？

任杰叹了口气："欸，其实昨晚我被外星人抓去做机械改造了，他们说我是天选之子，还夸我帅，非要给我一个安装机械手臂的机会，还要把拯救蓝星的任务交给我。我拗不过他们，只能被迫装了。"

陶天天："你才是科幻电影看多了吧。"话是这么说，可她的眼中明显有着一抹担心。哥的胳膊是怎么没的？还有多少事情是自己不知道的？

任杰笑着将陶天天抱回床上："没事……不用担心我就是了。对了，钱快攒够了，如果顺利的话，抑制剂很快就能到手了，说不定还能给你弄到一针基因药剂打呢。"

陶天天眼神大亮，兴奋得面色涨红："真的吗？哥，我爱死你啦，亲你亲你……"

任杰伸出一只手抵住她的额头，道："快睡觉。"

陶天天委屈地揉了揉头，朝着任杰伸出小手："好吧，我帮你保密，但……好吃的……"

任杰面色一僵，忙活了一天，倒真把这事给忘了。

"那个……我……"还不等任杰把话说完，窗外猛地闪过一道白影，还不等他看清那到底是个什么东西,其身上白光一闪,竟然直接穿透了窗子,进到了屋里。

任杰双眸一凝,还以为是麻烦找上门了,就要动手。可下一刻,那白影竟然"咻"的一下冲到了他怀里,任杰低头看了看,竟是一只浑身雪白的貂。它满脸亲近地站在任杰的肩膀上,眨着紫色的大眼睛,疯狂蹭着他的脸颊,发出"嘤嘤嘤"的声音。

陶天天一脸不可思议:"一………一只白貂?窗子是关着的,它是怎么进来的?"

任杰也蒙了。这不是陈婳的那只盗宝貂吗?自己之所以被魔爪盯上,就是因为这小东西。它怎么跑我这边来了?是因为自己身上有让它喜欢的气息不成?

"哥……这小东西是哪儿来的?好可爱!"

任杰咧嘴一笑:"你不是一直想要一只宠物吗?好吃的是没有,这就是送你的礼物了。"

陶天天非常兴奋,任杰的心中却打起了鼓。这盗宝貂绝对不是普通的动物,这东西,应该是妖。刚刚它穿透了窗户,这可不是一般的动物能做到的。

由于灵气复苏,蓝星上的各种动物要比人类更早开启基因进化,觉醒灵智。二百年过去,已经演变成数量极其庞大的妖族,甚至形成了社会体系。历史上,人类从工业革命到科技腾飞也才用了不到二百年的光阴,更何况他们还可以借鉴学习人类社会的知识。若不是人类研制出了基因药剂,开启了基因进化之旅,说不定今天被关在动物园里供游客观赏的,就是人类了。

不过,并非所有的妖族都能在前期顺利开启灵智,这盗宝貂看着挺聪明,但智慧程度绝对达不到人类的水平。一些妖宠在大夏这边还蛮受欢迎的,只不过价格高昂。

任杰怎么都没想到,陈婳死了,这盗宝貂却落在了自己手里。

到了我手里的宝贝,那可就是我的了。放是不可能放了的,万一落在魔爪手里,那不是纯纯给自己找麻烦吗?

任杰抱起盗宝貂,笑眯眯地道:"从今天起,你就跟我混了,要是不听话,我就把你卖到黑市去换钱花,或者扒皮做成貂皮围脖,再把你穿成串,撒点孜然辣椒面烤着吃,隔壁天天都馋哭了。"

盗宝貂都快吓哭了,抖个不停,不断点头,两只前爪合十,朝着任杰疯狂作揖,小脸上露出讨好的表情。

任杰倒是有些意外,这小家伙这么听话的吗?

"去吧,去跟我妹玩儿去。"

盗宝貂歪头望了一眼陶天天,飞扑过去,在她的身上蹭个不停。

"哈哈哈……别蹭了,好痒哦。谢谢哥。"陶天天发出宛如银铃一般的笑声,别提多开心了。从小到大,她都没什么玩伴,难免会觉得孤单,但现在不一样了,生活似乎正在一点点地变好。

不过任杰没放松警惕,虽说这盗宝貂看起来可爱,但毕竟是一只妖,有着超出常人的力量,他要确认它是真的无害才行。

躺在床上的任杰随意刷着手机消息,有些犯愁,镜湖空间里的情绪迷雾不多了,剩下的这点能不能撑过今晚都难说,可这大半夜的,去哪儿收集情绪迷雾啊?总不能挨家挨户敲门,通知他们起夜吧。

司耀队飞信群里通知,明天队里集合,要做最终的转正考核。因为要出一期节目,所以有电视台的记者过来采访,让实习队员们都做好准备。群里的队员们正在讨论明天的考核项目,只有林怀仁在破口大骂,说今天跟女朋友在自由广场约会的时候被淋了个正着。

任杰忍不住笑,就是可惜离得太远,收集不到情绪迷雾。

他转头望向陶天天那边,见她正和那盗宝貂玩儿得开心,将屋里的东西翻得到处都是。任杰无奈地爬了起来,将衣物整齐摆放,重新塞进置物箱里,道:"天天,睡觉啦,听话。"

陶天天乖巧地应道:"好的哥,晚安,又是爱你的一天呢。"

盗宝貂睁着一双紫色的大眼睛目不转睛地盯着任杰，似是在试图理解这一幕。

关了灯，任杰和陶天天陷入了甜美的梦乡，盗宝貂歪头望向窗外，又看了看任杰，眼中燃起熊熊斗志。

第二天一早，整个老居民区炸了。

早上，安宁下楼开门，刚打开卷闸门，就看到街道上有不少人，穿着睡衣的妇女、哭唧唧的小姑娘、拄着拐杖的老奶奶，她们叽叽喳喳不知道在说些什么。还有十几个光着膀子、一脸凶相的汉子跟在她们后面，四处搜寻着什么，甚至连治安官都来了。过年都没这么热闹。

安宁有些懵，问："美玲妹子？这一大早是怎么了？"

美玲当即上前，一把拉过安宁："快，你快回屋检查一下自己的贴身衣物有没有丢。"

安宁一听，更不解了："什么情况？"

一听有人问，街上的女同志们顿时火冒三丈。

"妹子，你不知道咱们小区里出了个内衣大盗啊？整个老居民区在阳台晾着的内衣全丢了。"

"何止啊？不光是晾着的，就连洗好放在柜子里的都丢了。"

"一夜之间，偷遍整个小区。"

安宁瞪大了眼睛，世界观直接崩塌了。

小区里的那些老爷们儿眼睛都气红了："别让我知道是谁干的，不然绝对不会放过他。"

治安官此刻也是直捂脸，干这么多年了，这么变态的案子还是头一次见，而且一点线索也没有，查监控录像也什么都查不到。现在只能确认一点，此人必然对小区极熟，这么大的工作量，或许还是团伙作案，只不过线索太少，调查已经陷入了僵局。

安宁此刻也有些害怕："会不会是昨晚那些山河集团的人做义工的时候……"

这话头一起，群众顿时就来劲了："对对对，很有可能啊。治安官，你们查查山河集团，昨晚……"

安宁则急匆匆地跑回自己房间，见衣物都没丢，也是松了口气。

"对了，天天……"安宁朝任杰和陶天天的房间跑去，开门，"天天快起来，我跟你说，昨晚小区里出现了内……"

话还没说完，安宁瞪大了眼睛，石化在原地。只见房间里堆满了花花绿绿的内衣，任杰被埋在里面，还在呼呼大睡。

内衣大盗……找到了。

听到开门的动静，任杰挠了挠头："唔……怎么了？"

安宁猛地关上房门，装作一副从没进来过的样子，晃晃悠悠地回了自己的房间。

任杰还是醒了，看着堆满整个房间的内衣，人都傻了："啊！"

陶天天听到声音从睡梦中醒来，迷迷糊糊地坐了起来："哥，怎么了？"

任杰一个箭步窜过去，扯过被子，将陶天天卷成了个"毛毛虫"。

陶天天在床上扭个不停："唔唔唔……放开我。哥，你是不是干了什么见不得人的事？"

任杰此刻都蒙了，到底什么情况？这些内衣都是哪儿来的？难道昨晚情绪迷雾用光了，我又开启了变态模式，这些内衣都是我半夜梦游出去偷的？任杰头都大了，连忙查看镜湖空间。这一看，更蒙了。

湖面上全是飘荡着的情绪迷雾，多到吓人，他在广场给鸽子们献爱心的时候都没搞到这么多。这……这哪儿来的情绪迷雾？

任杰从窗口向外望去，就见小区里乌泱泱的全是人，这些人正四处搜寻着什么。

任杰的脸更黑了，他现在知道这些内衣的来源了，怪不得情绪迷雾这么多。

就在这时，盗宝貂从一堆内衣里爬了出来，见任杰醒了，连忙扯过几件内衣，献宝似的塞到他手里，一副献殷勤的样子。

盗宝貂？是这小家伙忙活了一晚上吗？你偷内衣干什么啊？

任杰一把揪起盗宝貂，疯狂摇晃："你偷这东西干什么？缝被罩做袈裟吗！"

盗宝貂一脸委屈，指了指任杰昨天收拾的抽屉。

任杰以手扶额，哭笑不得。

"赶紧给我收拾起来，今天晚上，怎么偷来的就怎么给我还回去，不然就拿你做围脖。"

盗宝貂哭丧着脸，落在内衣堆里，肚皮上白光一闪，竟多了一个原始袋的口子。它往里一件一件地塞内衣，一边塞还一边可怜兮兮地望着任杰。任杰嘴角直抽，好家伙，这家伙的百宝袋这么能装吗，拿来当空间背包应该不错吧？

一看时间，任杰才发现快来不及了，今天可有司耀厅的转正测验。

"在家里老实点儿，等我回家。"说完，任杰背起书包，一个闪身出了房间，"安宁阿姨，早饭我就不吃了，先去司耀厅了。"

安宁一脸认真地拉住任杰的胳膊："小杰，要不你找个对象吧，阿姨全力支持你。你这么大了，也该找对象了。"

大早上的，怎么突然说这话？

"说什么呢？我还是个孩子，找对象什么的也太早了。走了走了。"

安宁满脸担忧："小杰，碰见治安官躲着点走，别被抓到了。"

任杰一脸不解。

锦城司耀厅第七大队总部。

训练场边围了一圈人，都是住在附近的民众，他们被邀请来观看考核仪式，顺带学习一下救援知识。

电视台的媒体记者和转播车纷纷就位，摄像头也如长枪短炮一般架好。有锦城猎魔学院的学员过来观礼，现场气氛火热至极。

每年司耀厅的青训考核都会被重点宣传,一方面能加强民众应对魔灾发生时的信心,另一方面也可以让更多人报名参加青训队,为司耀厅输入新鲜血液。

观众席里,有一处格外令人瞩目。

刚接受完采访的姜九黎背着剑坐在观众席里,一双大眼睛不住地在校场上望着,似乎是在寻找什么。然而众人的目光却并未被姜九黎吸引,而是集中在她身旁那人形铁塔上。

其身高两米多,体重绝对超过二百五十斤,肌肤雪白,一身肌肉宛如钢筋铁条一般,如一个人形坦克。更恐怖的是,她还是个女孩子。

她穿着一身白色运动装,留着一头金色长发,扎成了双马尾,五官精致,脸蛋儿上带点婴儿肥,还有些可爱。

姜九黎整个人被笼罩在金刚芭比的阴影下,显得身形异常娇小。

墨婉柔抬手遮挡阳光,埋怨道:"好晒哦,赚学分的方法那么多,偏偏来这边,被我姐给采访了吧。"

她的声音极其甜美,跟体型完全不符。

刚刚采访姜九黎的,正是墨婉柔的表姐,墨纪。

姜九黎笑着:"院长拜托我来这边办点事,顺便还能赚点学分,多好。而且这边有这么多司耀官小哥哥,说不定就有你感兴趣的呢。"

墨婉柔眼神晶亮:"哦哟,黎妹妹开窍了嘛,怪不得你一直看来看去,原来是奔着这个来的。"

姜九黎脸一红:"我……才不是。"

她来这儿当然是有自己理由的,只不过她想找的那个人还没来。

另一边,训练场准备区,十几个大队长已经带着各自的青训队备战了。青训队之间相互较着劲,毕竟每年的转正名额都是有限的,彼此都是竞争对手。各自的青训队里能成功转正多少,也直接关乎各大队长的面子。

在之前的魔灾中,任杰作为卫平生手下的青训队员救下了个孩子,回去的路上还救了个跳桥青年，被当成热点大力宣扬，就连卫平生早上也接了个采访。这多少让其他大队长有些酸，因此看卫平生也有些不顺眼。

"我说老卫，你也是够可以的，一帮青训队的生瓜蛋子都敢拉去魔灾现场，你也不怕出事。"

"怎么没出事？听说之前差点砸死一个，要是真出了事，咱们第七大队的脸往哪儿搁啊？"

"老卫，要我说你这么大岁数了，也该退了，你不是基因武者，就是个老武师，还在第一线冲个什么劲儿啊？"

"今天输了的，回头别忘请吃饭，哈哈哈……"

卫平生满眼晦气地瞥了几个大队长一眼："请吃饭是吧？回头可别心疼钱。"说完，他一个眼神瞪向林怀仁、田宇等人，队员们连忙立正站好，"都给我争点儿脸。"

"是，卫队。"

都快开始了，任杰这臭小子怎么还没到，该不会是之前的强殖手术出问题了吧。卫平生此刻也在找任杰，正想着呢，就见任杰从训练场外跑了过来。

队员们见到生龙活虎的任杰，感觉不可思议，那天任杰伤得有多重，他们可全看到了。这才两天，怎么就跟没事人似的了呢？

看着完整的任杰，卫平生也跟着松了口气，上前拍了拍他的肩膀："跑哪儿野去了，怎么这么晚？"

任杰义愤填膺地道："您不知道司耀厅外那些私家车都停成什么鬼样子了。安全通道能乱堵吗？我拍照举报，叫交通队过来拖车了，手机都快给我拍没电了。"

他话才说完，就见观众席上不少人骂骂咧咧地出去挪车了，刚要上前采访的墨纪脸也黑了，她刚接到交通队通知，他们媒体的车也被拖走了。

卫平生嘴角直抽，交通队的人加起来，业绩也没有你好吧。

"不说这个，有个事情，今早猎魔学院的通知下到咱们第七大队了，破格招收你为这届的学员，并免除所有在校学杂费。等参加完这次考核，司耀厅你也不用来了，准备去猎魔学院报到吧。"

此话一出，几个大队长眼睛都直了，林怀仁他们更是张大了嘴巴。

猎魔学院？有没有搞错。猎魔学院竟然在外边招人！就算是神武高中里的尖子生，都削尖脑袋往里挤。任杰他何德何能啊？

其实卫平生也很蒙，猎魔学院招生都招到司耀厅了？就算任杰觉醒了能力，成为基因武者，但和那些在神武高中里锻炼了三年的人相比，差得也不是一星半点啊！

任杰一愣，镇魔司的人动作倒是挺快，昨晚刚约定好，今天通知就下来了。他一脸骄傲："不去，我要在司耀厅升职加薪，做大做强，做一个为人民服务、赈灾救人的好司耀官。"

卫平生一个栗暴凿在任杰头上："你脑袋里进糨糊了，这么好的机会你不要？放心，你这算是破格提拔，司耀厅这边的福利、药剂什么的，我都会帮你申请，差不了你的。"

林怀仁也着急起来："杰哥，你疯了吧，去猎魔学院就一步登天了，在司耀厅折腾有什么前途啊？"

"是啊，去了猎魔学院，成了职业猎魔人，也好罩着我们啊。"

卫平生嘴角直抽，你们还真敢说，是不是忘了你们今天也是来进行转正考核的？

任杰弱弱地道："不去，其实我主要还是怕去了猎魔学院会被同学欺负。司耀厅多好啊，人很和善，说话也好听，我超喜欢这里的。"

林怀仁脸都黑了：我呸，就你这性格，去了不欺负他们都谢天谢地了，天知道这一个月，我们挨了你多少揍。

卫平生瞪眼："给我去。就听我一次，我还能坑你不成？"

任杰笑嘻嘻地道："卫叔放心，我心里有数，我不是那种会浪费机会的人，我再考虑考虑。"他知道上面想拉他进镇魔司一定是有所图。有些路，一旦开始走，就没法回头了，所以灯笼灵草到手前，他不想轻易松口，只当是一场交易。

卫平生皱眉："行吧，不急着给他们答复，你心里有数就好。"

他还要交代些什么，一旁等了半天的墨纪见终于有了插话的空当，连忙把话筒怼到了任杰嘴边。

"您好，我是锦城电视台的记者墨纪，听闻您在两天前的魔灾中冒着生命危险救下了一个孩子，随后又在回家的路上救下了一个跳桥青年，这对于一个实习司耀官来说，无疑是值得赞扬的，刚刚您也表达了对成为一名司耀官的憧憬……"说到这里，墨纪一脸肃穆，眼中带着期许，望向任杰，"我想问的是，您这辈子，有没有为了一个人拼过命？"

卫平生也欣慰地望向任杰，他知道，这是任杰应得的荣耀。

任杰得意地道："不用拼命，这东西还用得着拼命？我已经一个人十八年了。你们这是相亲节目吗？"

墨纪的表情直接僵住，卫平生满脸蒙地看向任杰，林怀仁等人则憋得脸通红。

墨纪磨牙，这什么脑回路！你故意的吧？本名嘴采访多年，就没碰到过一个这样的。

"看来您比较关注感情问题，观众们要是有意向的，可以私下联系。我想知道，您有什么话想对大家说吗？咱们这个是现场直播哦，会有很多人看到。"墨纪一边说一边给任杰使眼色提醒。

任杰眼神大亮，连忙站直身体，对着镜头将语调换成播音腔："我想对大家说，有事找任杰，指定能解决。找猫、遛狗、带小孩、按摩、搓澡、刮大白、吵架、代驾、捞钻头。本人承接装修、搬货、跑腿、家电维修等各种工作，记得联系我。"

卫平生捂脸，这是从哪儿跑出来的显眼包，好好的一场采访，怎么就变成广告植入了?

"来人,拉走,赶紧把他拖下去。"

热情洋溢地说着广告词的任杰被林怀仁拉了下去。

墨纪脸都黑了,僵在原地不知所措,过了好久才道:"青训队考……考核即将开始,让我们关注下考核项目,共九项……"

观众席里,墨婉柔发出银铃一般的笑声:"那个人好有意思,我还是第一次见姐姐在采访的时候吃亏。小黎,你看什么呢?"

姜九黎见任杰活蹦乱跳的,这才松了口气。这几天那种自责的感觉始终没消,总有种亏欠了他的感觉。只是不知道院方为何如此重视任杰,甚至愿意破格招收他。

就在这时,一阵刺耳的话筒嗡鸣声传来,司耀厅第七大队队长开口道:"本次共招收一百名司耀官,按综合成绩录取,被录取者可获得一次启灵基因药剂注射机会,入军籍,享受司耀官福利政策。另外,本次考核中,总成绩获得第一名者,额外奖励三万元。希望各位严格遵守考核规则,顺利成为司耀官。司耀燃我,守护万家灯火。"

朗朗之声传遍全场,场中顿时响起阵阵议论声。林怀仁等人脸都白了,参加最终考核的实习队员人数超过千人,十进一,把握不大啊。

大家正担心呢,直感觉身后一阵热浪袭来。回头一看,只见任杰满眼兴奋,皮肤通红,周身散发出惊人热量。

林怀仁直捂脸,这个人已经燃起来了,该不会真奔着第一去的吧。青训队里不乏狠人,没那么容易的。

然而任杰已经什么都听不到了,脑子里想的全是那三万奖金。

这第一,我当定了!

"我宣布,第七大队青训队考核,正式开始。第一项,综合体测。"

大家都没想到考核的第一个项目竟然是立定跳远。项目虽简单,实则极其考验爆发力与身体协调性。跳容易,想要跳得远,难。

队员们纷纷上前测试,一般的能跳四五米,身体素质强的可以跳八九米。

像大部分队员这样没有特殊能力，但依靠基因药剂跟大量训练提升身体素质的人，叫武师。有些将身体锤炼到变态的武师，在二阶甚至三阶基因武者的面前也不落下风，如果战斗技巧和战术安排巧妙，也可以获胜。

只不过武师的成就也仅限于此了，他们的路太短了，没觉醒出能力，就等于失去了登顶的门票。

武师这条路，是一群被命运之神作弄的人对命运的反抗。司耀厅里，绝大多数的司耀官都是武师，卫平生也是其中之一。

司耀厅里不是没有基因武者，但是很少，毕竟少有基因武者愿意来当司耀官。

起跳线前，一个留着寸头、身材颇为壮硕的年轻人站定，歪头瞥了任杰一眼，眼神中充满挑衅。

任杰挑眉："这人谁啊，一脸欠收拾的表情？"

田宇啧啧两声："这是六组的青瓦，他老爹是七大队队长，虽说没什么天赋，但架不住一直打基因药剂，半个月前还真觉醒了能力，听说是人外系的云蛙。身体素质强不说，还有特殊能力，这次考核，人家几乎是内定的第一了，来咱们七大队镀金的。杰哥，虽说你现在也成基因武者了，但才觉醒两天，想要跟他抢这个第一，还真费劲。"

任杰一愣，这人也是个基因武者？

青瓦歪嘴一笑，身体微微下蹲，下一刻，其大腿肌肉鼓胀，皮肤化作墨绿色，青筋根根暴起。"砰"的一声，地面震了一下，青瓦像个窜天猴似的跳了出去，在众人的惊呼声中，一举跳出了沙坑，平稳落地。

"青瓦，立定跳远成绩十八米八八，暂列第一。"

周遭顿时传来一阵倒吸冷气的声音，这人腿上是安弹簧了吗，这还怎么比？

青瓦一脸得意，走到任杰面前，撂下狠话："今天的考核，谁也抢不了我的风头，就算是你也不行。"

记者采访了任杰，却没采访他，青瓦心里正嫉妒。

任杰瞪眼，当即举手："考核官，我要举报，他使用超自然能力。"

考核官铁面无私地道："不算作弊，立定跳远，懂吗？觉醒能力也算自身的能力。"

"这不公平。"

"这世界本就没有公平可言，魔灾现场，没人跟你讲公平。"

"好吧，我知道了。"

青瓦嗤笑一声："怎么？看不惯？你要是行，你也可以来。"

任杰撇嘴："来就来，怕你啊。"说话间，任杰在众人愕然的目光中把鞋脱了，然后光着脚站在了起跑线上。

青瓦嘴角直抽："你搞什么？"

任杰一脸认真："光脚不怕穿鞋的，我脱了鞋，分分钟赢你。"

任杰微微蹲下身体，然后猛地起跳，起跳的瞬间，只听"轰"的一声炸响，两记焚烧从任杰脚底喷出，炽热火焰席卷全场，将旁边的人燎地四散飞逃。

焚烧产生的强劲推力推着任杰从原地起飞，划出一道完美的抛物线，足足出去三十多米，才开始下坠。

然而还没完，任杰刚要下坠，脚下的火焰再次喷发，如同火箭发动机尾焰，巨大的推力推着任杰往前又飞了三十几米。

田宇双手抱头："空中二连跳，杰哥太会玩儿了吧，这叫立定跳远？"

事实证明，任杰不光能二连跳，五六七八连跳都行，因为他就没落地，在空中连跳，转眼就跳到了训练场边缘。

任杰："怎么样？破纪录没？要不我再往外跳跳？"

考核官眼角直抽，要是不说停，他怕是能绕着蓝星跳一圈。

"任杰，立定跳远成绩满分，排名第一。"

青瓦傻了，这也算立定跳远？

"报告考核官，他……他……"青瓦忽然想到刚刚也用了觉醒能力，要是说任杰作弊，岂不是打自己的脸？

"没事。任杰，下一项你给我等着。"我就不信你每一项都能这么搞。

引体向上评测——

任杰吊在单杠上，两只脚分时点火，依靠推力把自己疯狂往上推，他的左臂握着单杠，机械臂发力，单手向上，整个人快到出现幻影。

青瓦则累得满头大汗："下一项。"

单杠大回环——

任杰双脚像个火箭发动机似的向后横推，整个人以单杠为中心转起圈来，比车轱辘转得都快，仿佛人形风火轮。

青瓦怒吼："下一项！"

徒手攀绳——

任杰直接开启机械臂攀绳模式，单手握住麻绳，手内电机运转。

五千米负重跑——

任杰使用机械臂、掌心炮稳定飞行，两脚喷火推进，愣是快了青瓦三圈。

各种考核项目，任杰就跟开了挂似的，碾压所有实习队员。

墨纪举着话筒，已经不知道怎么解说了。

姜九黎看着这一幕也是眼角直抽，如果她没记错，任杰才开启基因锁两天吧，就已经能这么熟练地使用能力了？这怎么跟她印象中的远程火法不太一样。

墨婉柔笑得花枝乱颤："他竟然还装了机械臂，功能这么全，是你家的牌子吗？"

姜九黎以手抚额，就是自己叫人给他安的。

此刻青瓦的心态已经彻底崩了："不比了，你自己玩儿吧。"我人外系的云蛙能力，重身体素质，综合体测竟然比不过你一个破火法！

卫平生看着任杰："这臭小子好。真给我长脸。"说完一脸神气地看向其余几个队长。

那几个队长一阵磨牙，都基因武者了，来青训队虐什么菜啊？不过司耀官测验考的也并不全是个人成绩，还有团队成绩，就不信你们能笑到最后。

很快，单人项目测验完毕，迎来了团体测验项目——千米负重救援跑。测试队员不仅要拎水带、扛梯子、越障碍，还要扛假人、抬担架、搬运伤患，可不是一般的累人。但这并不能阻止任杰，谁也不能拦着他挣钱。

发令枪一响，跑道上的青训队员们如脱缰野马一般冲了出去。

任杰和青瓦跑在最前面，越过障碍，来到了伤患搬运的起点。

这里躺着十个假人，队员们需要扛着假人跑一百米，然后放在担架上继续跑。青瓦二话不说，扛起假人就跑，甚至一口气扛了仨。任杰也探手朝着假人摸去，假人当场就碎了，四肢滚出去老远。

这怎么搬？任杰不信邪地去搬其他假人，结果个个都是一碰就碎。他脸都黑了，这伤得也太重了吧，黑幕啊。

卫平生也黑着脸，好啊，比不过就玩儿脏的是吧。

然而时间紧迫，耽误不得，青瓦都快回来搬第二趟了。

不就是搬人吗？人不有的是。任杰瞄向观众席，目光锁定了里面最大的一个人。他一个火箭步来到了墨婉柔面前，展开双臂向前环抱。

墨婉柔心中一紧，愕然地看向任杰。他要干什么？

任杰动作一僵，仰头望着如泰山般的墨婉柔，心道：这的确是人，但有点太大了吧。眸光一瞥，他看到了被笼罩在阴影里的姜九黎，顿时眼神大亮："不好意思，借我用下。"

还不等姜九黎想明白，她整个人就被任杰抱了起来。

一旁墨婉柔的表情直接僵住，脸都黑了。怎么不借我？

墨纪看到这一幕也不禁捂脸，你还真会挑啊，直接抱了个最漂亮的。

　　姜九黎全身僵住，耳根都红了，瞪着大眼睛一眨不眨地盯着任杰。

　　他抱我？竟然抱我？平日里要是碰见这种人，我非得活劈了他。但他手臂都被我给砸没了，我欠他那么多，就帮他一次好了。现在跳下去，他会很没面子的吧。嗯，假人，我是个假人。

　　姜九黎一动不动，话都不说，就硬撑着。很快就被任杰抱到了担架转运的起点，放在了地上。

　　姜九黎长舒了一口气，终于结束了吗？赶紧回……

　　还没等她逃跑，任杰又将她抱了起来，往伤患转运的起点跑。再去观众席搬一个太浪费时间了，好不容易借来一个人，来回搬十次不就得了。于是他开始抱着姜九黎，在赛道上折返跑……

　　姜九黎彻底无语了。墨婉柔哈哈大笑，掏出手机录像。

　　就在这时，林怀仁、田宇他们总算是赶上来了，一见假人碎了，恨得牙根直痒："去观众席搬人，帮杰哥运，快。"

　　队员们跑向观众席，来到了墨婉柔面前，他们动作一僵，本能地想要换一个搬，但周遭的观众不想被搬运，都跑了出去。

　　林怀仁神色一狠："别挑了，就搬这个吧，我来。"他一个箭步冲上去，抱住墨婉柔的大腿，五官扭曲，吃奶的劲儿都使出来了，墨婉柔还是纹丝不动，"这么沉？一起上啊。"

　　田宇他们冲上去，四个壮汉怒吼着把墨婉柔搬了起来。

　　墨婉柔依旧保持着端坐的姿势，额头上青筋暴跳，脸黑如锅底。

　　田宇的腿都在发抖："考核官，这位至少得半吨往上，不多算，给我们算三个人怎么样？"

　　考核官看了一眼墨婉柔，摆了摆手："行吧。"

　　墨婉柔满脸震惊，你这是什么意思？就这么同意了？

　　田宇他们怒吼着把墨婉柔往转运区搬，看着这一幕，姜九黎没忍住笑出了声。下一刻，她被任杰放在了担架上，并且用绑带缠住。

任杰双手扶着担架一侧，猛地用力，把担架平着抬了起来，然后闷头就跑。姜九黎不解，司耀官平日里都是这么抬担架的？

　　任杰这边举着姜九黎疯狂折返转运，田宇他们那边则是用两副担架抬着墨婉柔。

　　虽说出了点小插曲，但任杰他们组整体还算顺利。

　　青瓦那组原本是领先的，奈何队友不行，队友看任杰他们搬得飞快，越来越急，背着假人跑摔了。假人被摔成两半，他们急匆匆地抱起来继续跑，只不过一个人抱着上半身，一个人抱着下半身。

　　他们队长脸都气绿了，怒道："伤患都摔两半儿了，还能活吗？你们就是这么转移伤患的？抬担架的那个，你那个是抬担架还是拉爬犁，别在地上拖着啊，给我抬起来。别翻过来抬啊，脸皮不都蹭没了吗，我怎么教你们的？这我要是能让你们转正，我这大队长也就不用干了，淘汰，全给我淘汰。"

　　项目结束，任杰他们组以巨大优势取得优胜，不少违规操作的实习队员直接被取消考核资格。

　　姜九黎从担架上解脱，恶狠狠地瞪了任杰一眼，然而还不等她逃跑，就被工作人员抓住："这边模拟救援项目还缺几个志愿者，请问两位可以帮下忙吗？"

　　姜九黎面色一僵，不是吧？还来？

　　"哦……好……"谁让自己不擅长拒绝呢？

　　模拟救援项目是转正考核的最后一项，志愿者们会戴上各自的伤情卡，分散在大楼中的各个角落。实习队员们要对伤患进行现场紧急救治，并将其安全带离大楼，带出伤患最多、用时最短的小组优胜。

　　发令枪一响，全副武装的各小组疯一般冲向大楼。

　　有的走楼梯，有的用长梯从外墙爬，任杰则不走寻常路，他开启了机械臂的爪钩功能，发射到六楼，拉着自己往上冲，还把田宇给带上去了。刚一上楼，任杰就发现了藏在铁门后面的姜九黎。

姜九黎见到任杰脸都黑了。自己都跑六楼来藏着了，怎么还能撞见他？

田宇掏出撬棍："铁门被锁住了，给，用这个。"

任杰摇头："不用，你去救其他人，这个交给我。"

说话间，他大步上前，手臂化作赤红色，对着门锁一捏，门锁直接熔化为铁水，随后他用力一踹，铁门被踹开。

田宇：基因武者是真强啊！

任杰一脸严肃，上前查看姜九黎的伤情卡："左腿被压断，腹部贯穿伤，失血过多处于休克状态。别害怕，我一定会救你出去的，坚持住。"

任杰迅速掏出急救包，把止血带系在她的左腿上，又往腹部按压了一块止血棉。姜九黎有些诧异，这次任杰倒是蛮认真的。

随后，任杰抱着她直接从六楼窗口跳了下去，快要落地时以焚烧减速，平稳落地。姜九黎人都傻了，她还是第一次见这么救人的。

任杰救下姜九黎后，又开始了上楼找人、急救跳楼、平稳落地的救援循环。在这种救援速度下，他们小组以碾压的姿态获得优胜，任杰也拿到了转正考核的第一名。

看着任杰笑嘻嘻地将那三万奖金收入囊中，青瓦气得肝疼。

田宇、林怀仁等人因为沾了任杰的光，也拿到了转正的名额，这一刻，任杰就是他们的神。

卫平生的脸上也难得地泛起笑容，他歪头对那几个摆着臭脸的队长挑眉："回头记得请客。"

一时间，其他队长的脸更臭了。

司耀厅会给刚转正的司耀官现场注射基因药剂，这也算是一种宣传，任杰等人开始排队。

墨纪则是逮到一个志愿者问个不停："请问您体验了这次司耀官的模拟救援后，有什么感想呢？"

那位志愿者一脸感慨："当我躺在楼里，一个身材雄壮的司耀官冲进来，蹲下查看我的伤情卡，并用强有力的臂膀将我抱起，对我说'不用担心，我会救你出去'的时候……我突然有种奇妙的感觉，我觉得……我好像喜欢上他了。"

墨纪直接原地石化，这就是你的感想吗？今天采访的都是些什么选手？

另一边，奖台上似乎发生了争吵。

"这有什么不行的？我的奖励，我想拿回家打都不行？"

医师摇头："不行，奖励的确是你的，但也仅限你一人使用。药剂不可以带出司耀厅。当然，你也可以选择不打。"

任杰脸都黑了，原本他还想着把这针基因药剂拿回家给陶天天用，谁知道还有这种规定。

"打不打？不打就换下一个。"

卫平生在一旁劝道："打吧，多打一针也有好处的，会提升身体素质。规定早就有了，基因药剂是奖励给司耀官，而不是别人的。"

任杰无奈，这针只能用在自己身上了，那给天天的要另想办法。如果镇魔司能给抑制剂，那么自己手里的钱也够买一针基因药剂了。

针扎进身体里，冰冰凉凉的感觉传遍全身，任杰感觉到全身的细胞都在欢呼雀跃。然而没过多久，他莫名觉得眼前的世界被蒙了一层轻纱。他揉了揉眼睛，症状并没有消退，反而变得更加严重。

任杰咽了咽口水，不停揉眼。什么情况？这启灵基因药剂不会是什么劣质产品吧？

"医生，我的眼睛……"

任杰的话还没说完，司耀厅第七大队总部骤然响起刺耳的警报声，声音划过长空，久久不绝……

第六章
破妄之眸

整座训练场如死一般寂静。

人们的心上骤然蒙上了一层阴霾,这警报声他们太熟悉了。任杰察觉到大量的情绪迷雾被收集到了镜湖空间里,人们在恐惧……

第七大队队长挂断电话:"49区发生重大魔灾,魔灾等级不明,波及范围极广。所有人上车,老带新,能救多少人就给我救多少人。还记得入队时站在旗帜下的宣誓吗?"

这一刻,在场的所有司耀官齐声大吼:"司耀燃我,守护万家灯火。"

声浪滚滚,直冲九霄。

大队长朗声道:"时刻记得,这不仅是一句话,更是一种责任。第七大队,出发。"

司耀官们全副武装,纷纷登上运兵车,一辆辆运兵车闪着橙色的灯光,往魔灾现场冲去。幸亏任杰之前举报违停车辆,腾出了安全通道,不然哪怕耽误半分钟,都不知道有多少生命消逝。

任杰他们这批新晋司耀官也在出勤之列,他全副武装,直奔运兵车门冲去,一头撞在车门上,脑袋肿了个大包。

卫平生有些担心:"小杰,什么情况,这么大的门你看不见?身体不舒服？要不这次你就别去了。"

刚注射完基因药剂，身体会有个适应的过程。

任杰连忙爬起，揉着眼睛上了车："没事，赶紧出发吧。"

车上，任杰不停眨眼，视线时而清晰，时而模糊，眼前的世界甚至会莫名变慢，他感觉自己快瞎了。没听说基因药剂还有这种后遗症啊？

倒不是任杰逞强，非得去魔灾现场，想拿救人奖金是一方面，另一方面，魔灾现场，民众的情绪必然会剧烈波动，极适合收集情绪迷雾。

见第七大队全员出动，墨纪也急了："还愣着干什么？跟上去啊，这可比采访更能起到宣传效果。去给台长打电话，给我调两架直升机过来。"

摄像师蒙了："直升机？"

…………

姜九黎望着远去的运兵车眉头紧皱，她提着剑就想追上去，却被墨婉柔一把拉住："你干吗？"

"追上去看看有没有能帮上忙的地方，这么大的阵势，这次魔灾的规模不会小。"

墨婉柔抓着她手不放："别去，镇魔司的人会处理的，我们只是学员，能力还不够，贸然参与，说不定还会起到反效果。只要失误一次，就是人命关天。"

姜九黎贝齿紧咬，满眼不甘，又回想起与熔岩巨魔战斗时的场景，因为自己的失误，任杰才……这一次他又去了，不知道能否平安归来。

看着一辆辆车出发，姜九黎眼中带着敬畏："司耀官是一群与死神赌命的人，赌赢了，把别人的命救回来，赌输了，把自己的命搭进去，每次出勤都是生与死的较量。他们也只是普通人，顶多是没觉醒出能力的武师，究竟需要怎样的勇气，才能担得起'司耀官'三个字？"

墨婉柔神情肃穆，凡人之躯，直面魔灾，说的就是司耀官了。这一刻，她突然理解了那句"司耀燃我"的含义。

运兵车上，关于魔灾现场的信息不断传来。本次魔灾被定义为庚级魔灾，有往己级发展的趋势。魔灾等级以十天干排序，分别是甲、乙、丙、丁、戊、己、庚、辛、壬、癸。越是接近甲级，魔灾的危险程度就越高，毁灭了整座晋城的就是甲级魔灾。

当看到有关于恶魔的信息后，卫平生的面色彻底难看起来："四阶恶魔不死犬，这下麻烦大了。"

田宇皱眉："不死犬？很厉害的恶魔吗？"

卫平生神色凝重："是很麻烦。众所周知，恶魔几乎都有再生能力，极难被斩杀，这不死犬不仅仅会再生，还可以分裂，被斩落的肉块会衍生成新的不死犬。哪怕不砍它，只是困住，它的本体也会不停分裂。而且它有三个头，每个头都有不同的能力，很难控制。"

卫平生曾参与过一次不死犬造成的魔灾救援，那简直就是一场噩梦。死了很多人，包括司耀官。

这下，队员们的脸全白了。

卫平生一脸严肃："都给我记好了，一旦碰到分裂出的不死犬，什么都不要管，直接跑。不要靠近恶魔千米以内，哪怕里边有无数人等着你去救，也不许进这个范围，一切以保护自身安全为主。"

一名年轻队员咽了咽口水："可……可是大队长刚刚不是说了，'司耀燃我，守护万家灯火'，见死不救，只顾自己保命，会不会太无能了，真对得起'司耀官'这三个字吗？他们还等着我们去救……"

卫平生机械眼一红，猛地起身抓住那队员的衣领，将其怼到墙上："口号这种东西，听听就行了，你以为司耀官每年的牺牲率是多少？觉得无能是吗？莽的都死了！我十八岁入伍，当了三十年司耀官，跟我同期的就剩一个还活着，而且已经在病床上躺了十七年。不想变成狗粮，不想让你爹妈把眼睛哭瞎就听我的，我只是想让你们活得久一点。你们还年轻，谁的命，都比不过你们自己的命。都清楚吗？"

那年轻队员白着脸,眼神闪躲,弱弱地道:"是……卫队。"

车厢里一片安静,卫平生歪头望向揉眼的任杰:"听到没?说你呢,再被砸死可就没这么好的运气了。"

任杰直咧嘴:"放心吧,卫叔,我……"

话还没说完,只听"咣当"一声,车里的人就像是骰盅里的骰子似的,被甩得到处都是。运兵车左侧遭受到了猛烈撞击,一块巨大的混凝土块从远处飞来,狠狠砸在任杰他们的车上。车子被砸翻,在路上翻了好几圈,直到撞歪了路边的路灯杆子才堪堪停下。

魔灾现场,到了。

翻倒的运兵车的车门骤然变得赤红,随即"轰"的一声炸飞出去。拳头上缭绕着火焰的任杰第一个从车里冲了出来,额角还流着鲜血。

空气中弥漫着硝烟的味道,负责开车的司耀官腿骨骨折,被卫平生从驾驶室里拖了出来:"来个人送他去医疗区紧急处置,快。"

"是,卫队。"

这一刻,队员们真切地感受到了魔灾的残酷,刚刚一座大楼被轰塌了。望着眼前的魔灾现场,众人才知道,之前的辛级魔灾只能算是小打小闹。

发生魔灾的地点是一片繁华的商业区,数座商场及十几座写字楼均被波及。不少大楼楼体残缺,有些燃起了冲天烈火,冒出滚滚浓烟,不断有狼狈的民众从魔灾现场中跑出来。

魔灾中心,镇魔司的人已经来了,正在与不死犬展开激烈的战斗。那不死犬有十几米高,三只头,浑身漆黑,被包裹在魔雾中。它六眼猩红,不断发出震耳欲聋的魔吼,随意一动,便地动山摇。

在场的镇魔官超十位,并且不断有支援人员赶过来。

任杰看到了正跟不死犬激烈战斗的夜月、吴云清等人。夜月已然开启神化,战斗早已进入白热化阶段。

结界师撑起巨大的结界,困住不死犬,有人用极粗的金色锁链、藤蔓缠绕不死犬的四肢，以便神眷者对其进行斩杀。即便是这样，不死犬还是分裂出了十几只分身，并且数量依旧在增多。结界师都快忙不过来了，一旦这些分身跑出去，后果不堪设想。

司耀官拉起警戒线，各大队长开始分配任务："各队各司其职，用生命探测仪寻找幸存者，先救多再救少，先疏人再运伤。五队，立刻去疏散左侧商场下魔防工程里的民众，那边快撑不住了。呼救器全打开，你们知道怎么用，都别掉链子。跟上跟上。"

队长们一边招呼着，一边带人往里冲，每一位司耀官都会携带呼救器，打开后，只要佩戴者超过一分钟没有移动，就代表出事了，警报会直接亮起。任杰他们也想跟着往里进，却被老司耀官们拦住："危险的事情就交给我们这些老人来做好了，新人负责C区，可别吓哭了。"

说完，他们便冲向了魔灾现场深处。

魔灾发生后，以中心地点画圆，司耀官是不可以进战斗区的，再往外，按危险等级，划分为A、B、C三区，C区处于最外围，危险程度最低，施救难度最小。

魔灾现场C区外上空，两架直升机轰鸣着，环绕拍摄，以俯视的视角直观地展现着魔灾现场的画面。当所有人都在往外逃的时候，无数的司耀官在往里冲。他们身上赤橙色的防火服格外显眼，如那赤红的钢铁洪流一般，逆流而上。

墨纪此刻正挂在直升机座舱里，被吹得面皮变形，怒吼着报道："我们可以看到镇魔司已经在镇压恶魔不死犬了，司耀官们也在第一时间抵达现场，拯救被困民众。那一抹逆行的赤橙色钢铁洪流，将撑起被困民众的生命线，让我们为他们祈祷。黑夜总会过去，黎明终将到来。"

魔灾画面在电视、网络上同步直播，牵动着无数观众的心。

弹幕全是小蜡烛以及双手合十的祈祷手势。

△又来，还是庚级魔灾，最近魔灾发生得也太频繁了吧。希望一切安好。

△天衡中心？我姐就在那边上班，我联系不上她，啊啊啊……该死。

△我老婆带着孩子去那边上舞蹈课了，我打通了，她们被困上面了，我已经到现场了，但是被警戒线拦着，要怎么才能进去啊？她们两个要是出事，我也不活了。

△楼上老哥别急，天衡中心是C区，司耀官会想办法的，不过这种百层高楼，怕是不太好救啊。你们看那边全是人。

拍摄直升机切了近景，天衡中心写字楼的二十至五十层已经燃起了冲天大火，火势还在向上蔓延。底层的民众，能撤的都撤了，没法撤的，被汹涌的火势逼得只能向上跑。大楼楼体被不死犬的赤犬炮、毒液弹命中，炸出几个巨大的缺口，摇摇欲坠，随时都会塌掉。

八十层落地窗前站着不少慌乱的民众，他们一个个面色煞白，急得原地转圈，有些正打开窗子，往外丢消防水带，试图自救，但一切都是徒劳，几百米的高层建筑，根本不可能走得掉。

看着这一幕，墨纪的心也跟着揪在一起："我们可以看到，天衡中心里困着大量民众，楼体已经倾斜，司耀官们正全力展开救援，希望一切顺利。"

此刻，天衡中心下方，司耀官们已经忙疯了。

卫平生眉头紧皱："谁去楼里看看下层的人撤光没，有没有从内部上去的可能？上层那么多人，一会儿楼塌了全得完。云梯支上，给着火层降温，够不到就用无人机喷。"

高层建筑救援是最难的，卫平生也没想到会接到这么棘手的活儿，而自己还带了一批新人。

任杰当即举手："我去楼里看看，我不怕火烧，可以到着火层查看情况。"

任杰一边说，一边就要往大楼里冲，却被卫平生一把抓住后脖颈，他眼神无比严肃："这一次别犯傻，一切以自身性命为主，我不想再把你送进焚尸炉一次。"

任杰一缩脖,咧嘴一笑:"卫叔放心,我可还没活够呢。"说着就一溜烟地朝大楼跑去。

卫平生一脸忧愁地望向楼顶:"直升机呢?给我调过来,从天台往下运人。"

"已经在调了,只是人太多,直升机运不过来,而且乱流很影响直升机悬停降落,不死犬也有攻击飞行物的可能。"

卫平生神色一狠:"那也给我调。喷气背包呢?飞行兵都去哪儿了?最主要的是先把咱们的人送上去。"

那么多民众,没有专业的司耀官组织救援,逃生效率会很低。

"拉飞行背包的装备车在来的路上被砸毁了,新的装备正在运输途中。"

卫平生咬牙:"先用直升机尝试索降,避开不死犬的视线把咱们的人送上去一批,再尝试用火箭鱼叉,看看能不能越过着火层把钢索打上去。行动!"

司耀官们顿时忙活起来。卫平生眼中带着忧愁,这楼可撑不了多久了,得抓紧时间。如果楼里的路是通的,那就方便多了,现在只等任杰消息了。

在任杰进楼查看情况时,外围也在积极尝试救援。

火箭鱼叉尝试失败了,钢索太重,最多只能打到三十层,越不过着火层。而另一边,不少司耀官正乘坐着救援直升机在尝试索降。

此刻,任杰从大楼里冲了出来,背上背着一个被烟熏晕的,怀里抱着一个血肉模糊的。他身上全是黑灰,还冒着白烟。

"下层撤干净了,着火层里搜出来两个,这个重度烧伤,治疗及时还有救,其余的就……从楼里进行不通,好几层都被轰塌了,就算是开路,民众也不可能安全通过着火层,温度太高了。"

任杰一边说,一边将伤者放在担架上。

卫平生眯眼:"里边行不通,就只能走外边了。"

众人的目光顿时集中在了直升机上。就在这时，被困在结界中的不死犬盯上了直升机。它张开血盆大口，用一记赤犬炮轰碎结界屏障，直朝直升机轰去，一时间火光冲天。

眼看火球要打在直升机上，夜月一回身，血神枪猛地射出，直接刺中赤犬炮，两股力量相撞，在空中炸成巨大的火球，音爆声震耳欲聋。

爆炸的冲击波让直升机失去平衡，在空中旋转，似乎随时都会坠落，吊在绳索上的司耀官几乎快被甩下去。

"飞行器别进C区以内，会吸引不死犬攻击。"

卫平生咬着牙："飞行器不让进，人怎么救？"

要是有飞行能力的基因武者在就好了，但飞行能力很稀有。如果想要依靠自身实力飞行，至少要达到六阶启境。真有的话，也就不必这么费劲了。

人送不上去，救援陷入僵局。任杰抹了一把脸，目光在场中四处搜寻后锁定在了离这边不远处的火柴杆上，一个疯狂的想法于脑海中诞生。

"不就是上去吗？我有办法。"

"你能有什么办法？你的燃烧推力不足以支撑你飞行吧。哎……你去哪儿？"

任杰转头就朝着灾难现场外跑。

墨纪此刻也是心急如焚："司耀官们已经尝试了各种办法，但收效甚微，火势依旧在向上蔓延。再不想办法的话，恐怕就……就……"

话还没说完，只听一阵钢梁扭曲声传来，天衡中心的楼体再度倾斜，观众们的心也跟着揪在了一起。

△求求了，想想办法吧，这么多人呢。司耀厅已经放弃救援了吗？我姐还在里边啊。

△现场的情况你们都看到了，能想的办法全想了，没办法啊。

△基因武者飞天遁地的，就不能帮下忙吗？就看着他们死？

△镇魔官都在压制不死犬,哪里空得出人手来,你行你上啊。

弹幕上已经吵起来了。

洗衣屋里,安宁一边洗着衣服,一边看着电视,脸上尽是担忧。

陶天天抱着貂宝坐在电脑前,紧张地看着救援直播。

姜九黎和墨婉柔虽说没去,但也通过直播关注着现场。

姜九黎贝齿紧咬:"不行,我要给小鸽打个电话,她能飞,应该可以……"

墨婉柔正要说话,却猛地一怔:"小黎,你看那是什么?导弹吗?"

一道炽热的火光闯进画面,以斜向下的轨迹直奔天衡中心飞去。

姜九黎愕然:"不像啊,这……这更像是一个人……"

此刻,直播间里的弹幕已经炸了,大家正在疯狂讨论,想知道闯进画面里的到底是个什么东西。

墨纪也蒙了,那一抹火光就这么从直升机侧面飞了过去,摄像机切了近景特写,众人这才看清那一抹火光到底是什么。

那正是浑身被火焰包裹、头顶炎魔之角、彻底燃烧起来的任杰。他脚上火焰凶猛,产生的极大推力支撑着他在高空滑翔,他甚至还冲着直升机上的墨纪摆了摆手。

墨纪原地石化。任杰?他……他怎么飞这么高的?他会飞?

电视机前,安宁张大了嘴巴,之前还担心小杰去没去现场,结果他不光去了,还在天上飞。陶天天嘴里的棒棒糖掉在了桌子上,她神情激动地指着电脑屏幕:"哥,我哥上电视了,啊不对,他在飞啊。"

盗宝貂也是一脸兴奋,冲上前去狂舔电脑屏幕。

姜九黎看着这一幕,心道以任杰目前的实力,即使火力凶猛,也不足以支撑他飞这么高,这一点,她在考核的时候也验证过了。现在他究竟是怎么飞得比直升机还高的。

墨婉柔咽了咽口水:"他不会飞,他只是在滑翔,你看他后面就是火柴杆,他不会是从火柴杆塔顶跳下来,想借助火焰推力,利用高度差直接飞进大楼吧?"

姜九黎不禁倒吸了一口凉气："他好大的胆子。"

刚一阶就敢这么玩儿，真不怕摔死。

墨婉柔："你这是在夸他?"

直播间里的观众看到这一幕已经彻底疯狂了。

△这不是转正考核里的那个风火轮吗?我记得是叫任杰吧，他会飞?

△不会，绝对不会，他是从火柴杆上跳下来的，滑翔。牛，为了救人这么拼吗?

△太帅了，啊啊啊……飞起来吧，我愿称你为"最强火箭"。

任杰开了魔化状态，根本不在乎情绪迷雾的消耗，因为魔灾现场，最不缺的就是情绪迷雾。他死死地盯着天衡中心，眼底满是疯狂。

谁也别想拦着我救人。这么多人，要是都救出去，得奖励我多少钱?我绝不允许任何二百块从我眼前飞走。

任杰不会飞，但他这一刻，他的确是在飞，如一颗飞翔着的火焰流星，直冲天衡中心。然而没人注意到，那不死犬血红色的眸子死死地盯着任杰，眸光中带着原始的渴望，兴奋得汗毛都竖了起来。

卫平生他们还在为送不上去人而发愁，就见一道火焰流星直冲大楼："什么东西?"

任杰大吼："都让开点，我要着陆了。"

落地窗前，被困民众只见一道流星朝着自己冲来，脸都吓白了。

下一刻，只听"哗啦"一声，落地窗被任杰撞碎，但想象中帅气破窗后单膝落地的情况并未发生。他的脸直接撞在了上方的窗框上，整个人被撞得往后一仰，随即向下跌去。

阵阵惊呼声中，任杰的机械手弹出，抓住楼板，将自己拉了上来。看着被吓蒙的众人，他腼腆地挠了挠头："刚才看到的事情，能不能别说出去?我还是要面子的。"

人们根本不关心这个，任杰身上的衣服太显眼了，一见他过来，他们的眼泪就下来了。

"你是司耀官吧？终于有人来救我们了，我还以为死定了，求求你赶紧救我们出去。"

"我们一定都能出去的对吧？我老婆还在家里等我。"

"能先把我女儿带下去吗？她还小，求求你了。"

"呜哇……妈妈，我不要离开妈妈。"

一时间，被困民众全围了过来，眼含期盼地望着任杰，宛如抓住最后一根救命稻草一般抓着他的衣服。所谓责任，可能就是无数人都期待着你的下一句话、你说出的每一个字。

任杰深吸了一口气："放心，没人会死，我会想办法救你们出去的。"

听到任杰肯定的回答，不少被困民众都松了口气，有些甚至忍不住哭出了声。

"代价，已支付。"

任杰："但有一点，想活命，就必须服从指挥，都清楚吗？"

众人疯狂点头。

"现场还剩下多少人？"

"这里有二三百人，楼上的工区还有不少。"

任杰皱眉，这么多吗？常规的方法是救不完了。

"派个人去，把着火层以上的人员全集中到这一层来，伤患放在原地，等下我们的人会来处置，别乱动他们。"

一边说，任杰一边朝着楼内的承重柱跑去，找到了用于速降的逃生钢缆。他一把敲碎玻璃，抽出钢缆系在自己腰上，随即转身就朝着窗口走去。

"你干吗去？别走啊，你是要放弃我们了吗？别……你……"

话还没说完，任杰纵身一跃，直接从八十楼跳了下去，缆轴疯狂旋转，钢缆被不断地抽出。

楼下，看到任杰系着根钢缆又跳了下来，卫平生眼神骤然亮起："好小子，不愧是我带出来的，钢索速降。"

任杰飞出一条斜线，拉着钢缆平稳落地。

"来人，锚上了，用运兵车绞盘把钢缆拉直，固定死，气垫吹起来铺上。楼上人很多，减速滑扣多拿过来一些，还有五点式安全带。有受伤的，上去点人处理下。"

没时间说别的，司耀官们连忙操作起来，钢缆被拉直锚死。

卫平生招呼道："电动攀升轮拿来，跟我上一批人。"

一位位司耀官带着救援装备，利用电动攀升轮顺着钢缆直朝着八十楼攀去。守在电视机前、直播间里的观众彻底沸腾。

上去了！这根钢缆，就是跨越生死的生命线。而这条生命线，则是任杰冒着巨大的生命危险建立起来的。

司耀官入场，开始组织现场搜救、处置伤患等工作。

任杰也上来了，正满脸笑容地站在窗口，为准备下去的被困人员系减速滑扣："是我把你给救出去的，厅里统计的时候别忘了说是我救的。要是能写一封表扬信就再好不过了。当然也不用太感谢我了，这都是我应该做的，我任杰做好事从来不留名。"

那女孩儿都快哭了，你也没说是这么个救法啊！我恐高。

楼下，田宇仰头望着一个个顺着钢索滑下的被困人员，满眼欣慰。

楼中的被困人员快速撤离，转眼已经放下去数百人，仅剩不到一百人还在等待撤离。就在这时，只听"轰隆"一声巨响，地面震动，本就摇摇欲坠的天衡中心楼体再次倾斜，将作为钢索锚点的运兵车往前拖行了一段距离，晃倒不少被困人员。

魔灾正中心，不死犬竟献祭一只头，进入狂犬状态，一口气轰破多重结界。它分裂出上百只体型较小的双头分身，这些分身发疯一般朝一处跑去。镇魔官们拼死镇压，可架不住分身数量太多了，还是有不少分身跑了出去，场面一度失控。

那些双头狂犬顺着已经倾斜的天衡中心大楼外壁往上疯爬，轻轻一跃就是数十米的距离。对讲机里传来大队长焦急的声音："老卫，带着你的人快撤，那帮狗崽子朝你们那边去了。"

卫平生皱眉，正要说话，背后的落地窗猛地炸开，一头身高两米的双头狂犬张开血盆大口，流着腥臭的口水，朝着卫平生凶狠扑来，他只来得及抬臂抵挡。

鲜血飞溅。这突如其来的一幕出乎了所有人预料，滞留的被困人员被吓得失声尖叫，瘫坐在地上不住后退。司耀官们的脸都白了，他们从未如此近距离地直面恶魔。

任杰心中一紧，双耳嗡鸣："卫叔！"

其脚下炸出冲天烈焰，以惊人的速度朝着卫平生冲去。

卫平生的一条手臂被咬中，整个人被强悍的冲力顶到了承重柱上，飞溅的鲜血喷到了脸上。双头狂犬不停晃着脑袋，撕咬着卫平生的胳膊，似要将之整条咬下来一般。卫平生强忍剧痛，额头青筋暴跳，机械眼发出猩红光芒，另一只手直接从后腰抽出消防斧。

"可别小看我。"他怒吼一声，消防斧对着狗头暴力劈下，手臂上的肌肉如钢筋铁条一般拧紧。

寒芒一闪，鲜血狂喷，他竟直接把那只狗头给砍了下来。随后，卫平生扎好马步，用出铁山靠，将体型超两米的双头狂犬硬生生撞得后滑。他用消防斧柄狂锤咬着手臂的狗头，愣是把手臂从它嘴里抽了出来。这一幕把司耀官们都看呆了。

被撞退的双头狂犬并未放弃，掉个脑袋，皮外伤而已，随即再次朝卫平生咬来。

卫平生咬牙，抽出一支药剂打在自己胳膊上，面色骤然变得潮红。

他正要掏出折叠防爆盾，可双头狂犬已然逼近。就在这时，浑身缭绕着炽热火焰的任杰一个闪身挡在了卫平生身前。

"焚烧。"熊熊火焰喷涌而出，双头犬的皮肤瞬间炭化，硬生生地被轰出楼体，从高空落下。

这时，那只被斩掉的狗头伤口处血肉衍生，竟重新化作一只双头狂犬，于极近的距离朝卫平生发动攻击。

任杰："炽炎拔刀斩。"

胸口处，一柄火焰长刃弹出，被他一把抓住，汇聚全身火焰之力，暴斩而下。火焰飞卷，空中闪过一道红芒。"唰"的一声，卫平生头顶的头发都被烧焦了，其身后的承重柱被任杰当场斩断，混凝土被高温熔化为岩浆。

你往哪儿砍呢？卫平生连忙举起防爆盾，对着双头狂犬猛撞，再次将其撞退，然后回头望去，见现场还有五六十人没撤出去，不禁面色一沉："快走，都想死是吗？"

不用卫平生多说，大家就已经疯狂撤离了。就在这时，让人更绝望的一幕发生了。不断有双头狂犬从楼外爬进来，数量由最初的一只，增加到了十几只，并且还在增多。

虽说这些双头狂犬经历了不知道多少次分裂，体型缩水到两米多，实力跟体型都无远不及本体，但它们至少也有二阶，这么多加在一起，形成狗群，在没有镇魔官在场的情况下，众人都会被咬死。本能跟经验都在不停地警告卫平生，跑，快跑，留在这里也只会被咬死，拦不住的。

他本以为这些狗群会疯一般地攻击、撕咬，可令人诧异的是，这些双头狂犬竟然没动，甚至没去看撤离的民众，一双双猩红的眼睛只盯着任杰，眼中满是渴望。卫平生眉头紧锁，它们是冲着任杰来的。

任杰握紧手中炽炎之刃，眯眼道："卫叔快走，这里交给我。"

卫平生脸都黑了："狗群在你身后，你对着承重柱放什么狠话啊？"

任杰表情一僵，揉了揉眼睛，一脸尴尬。

卫平生眯眼："躲我身后，我没你想的那么弱，这三十年也不是白练的，眼瞎就别逞强了。"

卫平生说得不错，任杰现在的确快瞎了，眼睛有种灼烧感，一跳一跳的，仿佛要爆出来一般，视线模糊到了夸张的程度，已经人畜不分了。

狗群终于按捺不住对任杰的渴望，对他发动了攻击。它们口中吐出一颗颗腐蚀性极强的毒液弹、赤犬炮，冲了上来。

卫平生咒骂一声，使用机械眼计算着安全的行动轨迹，拉着任杰侧面突围，躲避着赤犬炮、毒液弹的攻击，实在躲不开的，就用防爆盾挡，他彻底放弃了攻击，因为他的攻击完全不起作用，甚至还会助长其分裂。

防爆盾传来的冲击震得卫平生虎口开裂，手臂生疼。正如卫平生猜测的一般，狗群就是奔着任杰来的，完全不管那些被困人员。虽然不知道具体原因是什么，但反倒是省事了，只要保护任杰就行。

卫平生虽然没觉醒出能力，但他在武师这条路上也走了很远，身体素质甚至能媲美二阶、三阶的基因武者。

冲入楼内的双头恶犬的数量越来越多，卫平生拉着任杰且防且退，逐渐被逼到了角落："该死的，镇魔司的人究竟在搞什么？"

已经饥渴到极限的双头狂犬们张开血盆大口，同一时间朝两人扑来。锋利的獠牙闪烁着寒光，似乎要将两人撕成碎片，吞吃殆尽。

卫平生还想逃，可一拉任杰，却发现他双眸瞳孔放大，像是个木桩子一样杵在原地，完全处于失神状态。这回死定了。

卫平生只能全力举起防爆盾，挡住两人的身体。

此刻，任杰眼前的世界彻底黑了下去，他再也看不到任何东西了。意识恍惚间，他再次来到了那片镜湖空间。恶魔之树安静地矗立在镜湖中央，镜湖上充斥着浓郁的情绪迷雾。

任杰迷惑地望向恶魔之树，视线不自觉地落在了下方的镜湖上。镜湖湖面上倒映着树影，这本没什么特别，但不知为何，任杰心中却产生了一股强烈的违和感。究竟哪里不对劲？

下一刻，任杰猛地瞪大了眼睛，湖面倒影有问题。

倒影的确是树影，却根本不是恶魔之树的树影，而是另一棵巨树。

两棵巨树一正一反，根系全落在镜湖之上，就像是以镜湖为平面，一上一下，颠倒着生长一般。镜湖那平静的湖面下，仿佛隐藏着另一片空间，另一个颠倒的世界。

是幻觉吗？任杰不禁低头望向湖面上那道属于自己的倒影，恍然间直感觉湖面陡升，朝着自己的面庞拍来。他身体前倾，直直朝湖面砸去。一阵天旋地转的感觉传来，世界仿佛颠倒了一般。

再度睁眼之时，他正平躺在镜湖之上。头顶是澄澈湛蓝的晴空，并不黑暗冰冷，反而很温暖。任杰爬起来，观察着周遭的一切。

这是哪儿？我来到镜湖之下的颠倒世界里了？

他的目光瞬间聚集在镜湖中央，这里同样生长着一棵粗壮的参天巨树，只不过树身是白色的。巨树树干极其粗壮，上端有一处形似眼睛的树瘤，无数的雪白枝丫从树干处延伸出来，形成了茂密的树干。那只眼睛仿佛在直视着他，一眼便可洞悉所有，望穿所有秘密。

怎么又有一棵树？这座空间中的一切，仿佛都跟恶魔之树那边是截然相反的，那边黑暗阴冷，这边晴朗温暖。再往镜湖上看去，那白色巨树下倒映出来的树影，果然是恶魔之树。

任杰蒙了，这该不会是什么神明之树吧？我不光可以与恶魔签订契约，还能与神明签订契约？

想到这里，任杰忍不住兴奋起来，连忙跑过去，以手触摸白树。

下一刻，任杰骤然僵住，一股水乳交融、血脉相通之感骤然而生，他能够感受到白色巨树的一切，仿佛它原本就属于自己一般。

一瞬间，任杰全明白了。这根本不是什么神明之树，而是属于他的基因树，是他依靠基因药剂觉醒出的能力，属于人类的能力，名叫"破妄之眸"。

那岂不是说，我除了是魔契者，还是拥有自己能力的基因武者？

第六章 破妄之眸

双重身份？还能这样吗？

当任杰触碰到基因树时，仿佛打开了什么开关一般，整棵破妄之树散发出莹莹白光，镜湖上的情绪迷雾被疯狂消耗，只不过这一次并未被基因树转化为灵气，而是全注入了任杰体内。

任杰如今的等级已有觉境五段，破妄之树刚刚形成，被落下了一截，所以它在自动吸收灵气，补齐差距。也就是说，如果任杰的等级持续提升，恶魔之树和破妄之树都会随之同步提升。唯一不同的是，任杰自身的细胞会被强化两次，这无疑是变态的。更加变态的是，破妄之眸的能力，每一阶的一段和五段，同样会有一个技能位。也就是说，任杰每一阶都会比别人多出两个技能来。

此刻，破妄之眸的第一个技能开始觉醒，破妄之树上，一根主枝被点亮，其上生长出一片形似眼睛的叶子，代表此技能目前为一阶。

有关于技能的一切信息涌入了任杰的脑海，仿佛他原本就会一般。

现实世界，十几只双头狂犬扑杀而来，卫平生已然做好了死亡的准备，他偏头望向任杰，眼中满是自责。

这时，原本呆呆站在原地的任杰骤然睁开双眸，模糊的世界瞬间变得清晰起来，比初入觉境之时更胜一筹。

眼看两人就要葬身兽口，任杰猛地瞪眼，瞳孔缩成针状，双眸灵光闪过，虹膜变得漆黑如墨，仿佛倒映着星辰大海。"瞬眼。"

任杰眼中的世界骤然褪去色彩，变得昏暗起来，世界变化的速度犹如被放慢为了原来的百分之一，飞扑而来的狂犬悬停在半空，动作几乎暂停。他甚至能看清空气中飞扬的灰尘、狂犬的每一根毛发……

非但如此，这些画面会直接铭刻在任杰的记忆里，永不褪色，所谓过目不忘大概就是如此了。当然，瞬眼提高的不仅仅是眼力，还有大脑处理运转的能力，哪怕只是一瞬，便足够让他思考很多事情了。

面对扑杀来的狂犬们，任杰抓着炽炎之刃就要斩过去，然而这一动，却出了问题。任杰的眼力和脑力都被瞬眼提升上去了，但他的身体没法在瞬间做出那么多的动作。

任杰神色一狠，当即开启魔化，疯狂消耗情绪迷雾提升自身等级。

这些灵气一半给了破妄之树，一半被恶魔之树转化为魔气使用。

任杰的等级开始提升。

"斩。"魔化状态下，任杰身体素质提升，炽炎之刃于空中划出一道弯折的曲线，一刀劈向三只双头狂犬。赤红色的魔焰顿时席卷了狂犬全身，将其烧得呜咽不停。

任杰另一只手对准卫平生的防爆盾，以焚烧暴力一轰，将卫平生推出了狗群的包围圈。卫平生狠狠撞在远处的墙壁上，吐出了一口老血。而这些，也仅仅是任杰瞬息之间做出来的应对。

卫平生双耳嗡鸣，看着十几只狂犬扑上去，将任杰围住撕咬不停："小杰……"他抹了一把嘴角鲜血，拎着斧子朝狗群冲去。

这时，无穷火焰从狗群中心迸发而出，将数只双头狂犬炸飞，卫平生也被冲击波轰飞。

任杰站在正中央，浑身缭绕着赤色火焰，肩膀、手臂、双腿、脊骨和头顶延伸出巨大的刀刃，上面缭绕着极其炽热的火焰，将刀身烧得赤红。他的衣服被刺得破烂，皮肤如同烧红的铁皮，仿佛一件人形兵器。任杰双目猩红如血，双臂长刀猛甩，划破空气，熊熊火焰于场中飞卷："炎魔刃鬼。"

任杰将千刃恶魔的初始天赋——刃鬼与炽炎拔刀斩结合，他身上延伸出的每一柄刀刃，都是炽炎之刃。

卫平生瞪大了眼睛，一脸惊骇地看着变成人形兵器的任杰。他的能力不是火焰吗？可这跟鬼眼狂刀一样的怪物又是什么？

双头狂犬们并未被吓住，再度朝任杰扑过去。任杰狞笑着，炎刃猛挥，朝着冲来的狗子们狂斩，于空中划出道道红线。

刀锋上裹挟着惊人的高温，冲过来的双头狂犬根本抵不住，被任杰一一斩于刀下。他就像是一台冰冷的绞肉机，将身体的每一个部位都化作武器，不知疲倦地抵挡着双头狂犬的猛攻。

瞬眼加持下，哪怕双头狂犬的攻击再快，任杰也能看清轨迹，轻松躲开，焚烧成了任杰快速变向的推进器。哪怕避不开，宛如铁皮一样的肌肤也极大地提升了防御力，狂犬的尖牙咬在上面，甚至会迸出火星。凡是被任杰炽炎之刃斩中的双头狂犬，身上都会燃起无法熄灭的冲天大火，被烧得皮开肉绽。其再生能力被大大抑制，分裂的能力却没有，被斩掉的肉块很快又衍生成新的双头狂犬。

狗群非但没有被杀光，反而越杀越多。可任杰根本不在乎，他愈战愈强，等级也直冲到了觉境六段，甚至是七段。

那些被困人员和司耀官们看着这一幕，都惊呆了。任杰居然这么强吗？

卫平生强撑着爬起来，歪头道："他不知道能撑多久，都抓紧时间撤退。"

他们不敢再耽误时间，都快速地通过钢索速滑撤离。此刻，楼外的场面也几近失控，不死犬分裂出大量的双头狂犬，结界师想关都关不住。这些双头狂犬没去别的地方，而是直接冲向天衡中心。

墨纪那边用摄像直升机对着第八十层猛拍："不知道什么原因，那些狂犬朝着天衡中心的第八十层冲，已经冲进去十几只了，里边还有不少未撤离的人员。大楼另一侧，撤离还在继续，不断有人出来，没人知道里边究竟是什么情况，伤亡如何。"

这一刻，直播间里无数观众的心都跟着提到了嗓子眼。安宁和陶天天已经急得快哭了，刚刚她们看到任杰也进了第八十层。

姜九黎看着现场传回的画面眉头紧锁。任杰也太倒霉了点吧？怎么两次出勤，每次都能被卷进麻烦里，虽说上一次是因为我……

正当人们担心着楼内的状况时，只听"轰"的一声，一只满身刀伤的双头狂犬突然被巨大的火焰炸飞出来。所有人都瞪大了眼睛。什么情况？下一刻，他们就看到了全身长满赤红刀刃、周身火焰缭绕、头顶炎魔之角的任杰。他站在窗口，一刀下去，顺着楼体爬上来的狂犬瞬间被斩杀。

任杰站在血雨之中，成了撤离人员最坚实的后盾。这一幕让所有人都跟着倒抽了一口凉气，这人是谁？从哪儿冒出来的？

墨纪瞪大了眼睛，声音都高了八度："这……这是任杰？"

不仔细看还真看不出来，任杰魔化后用出刃鬼，与之前有很大变化。

安宁和陶天天盯着屏幕，汗毛都竖起来了。姜九黎和墨婉柔也张大了嘴巴，不可置信地看着那染血的人形兵器。

"任杰吗？他的能力恐怕不仅仅是火焰那么简单。"才一阶，就敢跟恶魔正面硬刚，姜九黎突然有些理解为什么他会被猎魔学院破格录取了。

任杰站在窗口，不知疲倦地一刀刀砍着。

狂犬们喷出的赤犬炮完全无法伤到任杰，其中的火焰之力甚至会被其吸收用于疗伤，而毒液弹还没靠近他，就会被高温火焰蒸发为虚无。狂犬们只能靠物理攻击，用嘴啃。一只狂犬终于逮到机会，从侧面冲出，一口咬住了任杰的肩膀，疯狂撕咬。

肩膀处传来的疼痛更激发了任杰的战意。他一刀捅进狂犬腹腔，刀刃炸开，衍生出更多刀刃，直接将其身体绞碎。

这一幕，让所有人心惊。而弹幕已经炸了。

△司耀官都这么厉害吗？不是说司耀官没法正面对战恶魔吗？可任杰……他还是个刚转正的新人吧，真厉害啊！

任杰站在窗口处，颇有种一夫当关、万夫莫开的既视感。

没有一只狂犬能越过任杰，冲进楼内。任杰的等级也已经来到了觉境八段，甚至已经冲到了巅峰，似乎随时都能突破至二阶脊境。

夜月也注意到了这边，满眼的愕然，之前她还在想任杰会不会也过来了，谁知道会以这种方式见到他。才一天不见，他怎么变强了这么多？而且这些刀刃，跟李盎的有点像啊。不过见任杰这么厉害，夜月还是很开心的，觉得将他拉进镇魔司果然是对的。

在任杰的狂杀之下，那些狂犬不再猛冲，猩红魔眼中带上了一丝恐惧，脚步犹豫。

任杰狂笑着："原来恶魔也会恐惧吗？来啊！"

看见这一幕，一直被镇魔官们纠缠的不死犬彻底急了，血眸死死地盯着任杰，又献祭了一只头颅，进入超狂化状态，震碎身上所有的束缚，拼命朝任杰冲去。

"糟了！"夜月猛地上前，凝聚出巨大的血神之爪，拉住狗尾巴，另一只手凝聚出血神枪，狠狠插在地上，试图减缓不死犬的速度。同时，她回头急道："沐川，你好没好？"

战场中，一个身着黑衣、双手结出同心印的年轻男子额头上全是细汗，皮肤表面爬满了血色的神纹。同心印中，一块蠕动的血肉悬浮其中，神纹在不断注入："别催我，快了。"

由于不死犬的奔跑，大地震动，天衡中心的支撑柱不停崩裂。

此刻楼里的人已经全撤出去了，卫平生也挂在了钢索上，回头暴吼："小杰，走了，再不走楼就塌了。"

任杰纵身一跃，直接从窗口跳了下去："你先走，我走这边。"

卫平生黑着脸，顺着钢索就滑了下去。天衡中心的楼体开始倒塌，任杰顺着倾斜的楼体滑了下去，拉出绚烂的火焰尾。魔化状态下，哪怕有情绪迷雾供给，任杰还是受到了一些影响。

"轰隆隆"的巨响声传来，整座天衡中心垮塌，重重拍在地面上，掀起冲天烟尘。废墟之上，任杰身上的炽热火焰是如此耀眼，如今他已经不是之前那个会被轻易砸死的小角色了。当任杰的刀从狂犬的身体中抽出来时，缭绕在周遭的烟尘瞬间散开，足有十几米高的不死犬张开血盆大口，直朝任杰咬来，眼中带着本能的渴望。

任杰仰头，望着这一幕，嘴角直抽。我是狗粮吗？怎么都想咬我！

夜月高喊道："张沐川！"

张沐川猛地睁眼:"巫神死咒:灭。"

"轰"的一声,同心印范围内的所有生物直接炸为飞灰,包括在场所有的狂犬以及那十几米高的不死犬。

天空中下起了淅沥沥的血雨,将整座战场染成了红色。

任杰抹了把脸,看着松了口气的夜月:"你们镇魔官镇魔,就没有更温和一点的手段吗?事后清理现场的工作也是我们司耀厅来做啊,洗地很累的好吗?"

夜月看着像是从血池里捞出来的任杰,眼皮直跳:"你也好意思说我们,你温柔?不对,什么你们司耀厅?你也即将成为镇魔司的一员了,今天你应该收到入学通知了吧?"

任杰翻了个白眼,头也不回地朝着队伍跑去:"还没加入,所以不算,等你们把东西给我再说吧。"

夜月无语,这还真是不见钱眼不开啊。不过跑是跑不掉了,你早晚是镇魔司的人。

不死犬已死,镇魔结束,可现场的救援工作还远远没有结束,司耀官们还在救人,镇魔官们也投入到了救援工作中。有了他们的帮忙,救援工作也轻松了些。

就在刚才的救援工作中,三十一位司耀官的呼救警报响起,还有十七人直接失去了定位信号。任杰并没有闲着,开始按照定位寻找同事。

就在众人在魔灾现场忙活不停的时候,48区一处高楼天台上,身穿纯白色雨衣的罗宿拿着望远镜,欣赏着49区的魔灾现场,口中不住地发出"啧啧"声。其背后,西装男子手持一把遮阳伞,为其遮挡阳光:"大人,这次的魔灾效果似乎不错,这只不死犬很厉害。"

罗宿放下望远镜,嗤笑一声:"当然,由一只堕魔者化作的不死犬,效果自然不错。瞧瞧它那丑陋不堪的样子,理智被魔灵吞噬,只遵从本能行动,还真是令人作呕。不过也算是发挥余热了。时刻记得,人跟动物最大的区别便是人并不只会遵从自己的本能行动,我们拥有自己的思想、意志。石斧、骨棒是工具，飞机、导弹是工具，魔灵也是，要驾驭力量，而不是被力量驾驭。元沛，你也不想变成堕魔者的，对吧？"罗宿的眼神落在了元沛身上，意味深长。

元沛面色一白，连忙躬身道："卑职不想。"

罗宿浅笑着："很好，多亏这只不死犬吸引了镇魔司的注意，饵咬得不错，事情已经准备得差不多了，名单呢？"

元沛连忙递上名单，道："都在这里了，锦城中的魔契者，包括近期觉醒被记录在案的基因武者，一些疑似人员也在这里了。这么多人，真的能排查过来吗？而且咱们真的要这么干吗？事情一旦出了，那可就是天大的事，大夏绝不会善罢甘休的。"

罗宿随意翻看着足有三指厚的名单，这些 A4 纸上印满了名字，以及人员信息，任杰的名字赫然在列。

罗宿嗤笑一声："这不是我们要担心的事情，既然是上面的意思，出了事也会有上面的人拦着。我们只需要服从命令，配合行动。元沛，你还是没搞清楚我们到底在做些什么。排查不出来，找不到人，事情是不会结束的。只要人在锦城，就算是挖地三尺，也一定要将其翻出来。你觉得十年前的晋城是怎么消失的。"

元沛猛地瞪大了眼睛："您……您是说这次或许也会……"

罗宿转身，掏出一根烟叼在嘴里："上面的人会做到什么程度，我不清楚，但你最好期待能把人找出来，不然，死的或许就是我们了。"

罗宿掏出火机，刚要点燃，突然感觉到一阵恶寒。

元沛的双眸亮起红光，盯着罗宿的脸颊，胳膊上的肌肉暴起。

罗宿表情一僵："十根了？"

"十根了。"

"晦气。"罗宿随手丢掉香烟，黑着脸转头就走。

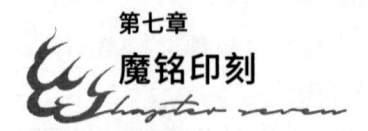

第七章
魔铭印刻
Chapter seven

夕阳西下，清理和救援工作仍在继续，大型工程机械已然入场。

一片被清理出来的空地上整齐地摆放着二十八具穿着司耀厅制服的尸体，有些是完整的，有些是后拼到一起的，只能通过衣服上的名牌、队标勉强认出身份。

众多司耀官、平民聚集在这里，沉默着，气氛压抑。

远处，满身黑灰的任杰从废墟中走来，身上背着半截尸体。任杰将尸体放在了空地上，想将他的手按下，但无论如何，都按不下去，他的生命就定格在了那一刻。

任杰声音沙哑："最后一个了，是六队的青瓦，我找到他的时候，他被压在废墟下，砸碎了下半身，怀里护着一个小女孩儿。那女孩儿……还活着……"

任杰的眼神有些落寞，明明上午大家还在一起参加考核，幼稚地比拼着谁更厉害，可下午，他就变成了一具冰冷的尸体，不会说话，也不会动了。他是大队长的儿子，家境不错，刚觉醒成基因武者，未来一片光明，可他的人生却止步于今天。

任杰没再说话，而是站在一旁，默默地敬了个礼。

这一刻，司耀官们再也撑不住了，流血流汗、断胳膊断腿都不曾皱眉吭一声的汉子们，此刻蹲在地上捂着脸痛哭。

大队长焦急地推开人群，看到躺着的青瓦时，脸色骤然苍白下去，身体僵在原地。他没上前，没去轻抚那具冰冷的尸体，而是默默回头，往远处走去，可腿上一软，差点摔倒。

"大队长？你没……没事吧？"

大队长一把拨开那人的手，暴躁地道："救援工作完成了吗，有时间担心我？"他拨开人群，默默地上了运兵车，那人想追上去，却被另一人拉住。

主驾驶座儿上，大队长痛苦地揪住自己的头发，涕泪横流，他狠狠地捶着方向盘："为什么？这世界上为什么要有魔灾？为什么是青瓦？为什么我要带他进司耀厅？啊啊啊……"

内心的痛苦几乎要将他整个人撕裂、击溃。人前，他是大队长，是第七大队的精神支柱，他不能倒下，可人后，他也只是一位失去了孩子的父亲。世上最痛苦的事，莫过于白发人送黑发人。

任杰默默收回目光，脑海中，恶魔的呢喃声响起——

"代价，已支付。"

任杰苦笑着，有时候想想，这代价的确挺残忍的。他的确想要让别人哭，却不想以这种方式。

任杰默默离开人群，走到一旁的废墟上坐下，望着人们为那些牺牲的司耀官献上鲜花，点燃蜡烛。没人知道他此刻在想些什么。

司耀官制服的后颈处隐藏着一条拖曳带，方便其他人在他们失去意识或行动能力时，将他们拖离现场，这是任杰进入司耀厅后学的第一课。

卫平生走到任杰旁边，他的一条胳膊缠了绷带，打了石膏，挂在脖颈上。一老一少坐在废墟上，影子被拉得很长很长。

卫平生掏出一根烟叼着，想用打火机点火，但单手操作有些不方便,一个不小心,打火机掉了在地上。他正想捡起,任杰伸出中指,指尖燃起火焰:"少抽点烟,说了这么多次你也不听。"

卫平生一怔,笑着借火将烟点燃:"就这点爱好了。"

"打火机上刻的什么?"

卫平生将打火机捡起:"没什么,初恋送我的。老皇历了,她现在都结婚了吧……时间可真快啊。话说你下次给我点烟,能不能别用中指?"

任杰翻了个白眼:"还挺挑,没下次了,你自己点。"

卫平生笑着摇了摇头,有些感慨:"司耀官,善终的人很少,现在还留在队里的老人,都是有自己的理由的。这次过后,我也想退了,老了,不中用了。"

任杰皱眉:"乱说,什么叫老了不中用了?有没有一种可能,是不中用的人老了。"

卫平生一口烟全呛在嗓子眼里,笑骂道:"你这臭小子,能不能说点儿好话?"他一边骂,一边揉着任杰的脑袋。

任杰咧嘴笑着,挑了挑眉。

卫平生神色一正:"小杰,离开司耀厅吧,去猎魔学院读书,你会有更好的发展,别浪费自己的天赋。这世界,并非只是小小的锦城。"

任杰笑着摇头:"卫叔,我自己的事情自己清楚,就别劝我了,我还想在司耀厅多留一段时间。"

卫平生皱眉:"为什么?是因为陶然吗?因为你心里的那份愧疚?"

任杰表情一僵,矢口否认:"并不是……"

卫平生抽了口烟,叹了一声:"别装了,你瞒得过别人,瞒不过我。你执着于司耀厅,执着于救人,去延续陶然的使命,想要救出更多的人,挽救更多的家庭,因为只有这样,你才能心安,才能压住那份愧疚,对吗?"

任杰脸上的表情变得复杂起来,辩解道:"你想多了。我加入司耀厅是为了钱,是为了拿到福利,救人也是为了拿到奖励金,是……"

卫平生摇头:"真的是这样吗?你卫叔虽说没什么本事,但看人还挺准的。救那个孩子,是为了钱?救这么多人,也是为了钱?我可以肯定,哪怕没有奖励,你还是会救,还是会这么做。知道吗?人啊,在做一件自己都觉得傻的事情时,是会本能地为自己找理由,说服自己,欺骗自己的。那两百块钱,还不值得你拿自己的生命冒险。"

任杰急了:"别以为你比我年长,就比我明白,我……"

卫平生打断他的话:"你想成为陶然,想用他换回来的这条命,去拯救更多的生命,那么每一个被你救下来的人,就都是陶然生命的延续,这样你的心里才会好受,不是吗?"

任杰咬牙,却也无话可说,只是默默地攥紧了拳头。

卫平生苦笑着:"傻孩子,你知不知道人是救不完的?只要魔灾还存在于这世上,悲剧就会不停地上演。恶魔是酿成一切悲剧的源头,做司耀官是无法遏制魔灾发生的,我们只是在缝补这个破烂的世界。而成为镇魔官,一直向前,是可以改变这个世界的!去变强,去猎杀恶魔,从源头遏制魔灾,会比你做司耀官更有价值。有些时候,杀戮也是一种救赎,别浪费了你的天赋。"

任杰摇着头:"这世界上如我这般的人多了去了,天才更是数不胜数,不差我这一个。我并不觉得自己特殊,更不幻想着成为能够拯救世界的英雄。这世界上有人优秀,就有人平庸。我只想做一个平凡人,好好活着,踏踏实实地过好我的小日子,守护好我在乎的人,不是只有成为镇魔官一条路。"

卫平生深吸了一口气:"的确,但世上不如意之事十有八九,未来究竟会如何,又有谁说得清楚?你觉得自己没什么天赋,并不独特,殊不知你所拥有的一切,是很多人渴望得到的。看看那些机械强殖者,看看那些只能随波逐流的普通人,再看看我。"

任杰一怔,愕然地看向卫平生:"卫叔,你……"

卫平生苦笑一声，吐出一口烟雾，偏头望向坠落的夕阳："我就是个没觉醒出能力的普通人。年轻时，我也曾幻想着自己能成为神眷者、魔契者、基因武者，拥有搬山填海的力量，去镇压魔灾，改变世界，但命运之神从未眷顾过我。十八岁，不死心的我加入了司耀厅，想再打基因药剂搏一把，想干出一番事业，可无论砸多少钱，打多少针基因药剂，就是觉醒不出能力。我渴望力量，渴望变强，渴望用这份力量去改变世界，但我没有。我曾尝试过强殖手术、基因移植，全失败了，为此还丢掉了一只眼睛、一个肝脏。"

他拉开自己的上衣，一道手术刀疤异常显眼。

任杰眉头紧皱："所以你成了一名武师吗？"

卫平生叹道："是啊，这是我这种普通人唯一的路。我没日没夜地训练，学习战斗技巧，幻想着走出一条属于我的独一无二道路，但终究只是幻想。我太普通了，就像一根不起眼的野草，拼了命地生长，也无法从茫茫草原中脱颖而出。看不到出路的我也曾想过离开司耀厅，但你知道，待久了，经历的事情多了，就舍不得走了。我的这条命，不光是我自己的，更是那些已逝战友的，背负着他们未完成的愿望。"

任杰沉默着，他认识卫平生很久了，但像这样坐在一起谈心还是第一次。

卫平生仰头望天："我没结婚，谈过一个女朋友也分了，我怕有了牵挂，有了念想，就不敢去拼了。可拼了大半辈子，也没拼出什么成绩，但我不后悔。哪怕现在，我依旧渴望力量，渴望去改变这世界。我想让魔灾彻底消失，想让这世界诸魔尽退，盛世安康。"

任杰呆呆地看着卫平生，说这些话时，他的眼中是带着光的，哪怕他已经四十八岁了，却依旧如一位少年般，倾吐着自己的梦想。

卫平生笑着："但我现在也看开了，这次过后，我大概就会退了，出去钓钓鱼，下下象棋，坐在小区门口跟大爷大娘们闲聊，也挺好的。但小杰，你不一样，你有天赋，你有我做梦都想要的东西。说真的，我嫉妒你。我是野草，我的路一眼就能望到尽头，但你不同，你是小树苗，是有脱颖而出、成长为参天大树、为无尽野草遮风挡雨的可能的，别白白浪费自己的人生。人在这世间走上一遭，要么轰轰烈烈，要么荡气回肠，别白来这一回。"

说完，卫平生望向任杰，脸上带着笑，眼中带着期许与盼望。

在夕阳的映衬下，卫平生的身影瘦弱却异常高大，让任杰想起了自己的父亲："知道了卫叔，我会考虑的。"

卫平生这才拍了拍任杰的肩膀："臭小子，嘴是真硬。去想尽一切办法变强吧，没有力量感的正义，只会让相信这份正义的人绝望。你跟我不同，我选的路已经走到头了，而你必须飞到比我更远的地方，懂吗？陶然若是知道这一切，一定会跟我炫耀说：'看，我救出来的小子，有出息吧，哈哈哈……'别带着愧疚活下去，就像你当初对那孩子说的一样。陶然若是活着，也不想如此。"

任杰抹了抹鼻子，重重地点了点头，眼眶有些泛红。

"对了卫叔，说起这个，有件事想要问你，关于十年前的晋城甲级魔灾，您知道多少？十年前，您是跟陶叔叔一起去支援晋城的吧？"

改变了自己命运的那个黑色吊坠来历非凡，或许跟十年前的晋城魔灾有脱不开的关系。之前任杰也不是没查过，只是有用的信息很少。

一提起这个，卫平生面色凝重，瞳孔深处带着一抹不愿回想的恐惧："相信你也在网上查过，据官方给出的解释，十年前那场晋城甲级魔灾是地龙翻身导致的。"

任杰神色一凝："官方解释？也就是说，还有其他原因了？"

卫平生摇头："晋城的确是毁于地龙翻身，但事情绝不是这么简单。地龙是由蚯蚓一类的环节动物进化而来的妖族，灵智不高，攻击性不强，但晋城那只地龙进化到了相当高的程度，甚至让我感觉，如果这世间真有龙，也不过如此了。并且，那只地龙还是一只完全丧失意志、彻底疯魔的堕魔者。"

任杰瞪大了眼睛："堕魔者？"

魔契者和神眷者并非全是人族，妖、灵亦有可能成为神眷者，或被时空魔渊选中成为魔契者。魔契者的意志一旦崩塌，被魔灵吞噬，其就会化作彻头彻尾的恶魔，即堕魔者。

城市中魔灾频发，无法防备，无法提前预警，就是因为引发了城市魔灾的恶魔们几乎都是由人变成的。

魔灵喜食情绪之力，一些精神不稳定、情绪极端、阴暗的人就有被魔灵吞噬的可能。一旦被吞噬，就会堕落成恶魔，遵循本能，在城市中大肆破坏。这种由普通人变成的恶魔，被称为"人魔"。

卫平生点头："是的，晋城魔灾之所以被定为甲级魔灾，是因为甲级是魔灾最高等级，而不是说那场魔灾的等级只有甲级。"

"人族中也并非没有强者，光凭一条地龙，也没法轻易毁灭一座星火城市，但问题是，荡天魔域的人也来了，他们的目标也是那只地龙。那可真是末日一般的场景……"

仅是回想起来，卫平生都忍不住直打寒战。

任杰愕然："荡天魔域的人冲进大夏国境，就为了那条地龙？"

荡天魔域毗邻人、妖、灵三族领地，虽说几方这些年冲突就没停过，可冲进领地这种事情还是极少见的，更别说还是这种明目张胆的大规模行动了。

卫平生叹道："是啊，死了很多人，跟我一起去支援的那些人，只回来了不到十分之一。那可真是一场噩梦。我只是个参与救援的司耀官，再多的我就不知道了。有关晋城魔灾的详细情况这些年一直处于保密状态，网络上能查到的也是只言片语。目前晋城废墟方圆百公里，已经设为防护等级极高的军事禁区了，没有通行证，所有人禁止入内。据我一个进去过的战友说，晋城废墟已经变成一个巨坑，军方的人好像一直在那里找些什么。"

任杰咽了下口水，想到了一种可能。

卫平生极力回想:"我记得事后参与救援的人员和幸存者都被问过话,问我们有没有看到特别的东西。当时还签了五年的保密协议,不过现在解封了,跟你说也没什么,你只要别出去乱讲就行。"

任杰面色微白,他几乎可以确定荡天魔域要找的人就是自己,或者说他们真正想要的东西是那黑色吊坠,而军方的人也在找这东西。之前李盏通过魔威确定了自己的身份,他一定在哪儿见过这股魔威,也就是说,拥有黑色吊坠的不只自己一个。等等,之前狂犬们疯狂地攻击我,也是因为这个?

任杰脸都黑了,看来这魔威以后不能乱用了。黑色吊坠并不是秘密,这东西在自己身上就是个烫手山芋,搞不好就性命不保。镇魔司的人是猜到东西在自己身上,所以才要想办法拉自己进镇魔司的吗?

一股危机感冲击着任杰的神经。

荡天魔域那边,自己暴露了没?镇魔司对自己又是什么态度?怎么办?一时间,任杰的脑海中闪过无数念头,手心直出汗。

"小杰你怎么了?脸色这么难看,是不舒服吗?"

任杰陷在自己的思绪中,听到卫平生的话才回过神,他咧嘴一笑,道:"没有,可能是刚才消耗太多,累到了。"

卫平生这才松了口气:"那就好,累了就好好休息,明天放你一天假。晋城的事你也不用纠结,过去的事就让它过去吧,人总要向前看。"

任杰嘿嘿笑:"好的卫叔,回头别忘了帮我申请奖励金,今天我救出了三百四十一个人,共六万八千二百元,还有二十万的医疗补助。"

卫平生脸都黑了:"你要不要记得这么清楚?"

任杰耸肩:"你说的,人总要向钱看嘛,我走了,后天见。"

落日余晖下,任杰颠颠地朝着家中跑去,完全不像是累到了的样子。

望着任杰远去的背影,卫平生笑骂了一声:"你个臭小子。"随即点燃了两根烟,一根给自己,一根摆在了旁边的混凝土块上,"陶子,你救了个好孩子。"

任杰到家的时候天已经彻底黑了,安宁穿着围裙站在洗衣机前怔怔出神,不知在想些什么。

"安宁阿姨,你……"

这声音让安宁一怔,她歪头看向归来的任杰,眼眶泛红,随后直接跑过来一把将任杰抱在怀里,温热的泪水滴落在任杰的肩膀上。

任杰一惊,眼神冷了下来:"安宁阿姨,怎么了,是那死胖子又带人来找麻烦了吗?您受委屈了?别着急,慢慢跟我说,我……"

这一刻,任杰怒意高涨。

安宁摇头:"没事,不是因为这个,他们没来。你回来就好,平安回来就好。我在电视上都看到了,太危险了,真的太危险了……"

她的话语中带着哭腔,任杰一怔,鼻子瞬间酸了。

"对不起,让您担心了。我没事的,这不是好好地回来了吗?"

安宁还是紧抱着任杰不放,不住地摇头:"听我的,还是别当司耀官了,以前陶然出勤的时候,我总是怕他出事,怕他回不来,怕接到单位的电话。如今你也成为司耀官了,我怕有一天……你……你也……我只想你平平安安的。"

说到这里,安宁哽咽起来。因为失去过,所以不想再失去了。

任杰的心狠狠揪到了一起,眼眶泛红:"嗯,阿姨放心,我不会在司耀厅待太久的,我现在是基因武者了,小小恶魔,哪里伤得到我?而且我还接到了猎魔学院的录取通知书,说不定会去猎魔学院念书呢。"

安宁一怔,连忙捧起任杰的脸颊:"真的?没骗我?你能去猎魔学院念书?"

任杰咧嘴一笑:"当然。"

安宁擦干眼泪,脸上满是笑容:"好,太好了,我就知道你一定行的。来,快让阿姨看看有没有受伤。快上楼,今天特地给你炖了排骨汤,累了一天,好好补充下体力。"

饭桌前,任杰喝着香喷喷的排骨汤,一边喝一边揉眼睛,这样的家，他哪里舍得离开？管他荡天魔域还是黑色吊坠，不想了。

饭后，任杰刚回房间，陶夭夭就挪了过来。

"哥，快给我讲讲今天魔灾的事，你真是太帅了！你的能力不是火焰吗，怎么还能变成人形兵器啊？你变一个给我看看呗。那个刀刃断掉还能再长出来吗？如果行，咱们岂不是能用这个方法卖废铁赚钱了？"

任杰脸都黑了，一把抵住陶夭夭的脸，阻止她往这边爬："不给你变，快睡觉。"

陶夭夭嘟嘴："哼，不理你了，一点都不知道宠妹妹。"

任杰咧嘴一笑："钱攒够了，抑制剂的事情有着落了，我明天放假，帮你搞抑制剂还有止痛药回来。"

陶夭夭一怔，随即眼神大亮："哥，你简直就是我亲哥。快给我捶捶肩，捏捏腿。"

嗯？怎么感觉哪里不对劲？任杰刚想说话，手机上来了消息，他拿起来一看，是夜月的好友申请，她网名"月"，头像是个圆圆的月亮。

刚通过申请，夜月就发了条消息过来。

月：明天来一趟镇魔司，有事找你。

杰哥：你让我过去我就过去，那我岂不是很没面子？

月：华兴魔痕抑制剂三支，痛立停一千九，便携体外离子透析机一台，锦城神武总医院绿卡一张，医药费全免，明天自己过来领。

杰哥：我亲爱的夜月公主，明早八点到可以吗？非常抱歉刚才冲撞了您。

月：无语.gif。

床上，夜月没忍住笑了出来。

任杰歪头望向陶夭夭："抑制剂有了，基因药剂明天我帮你安排上，要是觉得一针不够，我可以帮你搞两针。"

陶夭夭直接呆住："哥，抢银行犯法的，违法乱纪的事情可不能干，我们……"

任杰脸都黑了:"抢什么银行?明天老老实实在家等我。"

陶天天不信,不抢银行,那哪儿来的这么多钱?

任杰懒得搭理陶天天,开始回复手机消息。业主群里,业主们还在讨论内衣大盗的事情。

"貂宝呢?"任杰一声招呼,貂宝就从陶天天被子中钻了出来,怯怯地望着他,"别忘了我说的,怎么拿的怎么放回去,知道吗?"

貂宝疯狂点头,甚至都产生了残影。

这时,老司姬给任杰发了一张截图,正是任杰站在窗口与双头犬打斗的场景。

老司姬:低调点,小心魔爪的人来找你,别跟那帮人混一起,没前途。

任杰捂脸,已经找过了,不过他知道诺颜是好意,还是心中一暖。

思考片刻,他打算去一趟镇魔司,一方面是为了抑制剂,另一方面是确定镇魔司对他的态度。

一旦黑色吊坠的事情暴露,只靠自己必死无疑,毕竟荡天魔域的人为了找这东西,毁掉了整座晋城。如今自己的等级已经来到了觉境八段,再往前跨一小步,就是二阶脊境了,可相比于真正的强者来说,依旧什么都不是。镜湖空间中储存着的情绪迷雾也没剩多少,但应该足够撑过今晚。只是不知道,破妄之眸为何迟迟没有出现二技能。

难道后续需要吸收基因碎片获取技能?

任杰躺在床上,思绪流转,意识昏沉,逐渐睡去。

盗宝貂从被子中爬出,站在窗台上狠狠伸了个懒腰,掰了掰前爪,望向窗外,眼中燃起熊熊斗志。白光一闪,其身影便消失不见了。

第二天一早,闹铃一响,任杰挺身从床上跳起,第一时间查看镜湖空间中的情绪迷雾是否还有剩余,这一看就愣住了。怎么睡了一觉又有了一湖的情绪迷雾了?

他第一时间将目光转向盗宝貂:"你昨晚没干什么伤风败俗的事情

吧？有好好按照我说的做吗？"

盗宝貂累得趴在陶天天枕头边，比出了一个"OK"的手势，让任杰放心。

任杰放下心来，打扮一番，正准备出门，就见安宁魂不守舍地站在柜台后，不知道在想些什么。

"安宁阿姨？我出门了，今天会回来晚点。"如果时间来得及，他准备跑趟黑市，帮天天搞两支基因药剂回来。

安宁拉住他的胳膊，语重心长地道："小杰，我帮你联系了下我同学，她女儿长得挺好看的，在神武大学念书，要不你俩周末见见？要是合适，就……"

任杰蒙了："您怎么突然说起这个？不见不见，我还有事呢，先走了。"说完急匆匆地就朝门外跑。

安宁连忙招呼："真不考虑一下吗？再这样下去，你早晚会被绳之以法啊。"

任杰一头问号。刚一出门，他就见到了一群人。任杰顿感不妙，装作路过，侧耳倾听。

"昨晚，那个内衣大盗又来了，他竟然在所有人都没察觉的情况下，把偷走的衣物全放回了原位，就连我家新装的监控摄像头都没拍到，简直见了鬼了。"

"你那算什么？昨晚我躺在床上睡觉，大早上起来，身上穿的内衣、短裤从一件增加到了两件，而且就是前天我丢的那一套。"

听到这里，任杰差点吐出一口血来，怪不得又收集到了这么多情绪迷雾。貂宝，你是真行，真的是怎么偷的又怎么放回去了。

"小杰，怎么样，遭殃没？"

任杰额头冷汗直冒，一脸心虚地道："怎么没有？天天正坐在家里号啕大哭呢。真是可恶，连病人都不放过，别让我逮到他。"

一旁的大哥怒道："对，别让我逮到他。"

任杰脸都白了："你们先找着，有消息通知我。"一边说一边赶紧溜了。

这次任杰没有中途做什么兼职，直接按照夜月给的地址来到了镇魔司总部。

刚到地方，任杰就蒙了。眼前是一条狭窄的小巷子，一眼能望到头，旁边摆着好几个垃圾桶，苍蝇乱飞。

"这是镇魔司总部？夜月不是在骗我？"

这时，一道声音从小巷拐角处传来："怎么还趁人不在，说人坏话？你还挺准时的嘛。"

夜月从拐角处走出来，靠在墙边微笑着望向任杰，朝他挑了挑眉。任杰见到她，猛地瞪大眼睛，当场愣在了原地。

夜月上身穿着蕾丝的背心，下身穿一条黑色的短裤，大片雪白的肌肤暴露在空气中，将完美的身材展现得淋漓尽致！

任杰微微转身，张了张嘴，不知道该怎么开口才好。

夜月愕然："你怎么了？"

"虽然你穿这一身很好看，但……你不冷吗？"

夜月被任杰说得脸一红，哼哼，没白选衣服，这小子还是蛮有眼光的嘛。"你觉得这套衣服很好看？"

任杰点点头。

夜月得意地笑了下："当然，我的衣品还是很过关的。冷？这大夏天的，怎么可能冷？别在这儿傻站着了，快走。"说完上前拉住任杰的手，将他往小巷子里领。

"去哪儿？不是去镇魔司吗？"

说话间，夜月带着任杰来到了小巷拐角处，她掰了一下墙壁上的路灯，墙壁瞬间裂开，一道隐藏电梯出现在两人面前："就是去镇魔司啊，镇魔司的总部在地下，地面上的那些分部是做文职工作的。进来啊，还愣着干什么？"

任杰满脸蒙地走进电梯，站在夜月身边，用审视的目光扫射夜月："镇魔司总部在地下我理解，但你就穿成这样去上班，都没人管你吗？"

夜月满脸不解："管我干什么？镇魔司对于这些的管理，没有你想象中的那么严格，想穿什么就穿什么，而且司里也有不少像我这么穿的啊。"

任杰眼珠子瞪得更大了："啊？都……都像你这么穿？这……这可太……超出想象了……"

夜月被夸得有些开心："当然了，等下你到了就知道了……"

任杰道："我为人实在，读书少，你可不要骗我。"

电梯下行，任杰心中反而期待起来。

镇魔司总部到底是个什么样的地方啊？要是真如夜月所说，我来这边上班也不是不行，毕竟太自由了啊。不，她一定是在骗我，如此严肃正式的镇魔司，怎么可能……

电梯抵达，自动门打开。展现在任杰眼前的是一处极其宽敞的地下大厅，大厅中摆放着一排排的先进装备，有防爆车、单兵作战机甲，甚至还有一架扑翼式蜻蜓战斗机，这让任杰眼界大开。

大厅中人来人往，每个人都在忙碌着，但无一例外，所有人都穿着清凉，然后泰然自若地工作着。这真的是镇魔司？任杰的世界观都被震碎了。

"走吧，带你去见司主。"

一路上，任杰的眼睛都快不够用了，看个不停，而众人也都望向任杰，对其报以微笑。夜月则是偷笑，因为任杰来之前，司主交代过他们一定要对他友好，给他宾至如归的体验。

看着众人，任杰反而浑身不自在起来，不明白他们为什么总朝自己笑。

任杰突然定住，夜月疑惑："怎么了？"

任杰深深地吸了口气，站在大厅中央，把自己的上衣给脱了。还不等夜月反应过来，任杰解开纽扣，把裤子也脱了，露出了粉色的花短裤。他将裤子甩到一边，叉腰咧嘴一笑，环视全场。

这时，大厅中所有人的目光都集中在了任杰身上，众人发出阵阵惊呼声，看向他的目光变得更加奇怪，然后纷纷移开目光，强逼着自己不去看。夜月嘴巴张得老大，一脸惊恐地望向任杰："你干吗？"

任杰摊手："没什么啊，这衣服穿着总感觉自己格格不入，没法很好地融入大家。妈妈从小就教我，做人不能不合群。怎么了？有什么问题吗？"

夜月都蒙了，你就是这么合群的？这也太坦荡了点吧。

"没……没事，只要你喜欢就好。"随即她连忙回头，带着只穿了个短裤的任杰继续往办公室走。啊啊啊……好丢人……

每个人见到任杰，都是一副见了鬼的表情，连忙避开目光，有些女生脸都红了。任杰得意至极。

云筱、叶淮、吴云清三人已经在走廊口等着了，见夜月带人过来，刚要打招呼，便都瞪大眼睛僵住了。

云筱嘴角直抽："那个……冒昧问一句，你……你不冷吗？"

任杰皱眉，望着只穿了个黄色条纹，上面还印着笑脸向日葵短裤的云筱："我冷？你们都不冷，我怎么可能冷？"

云筱还想再说些什么，却被夜月瞪了一眼，夜月的神情仿佛在说：我可是废了大功夫才把他请来的，就算他在镇魔司一件都不穿，你们也不能说他。

云筱一缩脖："你……你开心就好。"

任杰皱眉，奇怪……

他就这么被夜月带着去往司主办公室。

看着任杰离去的背影，云筱不由得感叹起来："这个人，他好牛哦。"

司主办公室，夜月带着任杰走进来。沈辞正想着该怎样措辞，下一秒，整个人都蒙了："他……他为什么只穿了一条短裤就进来了？"

任杰看着只穿了一条红短裤、跷着二郎腿坐在办公椅上的沈辞，不禁挑眉："你还好意思说我？"

夜月尴尬得直捂脸，怎么对司主说话呢？

沈辞被呛得一怔，顿时想起总司主的交代，可不能让任杰对镇魔司的印象不好啊。

"啊哈……啊哈哈……来坐，是我保守了，这年代穿衣自由，想怎么穿就怎么穿，我镇魔司可没有那么多的条条框框。夜月，你出去下，我跟任杰有事要谈……"

夜月虽然好奇，也只能退出去，任杰则是毫不客气地坐在了对面的办公椅上。

沈辞起身，做出脱衣服的动作，然后还往办公椅上一披。

"本不想以这种方式跟你见面，想要亲自去见你的，但大家太熟悉我这张脸了，那样的话反而会引起注意……该说的话，夜月都跟你说了吧？"他一边说着，一边去旁边取了个箱子……

然而任杰却蒙了，沈辞搞什么？他分明光着膀子，为什么要凭空做出脱衣服的动作？他哪儿穿衣服了？办公椅上根本就没有衣服啊……

下一刻，任杰直接僵住，只见原本空无一物的办公椅上，突然多了一件黑色的西装外套……任杰不信邪地揉了揉眼睛，瞪眼望向沈辞。

神奇的一幕发生了。沈辞身上唯一的一件红短裤逐渐变得透明起来，任杰的眼睛也出现了一股酸胀感。我都看到了些什么东西啊！

沈辞奇怪地道："你为什么盯着我一直看？东西在箱子里。"

任杰额头暴汗："没……没什么，花边儿还挺不错的……"

沈辞更蒙了，什么花边儿？

此刻任杰的心态已经炸了。原来不是人家穿得少！而是我的眼睛出了问题，自动把他们身上穿着的衣服给透视了。

任杰连忙将意识沉入镜湖空间，来到了破妄之树下。果不其然，破妄之树的第二根枝丫已然亮起，并长出了一片叶子。任杰轻轻用手触摸,就尽数了解了关于技能的一切。破妄之眸天赋技:透视!

透视?我本能地把透视技能给用出来了?所以他们都好好地穿着衣服!而我第一次来镇魔司,就当着所有人的面儿,把自己衣服给脱了,只穿了一条短裤穿越了整座大厅?任杰脸都绿了。

啊啊啊……怪不得大家都用那种眼神看我,这不纯纯变态吗?破妄之眸这么强的吗?还能透视?那以后能不能拍 X 线啊?

黑着脸的任杰连忙关了透视,果然,视野中的一切都变得正常了。

沈辞穿着一条西裤,白衬衫外边套了个西装马甲,梳着侧背发型,看起来温文儒雅,根本就不是个只穿了件红内裤的变态。任杰低头看看自己,自己穿的依旧是那件粉色花短裤!他直接起身,转头就跑。

沈辞:"哎哎哎?你干什么去?"刚来,说了一句话就跑?我也没说错什么话啊?这位魔子这么难伺候的吗?

任杰打开大门,看到站在门外的夜月,她今天穿的是浅蓝色的修身牛仔裤,上身白短袖,简约、知性、大方。

夜月歪头:"怎么了?"

任杰黑着脸,你可坑死我了!

"帮……帮忙把我衣服裤子拿来,空调有点凉。"说完"砰"的一声关上了门。

办公室里,沈辞见任杰又回来了,着实松了口气,他将箱子推到任杰面前打开,道:"这是我镇魔司的诚意,我们不会在意你魔契者的身份,加入镇魔司,你会获得更好的资源,也会有更好的发展。"

任杰扫了一眼,答应给他的东西基本都在,里面还有一个精美的木盒,盒中装着一只银光闪闪的耳钉。

"灯笼灵草呢?之前讲好了的。"

一提起这个,沈辞嘴角一抽:"令妹的事情我有所耳闻,只是灯笼灵草极其稀有,只生长在荡天魔域的深处,魔域中的危险程度不必我多讲。上头已经派龙角的人深入荡天魔域采摘灯笼灵草了,想必用不了多久便会送来。"

任杰一愣："龙角是什么？"

沈辞微笑："你不需要知道龙角为何，你只需要知道，这世界上几乎没有龙角完不成的任务。如果龙角都做不到，那这世界上便没有任何一个组织能做到了。"

任杰咽了咽口水，好家伙，为了给我摘灯笼灵草，连大夏的秘密部队都出动了，这么卖力吗？

"既然如此，那我也就开门见山了。我并不认为自己值得镇魔司如此重视，镇魔司之所以如此执着地拉我入伙，是为了我身上的东西，对吗？"

听到这个，沈辞的眼神骤然一凝，心中情绪翻涌，但很快便压了下去。原本他只是猜测，如今几乎可以确定东西就在任杰身上。

"看来你已经知道一些了，不瞒你说，我们的确是因为魔铭刻印才极力拉你入伙的。但你也不必紧张，镇魔司没有要抢夺魔铭刻印的意思，只是想要以这种方式保护你，不想让你走错路。或许你不知道，一旦此物暴露，会让多少人为之疯狂，不惜付出一切代价得到它。"

任杰眉头紧皱，原来那黑色碎片叫魔铭刻印吗？

"实话讲，我并不信任镇魔司，更不想被扯进什么麻烦事里，这样，做一场交易好了。还是按之前说好的，只要把灯笼灵草给我，我可以将这什么魔铭刻印送给你们。"

弱者拿着一个无数强者都为之眼红的宝贝，只有死路一条。

沈辞听完，反倒笑了："哈哈哈……有意思。知不知道，你刚刚可是把通向巅峰的门票拱手让人了？你舍得？"

任杰咧嘴一笑："怎么不舍得？宝贝再重要也没命重要，人死了，可就什么都没了。"就算交出魔铭刻印，没了恶魔之树，他还有破妄之树，仍是基因武者，拥有变强的可能。

沈辞摇头，淡淡地道："这场交易，注定是无法完成的，魔铭刻印已经跟你的身体融合了，只有你死，魔铭刻印才会重新凝形。"

任杰脸一黑，这东西根本不是宝贝，而是催命符。

沈辞接着道："我理解你的担忧，你怕事情暴露，成为众矢之的，但实际上，放眼全蓝星，知道魔铭刻印一事的人也没有多少，只要隐藏得当，并不会暴露。镇魔司会成为你的保护伞。"

任杰皱眉："可魔爪的人已经因为这个对我动手了。"

沈辞摇头道："这你不必担心，以魔爪的层级，根本不会知道魔铭刻印一事，他们也只是替人办事罢了。所以以后不要在人前使用魔威，即便是用了，也要不留后患。那耳钉是上面送来的隐钉，极为珍贵，戴上可以为你屏蔽气息，防止一切探查你的手段。"

任杰愕然，这耳钉原来是这么用的，镇魔司考虑得如此周全吗？

沈辞道："你的资料已经被修改，并且以最高等级加密，没人知道你来自晋城。知道你拥有魔铭刻印的，整个大夏，包括我在内不超过五人。魔铭刻印的携带者或许会拥有契约多只魔灵的可能，能力驳杂，所以对外，你的身份就是魔契者，契约的恶魔魔灵是纯种王族，七曜天魔，其拥有五行及多种元素的能力，对你来说暂时够用。过段时间，上面会派人来锦城，作为你的护道人保证你的安全。"

任杰头皮发麻，全安排好了吗？可越是这样，他就越不放心："为什么要做到这种地步？直接杀了我，取出魔铭刻印岂不是更容易？"

沈辞嘴角一抽："我们好歹是官方组织，做不出杀鸡取卵的事，你的就是你的。我们不会强迫你做什么，更不会去探寻你的秘密，限制你的自由。况且，也并非谁都能承受得了魔铭刻印，至少现在看来，你的状态还挺稳定的。我相信，这世界上总有些事情是命定的，就权当是一场投资了，换作别人，也不一定有你契合。而且，教训已经够多了。怎么样？接受吗？"

任杰的眼中依旧带着一抹犹豫。

沈辞笑着："实际上你没得选，你太弱了，若无靠山，魔铭刻印早晚会暴露，顶着魔子的名头，成长起来的概率极其渺茫。当然，你也可以选择其他阵营，但那样，就没人能保证你的生命安全了。加入我们，镇魔司乃至于大夏，可以成为你的保护伞。"

任杰深吸了一口气："你说了，这是一种投资，那我需要付出什么？"

沈辞淡淡地道："无须你付出什么，守护大夏公民，是我镇魔司应尽之责。我只问你一个问题，你恨恶魔吗？要发自内心地回答我。"

任杰一怔，往事在他脑中闪过，随即便是长久的沉默。

父母和弟弟的面容已经模糊，原本幸福的四口之家因魔灾覆灭，八岁的他变得一无所有。若无时空魔渊，夭夭也不会得魔痕病，日子也不会过得这么苦。魔灾一次又一次地改变着他的人生轨迹，命运如捉弄小丑一般肆意玩弄着他，从不管他的哭喊、祷告、哀求……

若无魔灾，若没有恶魔，一切是否会变得不一样？

这一刻，任杰的眸子彻底冷了下来，他默默攥紧了拳头："我……"

沈辞笑了，笑得很开心："不用回答了，我已经从你身上得到了答案。我只需要你属于大夏，站在人族的阵营就好了。若有一天，你真的能爬上去，该做之事，你自然会做。"说到这里，沈辞的表情变得严肃起来，"当然，如果有一天你背叛了大夏，背叛了人族，那么大夏会举整个人族之力，与你为敌，誓要将你置于死地，不死不休。"

这一刻，沈辞不再是那个温文尔雅的司主，而是一柄锋芒毕露的利刃。

任杰翻了个白眼："我为什么要背叛人族，真那么做那我的名字岂不是白起了？你的条件我接受，但我要见到灯笼灵草才行。"

沈辞无语，这小子还真是死不松口："行行行，差不了你的，不过以防万一，先把隐钉戴上。记住，无论发生什么都别摘下来。"

这种对自己有好处的事情，任杰当然不会拒绝，直接就把隐钉戴在自己左耳上。

"还有个问题，融合了魔铭刻印的人被称为'魔子'对吧，所以魔子不只我一人，魔铭刻印也不止一块了？还有谁有这东西？"

沈辞并未隐瞒，这些事情任杰早晚要知道的："目前已知的魔铭刻印，算上你这块，共三块。其中一块在塔罗牌首领身上，他代号愚者，为荡天魔域之主。另一块在大妖王蜃妖身上，其占据了月亮，霸占了全部的月光。第三位已知的魔子就是你了，至于还有没有其他隐藏的魔子，或者其他魔铭刻印，就不是我能知道的了。哦对了，魔子之间似乎是可以相互吞噬对方的魔铭刻印的，所以，你保重。"

任杰无语，现在退货还来得及吗？

另外两位魔子一个是魔主，一个是妖王，我呢，阳光开朗大男孩？

"这魔铭刻印到底什么来头啊？"

沈辞摊手："天知道。我们对这东西也没什么了解，更没什么渠道能了解到。这里究竟蕴藏着怎样的秘密，还需要你自己去发现。当然，你要是能提供情报，我也很愿意听。"

任杰拎着箱子，起身就走："拜拜。"

沈辞抬手招呼道："别急着走啊，以后就是自己人了，为了保证你的人身安全，我特地安排了第三小队为你进行战斗特训。"

任杰愕然："啊？还有训练？"我好不容易放了天假。

沈辞笑着："当然，求人不如求己，真遇到危险，多些经验技巧，也就多点保命的本钱。这可是为了你好，你不会不答应吧？"

任杰黑着脸："我去。"

沈辞神色一肃："另外，今日你我的谈话，谈于此，止于此，泄露任何消息都有可能对你造成麻烦。"

任杰头也不回："放心。我惜命得很。"

门外，夜月正在等候。见任杰出来，她微微一笑："走吧，我特地为你安排了诚意满满的特训课程，绝对给你宾至如归的美好体验。"

看着夜月的笑容，不知为何，任杰背后直冒冷风。

"夜月姐，你们这儿中午供饭吗？"

"叫什么夜月姐？叫夜老师。"

任杰心想：要这么正式吗？

办公室里，送走任杰的沈辞长出了一口气，有些庆幸第三位魔子出在了人族，不然的话……路已铺好，能做的都做了，至于他究竟能走多远，就看他自己了。

任杰跟着夜月来到了特训室前，他仰头看着训练室的牌子，嘴角直抽。此室名为"试试就逝室"。虽然名字透露出一股不可言说的诡异感觉，但环境还是不错的，整间训练室呈白色，由高强度合金打造而成，里边还摆放着各式各样的训练器械。叶淮和云筱正在里面等待，吴云清赤裸着上身，露出强健的肌肉，正举着超一吨重的杠铃深蹲。

夜月介绍道："任杰，你们都认识，以后就是我们的人了，今天的训练便由我们负责，都准备好了吗？"

吴云清把杠铃一丢，将胸口拍得砰砰直响："没问题。"

叶淮额头青筋暴跳，脸上挤出一丝比哭还难看的笑容，咬牙切齿地道："我已经迫不及待地想要开始训练了。"

以前的仇，他可都记着呢。

云筱兴奋坏了："这下有好戏看了，我去拿零食。"

任杰撇嘴："夜老师，为防止他们公报私仇，我申请让你训练我。"

夜月笑着："好啊，你倒是会挑，那就先做近身格斗训练好了，做好准备，我数三二一直接开始。"

任杰愕然，这么快就进入状态了吗？

"三。"

听见倒数，任杰连忙摆了个破绽百出的架子，随后就觉得眼前一花，被打得后退两步，成了熊猫眼。云筱没忍住笑出了声。

任杰蒙了："你干什么？"

夜月坏笑道："特训第一课，永远不要轻易相信别人，吃亏了吧？叶淮，你先上，我这个队长自然是要最后出场的。"

任杰：公报私仇的是你才对吧？可恶。

叶淮走到任杰身前，扭了扭脖子，拳头掰得咔咔作响："小子，我也不欺负你，我不使用能力，还让你一只手，你有什么招尽管用，若是能伤到我……"

任杰没理叶淮，望向门口："沈司主，你怎么来了？找我有什么事吗？"

叶淮一怔，下意识偏头望去。任杰脚下火焰瞬间绽放，汹涌的火焰瞬间迸发，化作超强推力，随后一脚踢在叶淮身上。凶悍的冲击力让叶淮原地飞起，头撞到天花板上，发出"砰"的一声，随即整个人摔在地上。

"你老师没教过你永远不要轻易相信别人吗？下一位。"

夜月看着这一幕不禁捂脸，云筱笑得连口中的薯片都喷了出来了，拿出手机疯狂拍照。吴云清一阵恶寒，对任杰的"卑鄙"有了更清晰的认知。

叶淮眼泪在眼圈打转，咬牙切齿地道："兄弟，帮我报仇。"

吴云清深吸一口气，上前一步，面色凝重地道："请赐教。"

他浑身肌肉，身材如铁塔一般，给了任杰极强的压迫感。还不等任杰准备好，吴云清便一个大摆拳砸了过来。

来真的？任杰本能地开启瞬眼，随即连忙调整姿态，偏头避开这一拳，而后模仿着吴云清的动作，同样摆拳砸过去。

"砰"的一声，吴云清一拳落空，下巴却被砸中。他连退两步，一脸震惊地望着任杰："竟然躲过去了，你有格斗基础？"

任杰揉了揉酸疼的拳头，直有种捶在钢板上的感觉："没有，刚刚现学的。"

吴云清完全不信，没学过你会用迎击拳？如果不是他身体素质远超任杰，他已经被任杰一拳撂倒了。

一旁的夜月则是惊愕地看着这一幕，任杰没说谎，他的动作很糙很生疏，并且跟吴云清如出一辙，显然是在模仿。只是刚刚那么短的时间，他就能看清，记住，并且使用出来了，难道真是个格斗天才？

吴云清不信："再来，这次换你攻我。"

任杰倒也不客气，学着刚才的架势，再次砸过去。吴云清用手抓住，一个转身过肩摔将任杰放倒在地，随即直接拿背来了个裸绞。任杰被勒得面色涨红，喘不过气。

"学着点，这叫裸绞，裸绞一旦成型，无论你如何挣扎都破不开，再过几秒你就会睡过去，不信的话……"

还不等吴云清说完话，任杰的手上骤然燃起冲天烈焰，一阵"哧啦"声传来，吴云清本能抽手，裸绞直接破了。任杰另一只手光速攀上，对着其眼睛猛插。

"我的眼睛……你放手，我认输。"

任杰这才撒手，甩头道："想训练我，还早了八百年呢。"

"敢问小兄弟用的是什么拳法？师承何派？"

任杰抱拳："无限制格斗，师承武学大师陈贺高老前辈，承让了。"

这位前辈吴云清听过，是曾被大夏防卫军请过去当格斗教官的狠人。

夜月捂脸："都起开，我来。"

话落，她用指甲在手上划了个伤口，鲜血涌出，在体表凝聚出一层薄薄的血甲，如红宝石般耀眼夺目。夜月如女武神一般，气势满满。

任杰黑着脸："你这不欺负老实人吗？"裹得这么严，还怎么下手？

夜月浅笑一声："放心，我会收着力的，让我试试你到底有几斤几两。"

任杰："一百四十一斤六两，不用试，我直接告诉你。"

夜月："油嘴滑舌。"

她直接攻过来，任杰被逼得没办法，只能硬着头皮上。夜月的动作实在太快了，哪怕任杰用出瞬眼，也只能勉强看清。夜月也的确收了力，只打到让任杰疼的程度，不然以她的实力，任杰撑不过一招。

一开始，吴云清、叶淮两人还觉得解气，可很快，他们就笑不出来了，因为任杰的格斗技术正在以惊人的速度进步着。他使用的全都是夜月使用过的招式，刚用的时候还有些不熟练，可很快就标准起来，直到完美复刻夜月的格斗技巧。云筱等人非常震惊，他们还是第一次看到学习能力这么恐怖的人。

渐渐地，任杰已经能跟夜月过招了。夜月也很震惊，这家伙的学习能力果然恐怖。同时，她还发现，任杰虽然只是觉境八段，但身体素质远超同阶之人，甚至达到了他们的两倍，并且还是在没开启魔化的状态下。这小子才觉醒几天，究竟是怎么练的？

任杰适应后，夜月开始给他喂招。其间任杰多次想逃，说自己体力透支，训练不动。云筱便用出恢复术使他马上就恢复到了最佳状态，让他想逃都逃不掉。任杰这才知道为什么云筱会在训练室。

两人从早打到晚，任杰趴在地上，说什么也不起来了。

夜月也有些累了，见安排的课程都进行得差不多了，便道："叶子，你去带他练练枪，休息下，回来接着练。"

任杰：你管这叫休息？

叶淮眼神大亮，拖着任杰来到训练室中的射击场，抬手甩给他一把格洛克手枪。

"开保险不用我教你吧，眼睛、准星、目标物三点一线，然后开枪。"叶淮熟练地拔枪，打空弹匣，子弹均匀地散落在十环靶心上，他得意地挑眉，"臭小子，学着点儿。"

任杰歪头："不是吧，都什么年代了还用热武器，这东西能打死恶魔？"

叶淮翻了个白眼："废话。普通的子弹当然不行，但特殊类型的子弹有很多。镇魔弹、穿甲弹、爆破弹、毒弹……总有适用的。而且，有时候危险并非来自恶魔，而是来自你身边的人。"

任杰撇嘴，学着刚刚叶淮的样子，举枪，瞬眼开启，射击。

"砰——"第一发子弹打在了靶纸的左侧上方。

叶淮笑了："好家伙，这偏的。不过你也不用气馁，第一次开枪没脱靶就不错了，你还蛮有天赋的。"

"砰——"第二枪击发，打在了靶纸左侧下方，跟上一发弹孔对齐。

叶淮咂嘴："啧啧啧，再往右点试试。"

"砰砰砰砰……"十环靶心处的黑点被直接击穿，每一发子弹都精准地命中了靶心。直到清空弹匣，靶纸上只有三个弹孔。叶淮表情僵住。

任杰接过传递过来的靶纸，将其放在了一旁的靶纸本上，左侧的两个弹孔刚好穿过靶纸本左侧的两根合页柱。

任杰挑眉："还有什么要教的吗？"

叶淮脸都黑了："没有了，你在哪儿学的射击？"

任杰头也不回地走出射击室："游戏啊。"

叶淮：你家游戏里甩狙跟现实里一样啊？骗鬼去吧。

实际上，这东西对于拥有瞬眼的任杰来说非常简单。

"我去上趟厕所，等下回来。"

任杰走后，叶淮魂不守舍地回了训练室，正在喝水的夜月愕然："不是去教他枪法了吗，这么快就回来了？"

叶淮失魂落魄："我已经没什么能教他的了，他能当我师傅。"

跑出训练室的任杰没有去厕所，他直奔电梯，直接按下最上层的按钮，都下班了还训练什么？电梯一开门他就往外冲，然而刚跑了几步就看到了"试试就逝室"的标志。

分明已经到了最上层了，怎么还在这一层？这帮人为了训练自己，在电梯中做了手脚吗？不搭电梯就好了，别想拦住我。

任杰直奔楼梯口，开始往上爬。一层，三层，三十层……有没有搞错？他们到底挖了多深？

"我记得自己是在负十七层啊，怎么爬了这么久还没爬出去。"

任杰又往上爬了一层，抬头看了楼梯口一眼，上面的金属牌上赫然写着"-17"。任杰瞪大了眼睛，不禁咽了咽口水，又往上爬了一层，依旧是那梦魇一般的"-17"。

任杰脸都白了。什么情况？

不信邪的任杰也不爬楼梯了，他冲到走廊，直奔训练室，一脚踹开大门："有没有搞错，家都不让回了？你们到底是用什么妖术，把这一层给锁住了？"

正在休息的夜月等人也蒙了。锁住了？什么意思？

任杰翻了个白眼："演，还演。"说话间，他拉着夜月就往楼梯口冲，带着她往上爬。夜月满脸蒙，云筱、叶淮和吴云清也来看热闹。

任杰和夜月往上爬了一层，刚走到楼梯口，就见到云筱、叶淮和吴云清站在走廊里。夜月不可置信地瞪大了眼睛，叶淮、云筱、吴云清也傻眼了，一脸惊恐地望着二人。他们刚刚分明看到这两人向上爬了，可没一会儿工夫，这两人又从下面上来了，这这这……

任杰摊手："看吧。"

夜月并没说话，面色凝重，又顺着楼梯往下走，下一刻，她直接从上面的楼梯下来了。云筱、叶淮和吴云清的脸彻底白了，眼中带着一抹惊恐。

"这还真是见了鬼了。"

夜月神色凝重："其他人呢？"

任杰无语："别演了，这么晚了，其他人早就下班了。"

云筱不住摇头，眼中是挥之不去的恐惧："怎么可能下班？镇魔司是三班倒的，二十四小时都有人在。"

但是现在，这一层，只剩他们五人。

第八章
沉舟计划

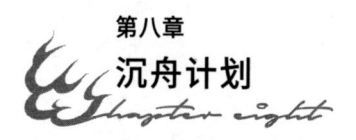

任杰咽了咽口水,背后冷汗直流:"别……别开玩笑,真不是你们搞的鬼?"

夜月神色凝重:"怎么可能是我?我昨天才突破至四阶藏境,细胞还处于进化阶段,哪有这种力量?异常绝对不止负十七层,或许……整个镇魔司总部都被魇住了。"

云筱脸都白了:"这到底什么情况?这可是镇魔司,能将整个镇魔司魇住,究竟是有多强大的力量啊?"

夜月眉头紧锁:"不要轻举妄动,先联系其他同事弄清楚状况再说,通讯器呢?"

叶淮摇头:"失灵了,联系不上。"

任杰掏出手机,果不其然,手机也没信号,下一刻,他的表情僵住了,因为手机上显示的时间正是晚上九点九分。

"现在几点?"

吴云清看了看手表:"九点多啊,怎么了?"

任杰一把抓住吴云清的手腕,看向表盘:"怎么可能才九点多?训练的时候一直没看时间,但至少也该凌晨了,嘶……"

表盘上，秒针不停地前后移动着，时间卡在了九点九分五十九秒，众人被困在了这一秒里。几人死死地盯着手表，心中默数六十个数，可手表上的时间依旧毫无变化，手机上的也是。

走廊里灯光闪烁，如死一般寂静，似要把五人彻底吞噬。

吴云清额头青筋暴跳："装神弄鬼，管他什么鬼打墙，把墙打爆就好了。"

他浑身肌肉暴起，直接化作蜥蜴人，对着脚下的楼板就是一记重拳。"轰"的一声，金属变形，楼板碎裂，地板被击出了个大洞，五人跌了下去。然而让人绝望的一幕发生了，下一层是跟负十七层一模一样的走廊、训练室……

从头顶的洞望去，两层走廊叠在一起，很快，上层的走廊被黑暗吞噬，洞开始弥合，最终完全消失不见，仿佛从未出现过。

众人的表情彻底难看起来。

吴云清咬牙："负十七层下面应该是恶魔监狱才对，怎么还是这一层？"

云筱脸色苍白："好诡异……"

夜月表情凝重："我们被困在了时空循环里，应该是类似于莫比乌斯环、克莱因瓶一样的结构。镇魔司的同事们，面临的应该是相同的境况。我们至少已经被困住三个小时了，如果对镇魔司出手的是恶魔，那么他的能力绝对带有一定的空间属性，甚至时间属性。

"三个小时里，镇魔司中还没人打破这一循环，我们的选择无非有两种，一种是原地等待救援，另一种便是寻找方法，打破这一循环。"

叶淮倒抽了一口凉气："不是吧？三个小时了，司主也在，他那么强，到现在都还没解决？"

夜月眸光一转："任杰，你有什么好的想法吗？这也算是一场生动的实践课了，有的时候对付恶魔，光有力量还不够，更要动脑子。"

任杰黑着脸，不是吧，镇魔司总部都被攻击了，这种情况下还要上课？

"沈司主都还没搞定，咱们就别白费力气了，还是……等下，你们刚刚说负十七层楼下是什么？"

吴云清耸肩："恶魔监狱啊，镇魔司会挑选一些被镇压的恶魔塞进监狱里进行研究，寻找它们的弱点。因为训练室平日里比较吵闹，所以就安排在了比较靠下的位置。怎么了？"

任杰嘴角直抽，直直望向几人身后："我现在能确定，你说的是真的了。"

众人僵硬地回头，只见远处走廊地板开始扭曲，最终化作漆黑的旋涡，一只状如肉瘤、浑身长满了上百只眼睛的恶魔从旋涡里爬了出来。

吴云清白着脸："四阶激眼恶魔，这下麻烦大了。"恶魔监狱里的恶魔都跑出来了，其他镇魔官面对的境况也好不到哪里去。

下一刻，激眼恶魔身上数百只眼睛全部睁开，亮起红芒，锁定在任杰身上。它张开腥臭大口，宛如指甲划铁皮一般的声音从其口中传出："任杰……目标成员……抓住……杀死……"

夜月："危险，躲！老吴！"

上百道血红的激光射线从恶魔的眼睛冲射而出，充满整间走廊，疯狂破坏着一切可视之物。

走廊空间狭窄，根本躲无可躲。吴云清怒吼一声，冲了上去，挡住了绝大多数的激光攻击："岩蜥重甲。"

叶淮单手一挥，走廊的铁皮剥落，化作盾牌挡住激光。同时，射击室里的众多枪械也被其控制着飞出、开火，每一颗子弹都精准命中恶魔之眼。可训练室里的枪装的都是训练弹，并不是镇魔弹。

激眼恶魔强悍的再生能力发挥作用，被打爆的眼睛很快再生。

"任杰……任杰……"激眼恶魔顶着枪林弹雨，对着任杰的方向猛冲。

又是冲自己来的？自己不都已经戴隐钉了吗？它怎么知道自己的名字，攻击镇魔司总部就是为了抓自己？这么大的手笔，魔铭刻印的事情暴露了吗？这下麻烦大了。

任杰才一阶觉境，就算再强，也无法抗衡四阶恶魔，在这样的战斗中完全插不上手。

众人正想退到一个相对宽阔的地方，以期不这么被动时，另外一边的走廊里旋涡再生，一只形如鬃狮却无血肉，全身由骨架构成的猩红魂火疯狂燃烧，是另一只四阶诡骨恶魔。

"吼——"无尽骨刺急速朝众人射来，走廊里、墙壁上，甚至天花板上都长出了骨刺。

前后夹击，形势万分危急。夜月贝齿紧咬，毫不犹豫，直接开启神化状态，背后血月高悬，鲜血从其伤口中涌出，化作血刃凝形。

她抬手一挥，鲜血化作一面血墙，挡住射来的骨刺，血刃狂斩，墙壁上生长而出的骨刺被尽数斩断。

她一把拉开任杰，朝着激眼恶魔的方向猛冲："狂血。血神枪。"

巨大的血神枪凝聚成型，夜月身上浮现出血色神纹，她将血神枪暴力投出，随即旋身一脚，踹在了枪柄上，二段加速。

"轰——"震耳欲聋的空爆声下，血神枪瞬间飞过走廊，将那激眼恶魔刺穿，将其钉在走廊尽头的墙壁上。

激眼恶魔挣扎了几下便不动了，夜月是神眷者，攻击自带神圣属性，不是再生能力特强的恶魔扛不住神眷者的斩杀技。

"走，退到走廊尽头，不要腹背受敌。"

五人且战且退，来到激眼恶魔的尸体旁边。

血墙不断被攻破，更让人绝望的是，天花板和墙面上不断有旋涡生成，一只只三阶甚至四阶的恶魔从里面爬出。这下没人笑得出来了。

夜月十指的指甲已经全部消失，手臂上的皮肤也正在一点点化为乌有，但她仍有条不紊地下达着一条条命令："任杰，把这恶魔的基因碎片吸了，于你有用。叶子、筱筱、老吴，守住这里，别让恶魔们攻进来。"

四人小队配合默契，形成了防御阵形，阻止恶魔突进。任杰虽然帮不上什么忙，但也不至于添乱，当即开启吞噬碎片。四阶的激眼恶魔的魔力太强，直接让任杰的瞬眼和透视升到了一阶满级。

走廊里子弹乱飞，血光暴闪，不断传来"铿锵"的碰撞声和吴云清的怒吼声。任杰也急了，如今的形势，五人根本撑不了多久。

"该死的，到底什么情况？"

抱着试试看的心态，任杰直接开启透视技能，望向走廊墙壁。渐渐地，墙壁变得透明，墙壁后一片漆黑，仿佛有浓重的魔雾涌动。双眼处传来一阵酸涩，他终于看清了墙壁外的场景："我知道我们在哪儿了，好……好像整座镇魔司都在一只恶魔的肚子里，那恶魔好像没有实体，整体像是……一只口袋？我也形容不出……"

夜月蒙了："该死，竟然是一只口袋恶魔。外边到底发生了什么？"

夜月也只是听说过口袋恶魔，它极少出现，官方留下的记载也并不多。就在这时，整条走廊震动起来，随即开始扭曲、旋转，就犹如一根被拧紧的麻花。几人根本无法控制自己的身体，直朝着恶魔们跌去，极其狼狈。一种浓重的眩晕感传来，他们已经分不清上下左右了。这种情况下站稳都难，更别提还要战斗了。

就在这时，叶淮猛地一握，混凝土内的钢筋脱离，化作腰带缠在几人腰间，金属磁场下，几人的身体稳定地悬浮在半空中。但形势并没有好转，恶魔依然在攻击，走廊的墙壁也开始收紧。再这样下去，不是被恶魔咬死，就是被走廊挤死。

怎么办？恶魔口中刚刚说的是人员名单，也就是说，它不确定我就是第三位魔子。任杰一边思考，一边不停地用透视观察着周围，突然发现走廊中有一个不断游移的扭曲原点，极为暗淡，不用力看都看不清。

"夜月，用枪扎一下走廊第三个灯管的位置。"

夜月没有犹豫，用血神枪刺过去。"轰"的一声，走廊天花板被扎爆，露出黑暗的基底，可破口很快就弥合了。

夜月："怎么了，那里有什么问题？"

任杰瞪着眼睛，其中满是血丝："晚了一点，你没扎到，那个扭曲的点飘走了。"

"什么扭曲的点？那里分明什么都没有。"

任杰却急忙道："七点钟方向，安全通道标志那里，扎，用全力。"

虽然不知道任杰为什么要她这么做，但当他说出的那一刻，夜月已经使用血神枪全力戳了过去。

"咔嚓"一声，空间如同镜子一般碎裂，整条走廊扭曲起来，一股极强的排斥力作用在几人身上。一阵天旋地转的感觉传来，五人直接被弹出去，摔在了一片废墟之上。

任杰揉着肩膀，疼得龇牙咧嘴。下一刻，他就愣在了原地。

圆月暗淡，神圣天门高悬，镇魔司总部的位置，一只无比巨大的口袋恶魔竖着杵在那里，犹如漆黑的扁长口袋。它大部分身体都隐藏在地下，只有头露出地面。头有十几米高，嘴巴极长，像是拉链的锁齿一般死死紧闭，一双巨大的眼睛盯着五人，满是愤怒。

整座锦城被火光映亮，爆炸声和人们惊慌失措的惨叫声从远处传来，城市沦陷，刺耳的警报声划过夜空，经久不绝……这一幕堪比末日。

镇魔司周遭已经完全化为废墟，一条浑身附甲的巨大地蜈恶魔将附近的建筑尽数破坏，环绕、守护着口袋恶魔。

远处，十几名镇魔官与数十头不死犬激烈战斗着，其中就包括张沐川。他们正组织攻势，试图突破不死犬和地蜈恶魔的守护，破开口袋恶魔。

见夜月五人出来，张沐川顿时急道："里边什么情况？司主呢？其他镇魔官呢？你们到底都在里边干些什么？"

夜月头皮发麻："我们不清楚司主怎么样了，我们五个也刚撤出来。到底发生什么了？锦城怎么了？"

"锦城多地同时爆发魔灾，城里恶魔多到根本无法统计，它们在到处破坏，制造骚乱。治安厅、司耀厅的人，防卫军事基地驻军，城防军已经全部出动，城外的荡魔部队在回防的途中被大型魔潮拖住。镇魔司总部被封，人手根本不够。我们已经向最近的大夏天璇军区求援了，但他们还需要一段时间才能赶到。"

张沐川他们想划开口袋恶魔，解封镇魔司总部，那样人手还能多一点。

夜月、吴云清等人脸都白了，不明白为什么会这样。这完全是一场有预谋的袭击，而镇魔司事先竟然没察觉到任何异常。

任杰面色煞白，手脚冰凉。是因为魔铭刻印吗？为了这东西，他们竟然直接对整座锦城出手。

眼前的一切，让任杰回想起了十年前的晋城之事，历史仿佛在重演。想到安宁和陶天天，他连忙掏出手机往家里打电话，可根本打不通。69区怎么样了？她们两个有没有事？

张沐川急道："其他先别管，先把这口袋恶魔给收拾了。"

这时，一道稍显稚嫩的女声从上方传来："想要攻破我的口袋恶魔？你们还早了一百年呢。"

众人这才注意到那口袋恶魔的头顶竟然还站着一个人，她身穿潮牌夹克和过膝裤，头生鹿角，一双尖长的耳朵格外显眼。

"妖族，五阶体境？"

鹿妖仰头，轻蔑地道："没想到倒是你们几个先出来了，我比较好奇你们是如何找到口袋妖怪节点的。"

夜月没跟她废话，一道血神枪凝聚，朝其暴射。那鹿妖根本没动，血神枪直接在半空中炸开，仿佛撞到了什么坚硬物体一样。

"白鹿,隐藏好,虽说口袋恶魔破掉,那些镇魔官跑出来也不会对沉舟计划有太多的影响,但我还是比较喜欢稳扎稳打。"身着黑色风衣的罗宿站在数十米高的空中,身后还悬浮着一口棺材。一男一女站在他身边,其中就有那西装男子元沛。

白鹿仰头:"别命令我,我不是任何人的手下,我只是来帮忙的。还有,我讨厌人类。"

夜月贝齿紧咬:"魔爪,诡王罗宿。"

他的气息只有五阶藏境巅峰,为什么可以踏空而行?这是六阶强者才能做到的。

罗宿挑眉:"你认识我?很好,这样你就不会连是谁杀的你都不知道了。"他一边说一边掏出一根烟叼在嘴上。

夜月咬牙,眼中满是愤恨:"你知道这么做的后果吗?你不会得逞的,大夏不会放过你的。"

罗宿嗤笑:"后果?那不是我需要考虑的事情,魔爪也是替上头做事罢了。而且我的生死还轮不到你一个死人操心。"他将香烟点燃,狠狠吸了一口,"没人救得了你们,好好享受恐惧与绝望吧……"

话还没说完,只听"啪"的一声,脸上挨了一巴掌。白鹿没忍住,扑哧一声笑了出来。任杰和夜月等人也蒙了,难道这西装男子是个卧底?

罗宿捂着脸颊,一脸愤恨地瞪向元沛,怒吼道:"我说正事呢。你打我干什么?"

元沛脸都白了:"十……十根了……"

罗宿瞪眼怒吼:"我今天都记着呢,这是第九根。"

元沛连忙掏出本子:"不是,真的十根了,我都记本子上了,您看……它……"下一刻,他的表情直接僵住。

罗宿的眼中冒出猩红之光:"你记错了……"

元沛冷汗直流:"我……"

话还没说完,他整个人便被一股无形的力量捏爆了。

白鹿眼中满是嘲讽:"真是可惜了这么一个忠心耿耿的下属。"

罗宿狞笑一声:"接下来,死的就是你们了。"

下一刻,叶淮和云筱的身体毫无预兆地飞了出去,狠狠撞进了大楼里。吴云清的身体也不受控制地高高飞起,如炮弹一般重重砸在地面上,手脚呈诡异姿态弯折,胸膛凹陷,大口吐血。只一击,三人便成重伤,更恐怖的是,众人根本没看出来罗宿究竟是怎样进攻的。

任杰浑身汗毛倒竖:"夜月,躲开,向左!"

听到任杰的喊声,夜月本能地开启血闪,整个人向左偏移了一段距离。

"砰——"夜月原来所在的位置,空气直接被捏爆。

任杰再吼:"后退,快!"

夜月再次后退躲避,只听"轰"的一声巨响,原位置出现了个深达七八米的巨型爪印。夜月瞪大了眼睛去看,却看不到任何东西。

"任杰,这究竟是什么鬼东西?"

任杰面色煞白,满眼的惊骇:"幽灵青诡。"

其他人看不到,但开着透视的任杰看得很清楚。

身材雄壮、三头八臂、身高数十米的青诡站在场中,宛如凶神。它的脖颈上挂着巨大的骷髅头项圈,八条手臂极其粗壮,刚才袭击夜月的,正是这诡爪。别人根本看不到它的存在,因为这青诡恶魔是透明的。罗宿几人能悬浮在空中,是因为站在青诡恶魔的头顶。

罗宿挑眉:"哦?你能看到?有点意思。"

任杰浑身汗毛倒竖,二话不说扭头就跑,甚至用出了焚烧,因为他看到一只巨大的青诡巨手正凶悍地朝着他拍来。

夜月双眸血红:"别想动他。"

她使用血闪朝任杰冲去,两只青诡巨爪却朝着她合拍而来。夜月根本看不到攻击,被当场拍中。一阵骨骼碎裂声传来,夜月口吐鲜血,身体无力地摔向地面。

任杰也被当场拍飞，鲜血顺着嘴角涌出。他刚摆正身体，就见青诡巨爪自上而下，朝着他拍来，犹如天崩。死定了……

空中，那女秘书道："诡王大人，这小子的名字在抓捕名单上，资料对得上，要不要……"

罗宿眼神一亮："哦？我的运气倒还不错。"

青诡巨爪顿时改拍为抓，将任杰提了起来，带到半空中。

躺在地上的夜月望向被拍飞的伙伴，只见云筱、叶淮重伤昏迷，吴云清彻底失去了行动能力。其他的镇魔官也无法对青诡恶魔造成直接伤害，反而被无形的青诡巨爪拍成重伤。

她踉跄着从地上爬起，抹了抹嘴角的鲜血，双眸猩红，执拗地望向罗宿："放开他。"

罗宿嗤笑："你连站起来都费劲，又有什么资格命令我？这等令人绝望的处境，你还在试图挣扎，就不觉得可悲吗？"

夜月再度凝聚出血神之枪，眼中的血色似在燃烧："这世上，从来就没有绝望的处境，只有对处境绝望的人。我叫你放开他，听不懂吗？"

罗宿额头青筋暴跳，眼神冰冷："你可以去死了。"

下一刻，青诡巨爪紧握成拳，自上而下，对着夜月暴力砸下。

夜月本能地抬枪格挡。

"轰——"地上被砸出七八米深的大坑，夜月血神枪破碎，单膝跪地。还不等她缓过神来，四只青诡巨爪又对着她砸下。大地不住震颤，旁边的大楼也被震塌。

夜月完全被压在坑里，只能用出血神甲防御。作为神化的代价，她两只手臂的皮肤已经完全消失，而正在消失的，是她小臂上的血肉。

再这样下去，夜月会被砸成肉泥。任杰望着坑里的夜月，心急如焚，脖颈处青筋暴跳。

"放开我。不灭炽炎，燃。"任杰身上燃起冲天大火，不同于平常的火焰，这火焰是炽炎拔刀斩的炽炎，沾之不灭。

青诡恶魔的诡爪被点燃,随即耀眼的火光燃遍全身,化作熊熊燃烧的火炬。这点伤害罗宿根本不看在眼里,但燃起的火焰勾勒出青诡恶魔的形态,让它变得可视。

罗宿不满地望向任杰:"还不老实吗?那我就让你再老实一点。"

握住任杰的大手再次用力,任杰闷哼一声,口中血如泉涌,机械臂发出不堪重负的形变声,随即被生生捏碎。

夜月望了任杰一眼,随即眸光一转,望向矗立在夜空中、闪耀着神辉的神圣天门。她眼神中满含期盼,心中默默祈祷着:如果这扇门的后面真的有神明存在的话,那么请您帮帮我吧。今晚无论如何,至少要把他保下来,这是我唯一的愿望。

夜月眼中满是执拗,身体中涌出大量鲜血,那些鲜血沸腾着,咆哮着,似乎被注入了本应属于夜月的生命力一般。

"无月:血神降临。"鲜血涌动、汇聚,转眼间凝聚为一尊几十米高、身披重甲、眼中绽放出猩红之光的巨型血神。

与此同时,夜月的身体也随之干瘪下去,全身血肉一点点消失。

她贝齿紧咬,眼神执拗:"我说了,放开他。"

那重甲血神怒吼着,抬起拳头重重地砸在青诡恶魔的脸颊上,空爆声震耳欲聋。青诡恶魔庞大的身躯被砸得一偏,压塌了旁边的大楼。血神抬起大手,向任杰抓去,誓要将其夺回来。

看着身躯残破的夜月,任杰眼中一片血红,暴吼道:"夜月,你疯了。"显然,夜月正在超额支付代价,换取超越自己等级的力量。

夜月躺在坑中望向任杰,眸光中满是柔和:"我走不了了,但你要活下去,你还有妹妹要照顾,精彩人生才刚刚开始,不应该止步于此……是我拉你入伙的,我必须对你负责……"

任杰疯狂挣扎,焦急地吼道:"停,别再支付代价了,你会死的。"

夜月望着神圣天门,眼中满是决然:"既然成了被神明选中的人,总要为这世界做些什么,不是吗?深红之枪。"

重甲血神的手上绽放出无比耀眼的血光,一柄宛如红宝石般闪耀的血神长枪凝聚而成,向青诡恶魔暴力劈去。

罗宿也怒了:"你以为这样就能杀掉我吗?休想。诡噬。"

一股股无形的白雾被其吸入身体,青诡恶魔的身躯瞬间膨胀一圈,它抬起巨大的拳头,对着劈来的深红之枪砸去。

"青诡崩狱。"拳锋上泛起炽烈的青光,似要摧毁眼前的一切事物。

"轰——"在相触的一瞬间,青红之光激烈碰撞,气浪翻滚,崩碎了附近大楼的玻璃。

下一刻,深红之枪被生生砸碎,化作无数碎片,那重铠血神也被当场贯穿胸口,崩成血雾,化作血雨簌簌落下,将城市染成深红色。

罗宿狂笑着,眼神愈发狰狞:"感受到绝望了吗?这就是你我之间实力的差距。今天谁也救不了你们,就算是神明也不行。"

无穷的血雨落在夜月身上,她怔怔地望着那道触不可及的神圣天门,眼中满是失落。神明的目光,真的在注视着这座城市吗?

这个想法出现的刹那,夜月的身上便燃起了血色的火焰,极致的痛楚疯狂折磨着夜月。这是神火,当一位神眷者无法对神明保持足够的信仰,其便会被神火焚身,这是神明对背叛者降下的惩罚。

罗宿狞笑着:"就连神明都不再垂青你了,还有谁救得了你?"

夜月挣扎着从地上爬了起来,冰冷地望了罗宿一眼:"我只是失去了信仰而已,并未失去梦想。"

夜月强忍着被神火焚烧的剧痛,望向被抓在青诡恶魔手里的任杰,脸上的笑容依旧温柔:"别怕……我这就救你出去……"

被握在手里的任杰满脸痛苦,泪珠大颗掉落,看着被神火焚身的夜月悲愤地怒吼着:"为什么你们一个个都这样对我?我们明明才认识几天而已,别随便为了我死掉啊。"

夜月凄然地笑着:"你别哭啊,还记得我与你讲过的梦想吗?去夺回那颗曾属于人类的月亮,让月光重新洒落在大夏的沃土上……如今我将梦想托付于你了,去完成它吧,同我一样,去做一些很酷的事情。剩下的路,你自己去走,我就不陪你了,记得,永远不要因为害怕离别而拒绝相遇,相遇……从来都是一件美好的事情。"

任杰不住地摇头,泪水滑落,声音沙哑地嘶吼着:"别……我求求你,求求你……"

夜月抬手一抓,体内仅剩的鲜血于手中汇聚,化作一柄带鞘血刃,神火蔓延其上,熊熊燃烧着。她目光灼灼地望着任杰:"神明无法拯救我们,能够拯救我们的只有自己,任杰……这就是我要教你的最后一课……这一次,我将自己的生命压进刀鞘,不再为了改变这个不完美的世界,这一刀,只为你一人而斩。"

罗宿眼中带着一抹对神火的畏惧:"还在做无谓的挣扎是吗?想死的话我成全你。崩狱。"

那青诡恶魔抬起巨大的拳头,直奔夜月砸去。

夜月紧握刀柄,眼中寒意刺骨:"苍星:夜空无月。"

被神火侵染的血刃出鞘,极致的血光绽放,犹如夜空中闪耀的血色苍星。刀光于空中划过一道惊艳的弧度,随即骤然暗淡下去。青诡恶魔那只抓着任杰的手臂被一刀斩断,无尽的神火瞬间燃尽了那条手臂,任杰从高空中跌落。两人的目光于夜空下交错。

"活下去……"

任杰怔怔地望着被神火灼烧着的夜月,恍然间,仿佛回到了那个夜晚。两人于火柴杆上吹着晚风,欣赏着锦城夜景,倾吐着各自的梦想。她笑着,比那锦城夜色更美。她说要带他去见一见命运里的风,可如今命运的齿轮开始转动,而路上却只剩他。

这一眼,便是生死相隔。

夜月彻底化作一团燃烧的血色神火,身体于神火中逐渐化作虚无,如那扑火的飞蛾一般,冲向青诡恶魔砸来的铁拳。夜月看向头顶暗淡的圆月,眼中满是惋惜,最后也没能沐浴到月光吗?

"轰——"青诡恶魔铁拳砸下的那一刻,夜月化作血色神火将其彻底点燃,巨大的青诡恶魔变成了熊熊燃烧的火炬,将夜空染成了血色。

从此,世间再无夜月。

"不……"

一片废墟中,重伤的叶淮半睁着眼睛,抬手颤颤巍巍地指向坠落的任杰:"走……"

下一刻,任杰身上的钢筋腰带猛地被叶淮弹射出去,带着任杰飞向那燃烧着的夜空……

被神火焚烧的罗宿痛苦地哀号着,根本无法熄灭身上的神火。他面色惨白无比,捂着胸口猛地吐出一口黑血:"该死的神眷者!那小子跑了,白鹿,叫你的恶魔去追,要活的。"

白鹿撇嘴,一脸不屑地望向罗宿,她刚刚全程都在看热闹,并没有伸手帮罗宿的意思:"都说了,不要命令我,我不是你的手下。"

罗宿眯眼:"你也可以不去,但名单上的任何一个人都有可能是塔罗牌要的人,别忘了你今天是为了什么来的。"

白鹿"啧"了一声,抬手打了个响指。口袋恶魔的肚子里冲出了几只酷刑恶魔,协同不死犬们,直奔任杰离开的方向追去。但凡是被口袋恶魔吞进肚中的恶魔,白鹿都可以随时调遣。

罗宿狞笑着:"尽管恐惧好了,你们的恐惧,将成为恶魔们梦寐以求的食粮。"

就在青诡恶魔要将在场所有的镇魔官斩尽杀绝之时,口袋恶魔的身躯突然开始膨胀变形,眼中满是痛苦之色。白鹿面色骤变,轻轻一跃,连忙撤离。

下一刻,口袋恶魔被从上至下斩开,一道极烈的剑光从其漆黑的身体中冲出,划破夜空,盘绕着的天蜈恶魔被斩断,神火焚身的青诡恶魔也被斩开大半。

口袋恶魔化作黑雾崩散,白鹿口吐鲜血,面色萎靡。炽烈的剑光如秋水一般倾泻而下，被魔魇住的镇魔司总部也重新显露出来。

沈辞身上绽放着五阶体境巅峰的恐怖气息，背后一棵无比巨大的剑兰虚影浮现，释放着无比惊人的剑气。他的眼中倒映着燃烧的锦城，胸中的怒火熊熊燃烧。

"罗宿，你真敢。今日我必将你斩于剑下，不死不休。"

罗宿狂笑着，眼中尽是疯狂："哈哈哈，晚了。锦城为舟，此夜必沉，这等大势之下，你什么都不是，我也一样。在魔君执行官大人的魔威下颤抖吧，这世界早晚会是我们的。"

沈辞面色极为难看，该死的，魔君来锦城了？

塔罗牌组织共有二十一位执行官，每位执行官都有属于自己的代号，魔君就是其中之一，其代号源自塔罗牌中的"恶魔"一牌。所有执行官皆听从塔罗牌首领——愚者的命令，因为这组织就是他一手创建，是为荡天魔域之主。

每一位执行官的实力都极其恐怖，每次出现都伴随着灾厄发生。

该死的，是任杰暴露了吗？不，不会。如果真的确定，塔罗牌不会搞出这么大动静，那就是还不确定。任杰在哪儿？他人呢？今日无论付出再大的代价，也必须保住任杰，绝不能让他落入荡天魔域之手。

"先顾好你自己吧。神化：君子如兰。"沈辞毫不犹豫地开启神化，身上绽放出无比璀璨的神光，他单手一抓，一柄翠绿色的长剑入手，身后的剑兰虚影猛地炸开，无数片叶子化作剑光。

"鸣翠。"一声声嘹亮剑鸣响彻锦城夜空，剑光直朝罗宿斩去。

罗宿咬牙："就你会吗？魔化：幽冥诡王。"

两人展开了无比激烈的战斗。得益于沈辞破开魔魇，被困住的镇魔官们得以脱身，前往锦城各处镇魔，魔灾形势稍缓。

另一边，任杰被叶淮丢出了上千米的距离，狠狠撞进了一座正在燃烧的大楼里。没多久，大楼就崩塌了。废墟中，开启了魔化的任杰从火海中踏出，身上的衣服在燃烧，无穷的火焰之力被吸引过来，皮肤上火焰云纹赤红，正在疯狂修复着他身上的伤势。

任杰望向镇魔司总部的方向，心如同被撕裂般剧痛，他还是不愿意相信夜月就这么死了，彻底消失在了世界上。她有自己的梦想，热爱镇魔官的工作，并且愿意为之倾注所有的热情，但她却为了救他而死。值得吗？我这么一个自私的人，真的值得你将梦想托付吗？

任杰站在原地，泪水无声滑落。

废墟边还有不少狼狈的民众，见任杰出现，不禁围了过来，拉住他的手臂摇晃着，绝望地哭泣着。

"救救我妈，求你救救我妈好不好？她还在废墟里。"

"我认得你，你是任杰，我在电视上见过你，救救我妹妹吧，我求你啊。"

任杰站在原地，目光所及之处，尽是苦难。

"代价，已支付。"这一刻，炎魔的代价就像梦魇一般刺痛着任杰的内心。他突然想起了卫平生曾对他说过的话——人是救不过来的。

任杰声音沙哑："抱歉，我不是神，救不了所有人，今天，我也是那个被拯救的人。"

"轰隆隆——"地面震动着，数个酷刑恶魔带着不死犬群疯一般冲向任杰。

围过来的人群惊恐地叫着，四散奔逃。任杰牙关紧咬，每一只冲过来的恶魔都不是他能对付的，但这世界就是这么蛮不讲理。

绝对不能就这么死在这里，不然又怎么对得起拼尽所有救我出来的夜月？任杰的眼中满是决绝，正当他要启用大魔之威时，侧面冲过来三只体型庞大、臃肿的噬魂恶魔，它们一头撞进了不死犬群，跟那些酷刑恶魔撕咬在了一起。如果仔细观察，就会发现那几只噬魂恶魔上缠绕着细如发丝的线。任杰愕然。

一阵引擎咆哮声传来，一个身着白色紧身皮衣、戴着猫耳头盔的人骑着重排机车从街角处冲来，一甩尾，停在任杰身前。

诺颜一脚撑住机车,摘下头盔,望向任杰:"上车。"

任杰望着诺颜:"你怎么……"

诺颜得意地拧了两下油门,引擎轰鸣:"怎么?不相信我的车技?我可是老司机了。"

任杰二话不说,直接上了诺颜的车。

诺颜的嘴角不禁勾起一抹弧度:"去哪儿?"

任杰嗓音沙哑:"69区老居民楼。"联系不上家里,他心中无比焦急。

诺颜拧着油门,原地烧胎,白烟滚滚,空气中弥漫着一股焦煳的味道。

"抱紧了。"下一刻,伴随着引擎的轰鸣,机车载着两人穿过街道,朝69区疾速驶去。诺颜透过后视镜望向任杰:"你怎么搞的,这么狼狈?"

一问起这个,任杰眸光一黯,低头沉默着。诺颜看了他一眼,识趣地没再多问。

任杰转移话题:"你是怎么找到我的?"

诺颜咧嘴一笑:"有魔爪的人不知死活地朝我出手,被我给反杀了。他们这次的目标好像是魔契者,我就想起了你,担心你被他们抓走,从此走上不归路,所以就过来看看。身为机械师,在客户的手臂上加装一个定位器,也是很正常吧?"

任杰抹了抹鼻子,闷声道:"谢谢。"

诺颜翻了个白眼:"好无聊啊,你怎么不反驳我?担心家里?放心,没那么倒霉的,而且这场动乱持续不了多久,大夏不是吃素的。等着看吧,荡天魔域的人这么不守规矩,会付出代价的。"

任杰闷闷地点了点头,诺颜见他实在没有什么聊天的兴致,也就不说话了。

这一路上,无数情绪迷雾被收集到了镜湖空间之中,达到了一个极其恐怖的程度，并且还在增加。让任杰感到诡异的是，两人一路上也遇到了一些恶魔，可每次恶魔一靠近，其身躯就变得僵硬，随即扭头机械般走开，两人没受到半点攻击。他没发现，诺颜眼罩下的左眼，始终亮着帝紫色的光芒。

任杰无心观看两边的景色，而是仰头望着悬挂在夜空中的黯月，月光如水一般流向夜空的尽头。看着看着，他不禁悄然握紧了拳头。

一路无阻，两人很快接近了69区。矗立在锦城各处的火柴杆亮起微光，恐怖的能量洪流顺着塔身基座直冲塔顶的红色圆球，圆球越来越亮，散发出耀眼的光芒。

"轰轰轰——"四座火柴杆射出能量洪流，连接在一起。随即，厚重的能量壁垒生出，形成了高达上千米的扇形格子，格子上方，能量穿顶开始凝结，将一处区域完全封闭隔断。封闭的区域被称为"火柴盒"。

锦城之所以分为各个区域，就是因为每一个区都可以形成一只火柴盒，隔绝内外。眼见一根根火柴杆开始燃烧，诺颜把油门拧到底，面色无比凝重："我们得快点了，一旦69区的火柴盒形成，我们可就进不去了，坐稳了。"

火柴杆是在魔灾失控时才会启用的手段，可见如今的形势已经危急到了什么地步。

69区老居民楼，几队司耀官正在全力将群众向后山挖出来的魔防工事中转移。青亭山是花岗岩结构，很坚固，应付一般的魔灾绝对够用了。

"东西就别带着了，命重要钱重要？钱可以再挣，命没了就什么都没了。"

"怀仁，去背一下那个老奶奶，她腿脚不好。"

"别堵在门口，快往里进，一会儿恶魔过来全得完蛋。"

现场一片混乱，卫平生不住地指挥着，嗓子都快吼哑了。

他家就在69区，出了这样的事，他第一时间联系了人手，组织群众撤离。直到现在，他也没弄清楚到底发生了什么事。

安宁和陶天天正在排队进魔防工事，陶天天怀里揣着貂宝，拿着手机不停打电话，她试图联系任杰，可电话根本打不通："妈，我哥到底跑哪儿去了，怎么还不回来？他不会出事了吧？"

安宁心中也满是担忧："别乱说，小杰会没事的，一定会没事的。"

安宁注意到了人群中的卫平生，焦急地道："老卫，你看到我家小杰了吗？他在哪儿？我联系不上他。"

卫平生挠着头："我也联系不上，他没在我这边。你俩先进工事，外边危险，不用担心那小子，他比我有本事。"正说着，69区的四座火柴杆彻底燃烧起来，炽烈的能量柱于空中衔接，能量壁垒开始成型。

诺颜开着摩托车疾速驶来，隔着很远，任杰就看到了卫平生那亮眼的橙色制服。他从摩托车上站起来招手："卫叔，这里。看到我妹和安宁阿姨了吗，她们在哪儿？老司机，快点，马上封了。"

诺颜咬牙："已经拧到底了。"

卫平生一怔，见任杰没事，长出了口气。

就在两人要冲进69区时，能量壁垒瞬间成型。诺颜急刹，轮胎抱死，车身打滑，侧着撞在了厚重的能量壁垒上。

任杰终究被隔在了外边。

第九章
生如野草
Chapter nine

"轰——"

任杰的拳头重重砸在了能量结界上："该死的。"

诺颜叹了口气："没办法了，这能量结界连六阶启境的强者都攻不破。不过别担心，这边还算安全，恶魔暂且还没……"

话还没说完，诺颜表情一僵，街角处成群结队的食人魔游荡而来，而前方，就是青亭山魔防工事。

那些食人魔的等级不是很高，但也有二三阶了。它们手长脚长，没有皮肤，全身覆盖着猩红的肌肉，头如鸟喙，牙齿锋利，舌头极长，正四肢着地，如猩猩一般行走着。

这些食人魔力量极大，再生能力强悍，非常难缠。更让人糟心的是，那只最壮硕的食人魔的头顶上，还坐着一个男人。他身形瘦高，穿着黑裤子和白衬衫，扎着领带，脸上的表情极其疯狂。

"这边这么多人呢，来这边果然是对的，光是想想就流口水了，小姑娘的肉最嫩了。纱纱姐，你不会阻止我的，对吧？"

王枫兴奋地望向魔群身后的女子，那女子一身卡其色风衣，面色惨白，一头青丝化作宛如蜘蛛腿一样的触手，将其整个人支撑起来，代替她行走。

浣纱半睁着眼睛:"随你的便,别玩儿太疯,别忘了我们此次来的任务。"

王枫:"69区已经抓得差不多了,可惜不是,希望这边的不要让我失望。魔君大人的奖励,只能属于我。"

诺颜眉头紧锁:"这下麻烦大了,那个男的魔契者还好,只有三阶,那女的足有五阶。"

火柴盒外的任杰都快急疯了:"恶魔来了,进去,快进去!"

但哪怕他再急,也无法越过这墙。

居民区的人还没完全撤离,卫平生回头吼道:"魔防工事,关门,天没亮之前不许开门,其余没进去的人,就近找掩体躲藏,等待救援。"

说完,他一把扯掉胳膊上的石膏,将一支狂化药剂打入身体,掏出消防斧和防爆盾,朝着恶魔来的方向狂奔而去。

任杰眼睛都红了:"卫叔,别去啊。"

他用力拍打着结界壁垒,希望卫平生能听到,可卫平生并未看向他的方向。

王枫一吹口哨,大量的食人魔开始朝着人群突进。他站在食人魔的头顶,展开双臂,满眼疯狂:"我说,这里有没有一个叫任杰的?是你自己站出来,还是我去找你?这样,你们要是把那个叫任杰的交出来,我就大发慈悲,只吃掉你们一半儿的人如何?"

诺颜的心狠狠一沉,任杰果然在他们的名单上。

还未撤离的人群已经被彻底吓傻了,有人指着被隔在墙外的任杰道:"他就是任杰。别吃我们,跟我们没关系的,求求你放过我们。"

有一人带头,就有无数人跳出来指认任杰,生死危机之下,只顾及自身利益不过是人之常情罢了。

任杰并不怪他们,大大方方地承认道:"他们说得没错,我就是任杰。现在停手,我可以跟你们走。"

王枫和浣纱的目光集中在任杰身上，看他被隔在墙外，纷纷皱眉。

王枫嘴角勾起一抹狞笑："很好，非常好，那就只吃掉你们一半的人好了。小可爱们，开饭了。"

任杰："我已经在这里了，你还有必要这么做吗？"

王枫盯着任杰："怎么没有？我做事从不需要理由。弱者没有跟我谈条件的权利。去，吃掉他们。"

任杰牙关紧咬，他从未有一刻如现在这般渴求力量。

食人魔们疯一般朝着人群冲去，还没来得及撤离的民众四散飞逃，犹如惊鸟。

这时，一道橙红色的身影从人群中踏出，如那逆飞的流星一般，直奔魔群走去，步伐前所未有地坚毅。

正是卫平生。

他就站在人群与魔群中间，身前是群魔环伺，身后是万家灯火。

那一抹赤橙之色，似乎将世界一分为二。

他手持防爆盾，握紧消防斧，面对冲来的食人魔们做出防御姿态。

任杰的眼中满是血丝："卫叔，跑啊你，别犯傻，你拦不住的，会死的。你不是一直教导我们，凡事以自身性命为重，保护不了自己的人，也无法保护他人。只要遇到恶魔，第一时间就要逃跑，你为什么偏偏要站出来？你亲口教我的，全忘了吗？"

卫平生则是孑然一笑，淡淡道："口号嘛，听听就行了。黎明到来之前，必须有人燃起火焰，照亮黑暗。司耀官制服的颜色，便是火焰的颜色。"

他没法离开，民众还没撤离，魔防工事的防爆大门还没关上，必须有人顶上去，哪怕根本拖延不了多久。

他或许会死在这里，但……那又能怎样？

过去，卫平生不懂自己那些牺牲的同事，为什么明知不可为，还偏偏要去做傻事，将自己的命都搭了进去。现在，卫平生明白了，有些时候，你明明想走，但你的心却驱使着你站出来。

这一刻，卫平生的心中并无畏惧，胸中的热血再次沸腾起来。

"来啊！"

任杰单手拍着结界壁垒，焦急地怒吼着："走啊！你走！走……"

卫平生已经怒吼着迎了上去，单枪匹马，攻向了食人魔群。

那体型超三米的食人魔张开血盆大口，朝着卫平生凶悍咬来。

卫平生瞪眼，手中防爆盾朝着一侧狠狠顶去，"轰"的一声，将那食人魔的脑袋撞得一歪，顺势将其压下，另一手的消防斧对着其脖颈狠狠一砍，将其脑袋砍了下去。而后回身又是一斧子，将另一只食人魔的魔爪砍掉。

食人魔的尾巴横扫而来，卫平生抬起盾牌，侧身接住尾巴，将之死死夹住，随后斧刃落下，直接将其尾巴斩断。

卫平生与食人魔群展开了激烈的厮杀，身体辗转腾挪在魔群之中，或是躲避，或是防御翻滚。他的进攻很朴素，没有什么华丽的招式，甚至有些笨重，却将这三十年时间沉淀打磨出来的战术经验和战斗技巧发挥到极致。

诺颜头皮发麻，这位大叔只是个普通人而已吗？他的身体强度，至少能跟二阶巅峰的基因武者相媲美。

卫平生的攻击无法对恶魔造成致命伤害，哪怕斩断食人魔的头颅，它们也能很快再生。

鲜血将卫平生的制服染红，显然，他负伤了。

又一只食人魔朝卫平生抓来，在他后背划出三道深可见骨的口子。他刚想要抬盾抵挡，盾牌却被食人魔咬住，它用力撕扯，将盾牌甩飞，随即一尾巴甩在他的胸口上。

卫平生如炮弹一般飞了出去，在地上足足滚了两三圈，狠狠撞在了混凝土块上。

王枫狞笑着，眸中尽是讥讽之色："实在是可笑，一个普通人也妄图灭杀恶魔？痴心妄想。捏死你就像是捏死一只老鼠一样容易，但我不想让游戏结束得这么快，我想看看，你究竟能坚持多久才会被我这帮小可爱给吃掉。"

卫平生半靠在石块上，大口咯血，胸腔完全凹陷下去，斧子也不知道丢到哪了。他挣扎着从地上爬起来，歪头吐了口血沫子，一把撕掉破破烂烂的上衣，露出了有无数伤疤的上半身。

"蝼蚁？你的口气还真大，殊不知在他人眼里，你也同样是蝼蚁。"

任杰的心都在滴血："卫叔，别再站起来了，够了，已经足够了。跑啊，我求你。"

卫平生充耳不闻，从腰间抽出所有的狂血药剂，全部扎进了自己的身体里。他的脸上满是痛苦之色，心脏狂跳着，皮肤变得通红，浑身肌肉鼓胀，体型足足膨胀了一圈。

他疯狂压榨着身体里最后一丝潜力，感觉浑身的鲜血都被点燃，五脏被灼烧着，仿佛生命都在这一刻燃烧起来。

武器没了，那就用拳头。

"小杰，你卫叔这辈子没闯出什么名堂，更没做出过什么成绩来，我不想认命。我说过，人这一辈子不能白来，或轰轰烈烈，或荡气回肠。人生漫长而又短暂，而每个人的人生都有他最高光、最精彩的那一刻，值得被大家铭记。小杰，我觉得自己人生中最精彩的一刻，就是现在了。"

面对冲来的食人魔，卫平生不管不顾，光着膀子怒吼一声，一记上勾拳，狠狠砸在食人魔的下巴上，将那食人魔打得仰头翻了个跟头，气爆声震耳欲聋。

"来啊，我早就想揍你们这群混蛋了。"

食人魔的尾巴朝着卫平生狂抽，他抬手接住，身体往后滑行不止，却死死抱住食人魔的尾巴，怒吼着将其甩了起来，重重砸向地面。

这一刻卫平生完全不在乎自己受伤与否，只想拼尽全力地战上一场。

任杰趴在结界壁垒上，泪水大颗大颗地掉落："卫叔……你走啊，别死在这里，别……我已经看着夜月离开了……我不想你也离开……"

一旁的诺颜望着这一幕，沉默不语，贝齿紧咬。

有时候，这世界就是这么残酷。

王枫彻底不耐烦了："不过是个普通人，我随时都可以杀掉你。你以为活到现在是因为够强吗？不是，是因为我仁慈。"

卫平生狂笑着："身为魔契者，你竟然到现在都还没杀死我。无能的是你。身为普通人又如何？我从未痛斥命运的不公。吾辈生如野草，吾辈不屈不挠。吾辈出身微末，吾辈志比天高。我拼尽所有，只为那一瞬的光辉。足够了。"

王枫额头青筋暴跳："你想死，我这就杀了你。"

他浑身肌肉瞬间暴起，犹如离弦之箭瞬间冲到卫平生身前，并指为刀，贯穿了卫平生的胸膛，滚烫的热血于夜空中挥洒……

任杰瞳孔骤缩，望着这一幕，双耳嗡鸣不止："卫叔。"

诺颜的心也跟着狠狠一颤。

王枫凑到了卫平生耳边，轻声呢喃："看见没？你还是什么都没有做到。你没能伤到我，甚至没能击杀一只恶魔，这就是普通人跟天选之人的差距，你的一切努力，皆为徒劳。废物。"

卫平生的双眸急速暗淡下去，他被王枫随意一甩，瘫倒在了一片乱石堆中。

王枫得意地望向任杰："啊，我忘了，你们认识。真不好意思啊，当着你的面把他杀了。"

任杰只是望着躺在地上不停咯血的卫平生，眼睛一眨不眨。

浣纱并未插手，她对这种战斗提不起丝毫兴趣。

这时，天空中传来一阵阵震耳欲聋的空爆声，一根巨大的黑矛从天而降，将结界壁垒震碎，扎在地上，炸出一个巨坑。

四根火柴杆上方的圆球直接炸裂，大地震颤不已。

浣纱嘴角勾起一抹弧度："魔君大人出手了，小子，你是我的了。"

还不等任杰动，早已按捺不住的诺颜第一个冲了出去，身上绽放出四阶藏境巅峰的气息。

"本姑娘早就看你不顺眼了，想抓他，我先杀了你。"

诺颜杀向浣纱，她眼中亮起紫光，空中一道细丝一闪而过，体型最大的食人魔竟转头扑向王枫，将其撞飞出去，并疯狂撕咬。

任杰疯了一般冲向卫平生，将他抱在怀里，用手堵住他胸口的破洞，然而鲜血根本止不住。

"卫叔……没事的，会没事的，你别乱动……"

卫平生吃力地回头望着，见人群已经疏散，魔防工程的大门顺利关闭才放下心来，口中的鲜血不断涌出。

他摇了摇头，声音沙哑："臭小子……别哭啊，这世界上……眼泪是最不值钱的东西了……我就到这儿了，没有遗憾了……人这辈子，活的或许就是某一个瞬间吧……"

他颤颤巍巍地从兜里掏出一根染血的烟，叼在嘴里："我……也就这点爱好了……"

说着还要去掏打火机。

任杰的大拇指亮起火光，递到了卫平生面前。

卫平生一怔，脸上泛起笑容。

烟被火光点燃，于冰冷的夜里散发出殷红的光芒，却很快熄灭。

卫平生并未来得及抽上一口，他的生命就如那熄灭的烟一样，化作一缕青烟消逝。他的手从裤兜中滑落，手心里握着一只煤油打火机，火机的机身上刻着铁画银钩的十六个字：生如野草，不屈不挠，出身微末，志比天高。

任杰将火机捡起揣进兜里，默默起身，眼神彻底冷了下去，望向王枫的双眸中，是惊天的恨。

镜湖空间中，无穷情绪迷雾被恶魔之树吸收，巨量的灵气被牵引着注入任杰的身体。他打破瓶颈，基因锁打开，等级直冲二阶脊境，全身的骨骼被疯狂强化着。

破妄之树上，一根枝丫亮起，其上长出两只叶片，破妄之眸第三技能觉醒，刚一觉醒，便直接是二阶的技能。

与此同时，恶魔之树上，一根主枝再度亮起，与以往不同的是，这根主枝并非被火焰覆盖，而是化作冰晶形态，散发着无尽寒气。

脑海中，恶魔的呢喃声响彻。

"魔契已成。契约恶魔：雪之恶魔。

"魔化代价：向他人深情表白后被拒绝。

"雪之恶魔基因注入。

"雪魔之灵诞生，初次契约魔化开始。"

雪魔主枝上，一颗冰晶果实形成，魔灵藏于其中，一道技能分支被点亮，其上长出两片叶子。与此同时，炎魔主枝上，代表焚烧和炽炎拔刀斩的枝丫全变成了二叶，随即又一技能枝丫被点亮，同样是二叶。

任杰的身体散发出惊人的寒气，一头黑发化作雪色，眉毛、睫毛皆是如此。皮肤表面，如雪花状的冰晶凝结而成，无穷寒气朝着任杰的断臂处涌去，玄冰凝结，化作一条透明的玄冰手臂。掌心处，一把冰晶长刀延伸而出。

与此同时，任杰的身上又燃起了火焰，手臂被火焰席卷，炽炎之刃出现在手中。

他死死盯着王枫，面若寒霜，一步步朝他走去。每踏出一步，脚下的地面就会覆上一层冰霜。

一只二阶食人魔从侧面扑向任杰，他一刀斩了过去。惊人的寒气迸发，那食人魔瞬间被寒气冻结，生命于这一刻定格。

风疾卷云寒天阔，大雪飘零为霜落。

此刀，名霜落。

如风铃般的清脆之声传来，一片片雪花凝结，簌簌而落，被冰封的食人魔一碰到坠落的雪花，即刻四分五裂。

王枫终于解决了那只食人魔，他望向任杰，眼中满是疯狂："生气了？那你知不知道，没有实力的叫嚣，犹如犬吠。"

任杰额头青筋暴跳，身上寒意更重。"轰"的一声炸响，他脚下迸发出汹涌的火焰，将地面炸出巨坑，宛如炎魔的脚印一般。

凶悍的爆炸化作强劲的推力，任杰如火箭一般冲向王枫，恨意惊天："把他交给我。"

场中的诺颜都看呆了，有没有搞错？王枫可是三阶力境，你才刚刚突破至二阶脊境，就要越阶斩人吗？

王枫狞笑着："杀我，你没睡醒吗？哈哈哈……我敢保证，你会比刚刚那个废物死得更惨。魔化：筋肉恶魔。"

哪怕其为脊境，面对任杰拥有碾压级的优势，他还是开启了魔化。

并非畏惧，而是他享受魔化带来的快感。魔化后，王枫的皮肤瞬间裂开，浑身的肌肉膨胀、骨骼暴涨，化作一只体型接近三米、浑身被血红肌肉覆盖的筋肉人，舌头伸出老长。

"决定了，杀了你之后，就将你作为今晚的夜宵。筋肉炮弹。"

"轰"的一声，他的身形直接消失在原地，以肉眼难以捕捉的速度直冲过来，速度比任杰快太多。

两人瞬间就要撞在一起。

"碎骨打。"

如铁锤一般的拳头朝着任杰的脑袋砸来，空爆震耳欲聋。

任杰瞪大了双眼，瞳孔化作金色。

"凝视。"

这一刻，王枫的视野中只剩下任杰那双金色的眼眸。

那究竟是怎样一双眼睛啊？冰冷犀利，锋芒毕露。

他的动作猛地定格，静止在原地，依旧保持着出拳的动作，但无论他如何用力,身体都无法做出反应。

究竟什么情况?我为何动不了?

凝视,正是任杰破妄之眸的新技能,使用后,被他凝视之人,会被强制定身一秒,仅限于同阶。高出他自身等级一阶的人被凝视,会被强制定身零点五秒,等级再高,凝视非但不会起作用,他还会被反噬。

王枫只有三阶,所以他中招了,虽然只有短短的半秒钟,但对任杰来说足够了。

就在王枫被定住的刹那,任杰使出冰晶之刃狠狠斩向王枫的手臂,寒气绽放,瞬间将其手臂冻结。下一刻,任杰使用炽炎之刃狂斩,火焰飞卷。

王枫的筋肉手臂被直接斩断,旋转着飞出,摔落在地,碎得到处都是,不灭炽炎瞬间扩散至其全身,将其化作人形火炬。

王枫发出惊天惨叫,身形暴退,一脸惊骇地望向任杰:"不可能。你到底是什么能力?"

任杰并不言语,阴沉着脸,一步一步朝着王枫走去。

王枫咬牙:"我不信你能杀了我。"

他的眼中满是愤恨,断掉的手臂几次呼吸之间便已长出,身躯化作幻影,刚要猛冲,却再次被定住。

任杰猛冲,手中霜落之刃刺穿王枫的胸膛,往下一压,将他的身躯死死钉在地上。

任杰缓缓起身,站在王枫的胸口,居高临下,眼中满是杀意:"现在……谁才是废物?谁才是蝼蚁?刚刚,我亲眼见证了卫叔的辉光,现在,我也将亲眼见证你的死亡。"

话音刚落,任杰脚下绽放出绚烂火光。

"焚烧:炎魔践踏。"

"轰——"汹涌的火光直冲王枫的面容,炽烈的火焰下,王枫的皮肉被烧焦,却在魔化状态下快速恢复着。

"啊啊啊……"王枫惨叫不停，他察觉到了死亡的威胁，剧烈挣扎，想要摆脱束缚，远离任杰。

就在这时，任杰眼底的金色再度亮起，王枫的身体再度被定住。

任杰手起刀落，炽炎刀锋在王枫的身上划过，王枫承受着割肉之痛，精神已经接近崩溃。他眼中充满了恐惧，可仍旧怒道："这算什么本事？有种放开我，正面对决啊。"

任杰用出凝视，手上不停："没有实力的叫嚣，如同犬吠，你说的。好好享受这种无力感好了，毕竟刚刚我也体会过。"

在魔化的状态下，筋肉恶魔的再生能力更加强大，可这反倒成了王枫的噩梦。

王枫怕了，眼中满是哀求之色："放了我，我可以给你钱、魔晶，可以让纱纱姐放你走，我……啊啊啊……"

任杰根本不停，继续手上的动作。

惨叫着的王枫急道："纱纱姐救我。"

浣纱根本没空理王枫，她被诺颜缠住了，而且诺颜的实力不是一般强。

王枫绝望了，甚至自动解除魔化状态："杀了我，哈哈哈……杀了我那个废物也不会活过来。"

任杰以炽焰疯狂灼烧着王枫，眼神冷冽："如果你不想被火焰烧死，就把魔化打开。"

王枫疼得直哭，被火焰灼烧的感觉实在是太痛了，比刀割还痛，他只能屈辱至极地开启魔化。

任杰刀刀不停，不停用出凝视，破妄之眸早已超负荷，可他还是没停下，肆意宣泄着心中的恨意。

最终，王枫再也无法维持魔化，也无力支付第二次魔化的代价，漆黑的魔痕开始在他身上肆意攀爬。

任杰深吸了一口气，丢了炎刃，眼中满是黯然，他已经对王枫失去兴趣了,就算斩再多刀,卫叔也不会回来了。

任杰对着王枫的额头做出开枪的手势,无穷的火焰于他指间汇聚,化作一颗只有弹珠大小的赤红色圆球。火光映在任杰的脸上,他面无表情地扣动了"扳机"。

"指间流星。"

无穷的火光下,王枫化作飞灰。

任杰并没有停下,他手持冰火双刃,愤怒地朝食人魔群杀去。

此刻,诺颜与浣纱之间的战斗,也到了白热化的阶段。

浣纱没想到王枫被任杰杀了,也没想到诺颜的能力这么诡异,她知道自己已经在这里耽误不少时间了,必须速战速决。

"魔化:青丝恶魔。"

浣纱一头青丝疯狂暴长,宛如漆黑的瀑布一般,于空中狂舞。青丝将其身体缠绕,作为防御。

"还不开启魔化吗,就这么有自信能杀掉我?"

诺颜轻笑着:"我的代价有点麻烦,所以……不是很想魔化。我不需要杀掉你,只需要拖住你就好。"

浣纱磨牙:"那你可以去死了。"

无数的青丝铺天盖地地朝诺颜缠绕,将路灯、树木全部切断。

诺颜不耐烦地"啧"了一声:"真麻烦,起来干活儿了,小石头。"

诺颜稍一抬手,紫瞳亮起,下一刻,一只漆黑的巨手虚影缓缓于高空浮现,指尖衍生出无数透明丝线。

虚空骤然裂开一道漆黑的大口子,一只身高二十多米高的石头恶魔被漆黑巨手从漆黑裂缝里扯了出来。

漆黑巨手手指微动,那石头恶魔便怒吼一声,浑身绽放出土黄色光芒,挡在诺颜身前。

无数青丝缠绕在石头恶魔身上,将其死死锁住,而石头恶魔也用出超重力让浣纱从空中跌落。

浣纱狞笑着:"原来如此,你契约的是人偶恶魔,你是傀儡师。"

诺颜挑眉:"没人说过你话多吗?"

浣纱咬牙:"一只四阶的重岩恶魔可奈何不了我。青丝错。"

全力防御的重岩恶魔顿时被那无数青丝切碎。

"一夜白头。"

霎时间,浣纱头上的青丝全部化作纯白,将那重岩恶魔体内仅存的生命力吸干。

"去死吧。"

诺颜皱眉:"倒霉,好不容易抓到的玩具。还以为能多撑一会儿呢。爸,妈。"诺颜突然大喊两声。

浣纱嗤笑:"哭爹喊娘也没用,你死定了。"

话音刚落,诺颜身后的空间骤然裂开两道漆黑的大口子。两只体型足有十几米高、浑身缠绕着漆黑绷带的人形恶魔从裂口中走出来。

这两只恶魔一男一女,一位短发,一位长发,它们浑身缭绕着黑雾,皮肤完全覆盖在绷带之下,它们来到诺颜身边,一左一右站定,随后俯下身体怀抱诺颜,将她牢牢护在怀里,就像是一对父母在全心全意地护着自己的孩子。

无尽的白发将那两只人形恶魔缠绕,疯狂切割着,却被它们身上散发出的魔气挡住,根本无法伤到诺颜分毫。

下一刻,那些白发猛地收紧,想要将那两只人形恶魔切碎,然而不可思议的一幕发生了,那些接触了人形恶魔的白发迅速腐化,变得干枯,随即被当场扯断。

那只母魔嘶吼一声,抬手一把扯住缕缕白发,用力一拉。浣纱惊叫一声,身体不受控制地朝诺颜跌去。

那只父魔的双眼散发着幽幽红光,猛地起身,抬起巨大的拳头,狠狠砸在了浣纱的脸上,将她的身体直接砸进地里,大地为之震颤。

诺颜面无表情,双手插兜站在原地,眼神冷冽:"就算再大也是父母的孩子，不是吗？"

父魔、母魔彻底发狂了，一起冲了上去，抬起拳头对着浣纱猛砸。

狂暴的攻击下，浣纱只能用头发缠绕自身拼命防御，怜悯地看向诺颜，歇斯底里地狂笑着："我以为我已经够疯了，没想到你比我还疯，竟然将亲生父母变成恶魔，做成自己的傀儡。哈哈哈……我至少还有人性，你连人性都没有了，魔契者果然都是一群可怜而又可恨的家伙。"

任杰惊骇地看着那两只人形恶魔，这是真吗？

诺颜的表情彻底冷了下来："看来，你是真想死了。妈！"

诺颜一声呼唤，那只母魔彻底发狂，抬起大手将浣纱狠狠按在地上，一条条魔痕顺着她的手臂蔓延，如魔蛇一般盘绕着。

"啊啊啊……"浣纱发出了非人般的惨叫，疼得眼泪都流了出来。

"发祭。"

浣纱的身体骤然出现在坑外，原本一头靓丽的长发已然化作短发。她眼神惊恐地望着自己的胳膊，不住地搓着："不……怎么会有魔痕，我明明有好好支付代价的。你到底是怎么把我变成这样的？变回来，你给我变回来！"

这一刻，浣纱彻底发狂，身为魔契者，没人不知道魔痕病的恐怖。她正要动作，一道极烈的刀光划破长空，横贯了整座战场，在浣纱没注意到的时候，她的头瞬间与身体分离。

场中多了一个身材魁梧、留着黑色短发的男子，他身穿黑色军服，军服背后绘有一条栩栩如生、张牙舞爪的红色大龙，极其醒目。

这突如其来的一幕让整个战场都静了下来。

诺颜收起两只人形恶魔，做出举手投降状，讪笑道："龙角的兵哥哥吗？自己人，不信你问他。"

那黑发男瞥了诺颜一眼，身体再度消失。刀光飞洒，那些食人魔还来不及反应，就被处理掉了。

黑发男子的动作快到离谱，任杰开了瞬眼都看不清他的动作。

几次呼吸间，在场的恶魔便全被清理干净了。

大部队随后赶到，他们个个全副武装，气息强大，通过部队番号便能看出他们是隶属于天璇军区的大夏防卫军。

黑发男子原地站定，缓缓收刀入鞘："听我命令，清理60至70区所有恶魔及敌对势力人员，配合本城防卫人员，对被困民众进行救援，组织撤离。半小时后，我不想在这十个区里看到一只活着的恶魔。"

大夏防卫军齐声喝道："是，长官。"

大夏防卫军进驻锦城，控制现场，龙角的人在城中各处击杀恶魔及魔爪组织的人，城外的荡魔军团也赶了回来，优势逐渐回到了大夏手中。

见场中再无威胁，任杰便关了魔瞳，直感觉一阵阵疲惫感传来，他凑到诺颜面前："老司姬，这黑头发的好厉害。"

"你小声点儿，龙角的人能不厉害吗？他们都是从尸山血海里杀出来的狠茬子，权限特别高，平日里都难得一见。这些大夏防卫军也是从种族战场上下来的铁血军团，没有一个是软柿子。"

黑发男子歪头望向诺颜两人："来晚了，抱歉。你们两个没受伤吧？"

诺颜头摇得跟拨浪鼓似的，根本不敢搭话。

突然，任杰神情肃穆，一把牵住了诺颜的手，目不转睛地望着诺颜的眼睛，深情道："经历了这次的生死危机，我愈发感觉到你对我的重要，也愈发感觉自己离不开你，就像鱼儿离开水就再也没法呼吸。诺颜姐姐，请问你愿意做我故事里的女主角吗？"

谁也没想到，任杰会在这种情况下告白，还说得如此认真、深情。

黑发男子老脸一红，识趣地转过头。

诺颜也慌了，心跳加速，这还是她第一次被别人告白。

"好……好啊，我还没交过男朋友，可以先跟你试试。你……你这个人看起来还蛮不错的。"

看着俏脸泛红的诺颜,任杰傻在了原地,完全没有告白成功的喜悦。

你还真答应啊?这样我岂不是无法支付代价?天知道为什么雪魔的魔化代价是要跟别人深情表白,还必须得被拒绝,被伤过的心才会变得冰冷吗?

任杰无情地甩开诺颜的小手:"这么快就答应了,一点征服的感觉都没有,算了,分手。"

诺颜气得跺脚,完全不顾形象地破口大骂起来:"任杰,我就……"

黑发男子也蒙了,什么情况?刚告白就分手?

正当他迷惑的时候,任杰大步流星地走到了他面前,歪头问道:"哥,你叫什么名字?"

"辰曦,怎么了?"

任杰一脸深情:"辰曦哥哥,我觉得你挺厉害的,挺帅气的……"

这一刻,场中如死一般寂静。

辰曦额头青筋暴跳,脸都黑了:"滚。"

任杰眼神大亮,连忙道:"欸,好嘞。"

恶魔的呢喃于脑海中响起——

"代价,已支付。"

任杰万万没想到,这样居然也行。

战后,满目疮痍,辰曦仰望夜空,眼中满是冷色:"荡天魔域的人敢明目张胆地闯入大夏国境,真当大夏无人了是吗?这笔血债,龙角记下了。"

他非常清楚,没有大人物给他们撑腰,这帮人可没这么大胆子。

锦城之上,数千米高的夜空中,一只乌云恶魔悬浮在空中,不停翻涌着。魔君坐在乌云之上,手中握着一瓶伏特加,不时喝上一口,低头俯瞰锦城中的火光。

那乌云恶魔突然开口："魔君大人，已经抓了一千六百七十四人，还有十九人没得手。用盗宝貂和魔螺眼确认过了，没有任何反应，但也不排除用特殊手段隐藏气息的可能。为了以防万一，已经命人将目标人员运往城外，方便再度确认。"

魔君狞笑着："好不容易得到了魔铭刻印的线索，可不能就这么轻易放过，宁可错杀一千，也不能放过一个。这里距离曾经的晋城并不远，第三魔子在这里的可能性很大，若是真能把那东西握在手里……"

说到这里，魔君的四只眼睛里满是渴望。

乌云恶魔却道："大夏的援军已经到了，魔君大人，咱们该走了。"

魔君长身而起，将酒瓶丢了下去，眯眼道："走？人还没找到，我怎么可能走？人族，还拦不住我魔君。"

说着，他抬手抽出一根漆黑的八棱棍："那剩余几人的位置给我，我亲自出手。"

乌云恶魔正要说话，魔君狞笑，望向漆黑的夜空："呵，来了吗？"

原本漆黑的夜空中突然出现了一道身影，此人下身着牛仔裤，上身着白色卫衣，留着一头利落的短发，身材有些消瘦。星目剑眉，鼻梁高挺，嘴唇微薄，额角有一道浅浅的伤疤。

他双手插兜，凌立于虚空之上，眼神漠然地望向魔君："谁给你的胆子入我大夏国境，活腻了吗？"

看清这张脸的瞬间，魔君脸都白了："陆千帆！你伤好了？"

陆千帆眯眼："这不是你该担心的问题，你更应该担心的是自己的小命。"

魔君狞笑："陆千帆，你命够硬的，受了那么重的伤都没死。沉寂了这么久，你这一身实力又剩下多少，真以为两三句话就能惊走我？今天，这锦城我取定了。"

"轰"的一声，十阶威境的气息骤然绽放，无穷的漆黑魔气从魔君体内喷涌而出，侵染了锦城上空。

城中之人无不骇然地望向夜空，心中震颤。

魔云翻涌着化作一只巨型魔首，它张开漆黑大口，直接对准了陆千帆。

"魔临：斥天炮。"

黑色能量于魔口前汇聚，随即骤然绽放，黑色能量柱以碾压姿态朝陆千帆轰来。

陆千帆冷冷道："哼，垂死挣扎。"

他微微抬手，"轰"的一声，斥天炮被陆千帆只手挡住，无穷的黑色能量顺着他的指缝衍射而出，落在城外的群山中，引发了剧烈的爆炸。

山川崩塌，大地悲鸣。

黑光尽散，陆千帆仍旧站在原地，安然无恙。他前踏一步，脚下金光迸溅，一只无比巨大的太极八卦图于其脚下绽放，笼罩在锦城上空，将锦城的夜空映得亮如白昼。

"大夏万里河山，寸土寸血。来可以，命留下。乾一：撕天。"

陆千帆脚下旋转的八卦图骤然定格，无穷的金气于其手中汇聚，化作一柄金光之剑，朝那漆黑魔首暴斩而去，耀眼的剑光横断天地。

魔首被一分为二，魔君的身体被剑光斩中，如流星一般坠地，砸进城外大山里，轰出巨型陨坑。魔君躺在坑里大口吐血，满脸惊骇。

陆千帆脚下八卦图再转。

"震四：压龙钉。"

一道巨型的青色天柱成型，根部尖锐，就如同一根青色的钉子对着魔君所在的巨坑狠狠一戳。

"轰隆隆——"周遭的几座大山被夷为平地，一半的钉身砸进大地之中。

魔君目眦欲裂，大口吐血："没伤，他没伤！隐者救我！"

陆千帆眼中满是冷色："你这辈子做得最错的一件事，就是靠近我。雷火丰。"

下一瞬，无尽的雷火之光以陆千帆为中心骤然炸开，朝着四面八方横推而去，将夜空化作白昼。

一道虚无的身影被雷火之力逼退，大口吐血，仅显形一瞬就隐于虚空之中，气息全无。

陆千帆眯眼，抬手一抓，无穷雷光于手中化作长枪。

"魔君，今日我必杀你。"

辰曦看着城外那道战斗的身影，眼中尽是狂热与崇敬。

任杰则是冷汗直冒，一个魔铭刻印而已，他们究竟要搞出多大的事情啊！

任杰："嘿，那个穿白衣服的年轻人什么来路？他好强。"

诺颜翻了个白眼："好强？我呸，陆千帆你不认识？他是人族最强好吧，才三十多岁就达到了十阶威境，是人族希望之星一般的存在，人族守护神。

"他曾踏入灵境，跟慧灵树王对战，把人家树枝砍了做成木剑，也曾登上明月，跟餍妖抢地盘，试图把月光重新夺回来。虽说失败了，但也在月球上留下了印记。你看，就是月表那个八边形的巨坑。"

任杰头皮发麻："这么厉害？"

"这算什么？原本人族的灵泉只有一座，算是相当弱势了，而如今，人族境内的灵泉有两座，新增的那一座就是陆千帆杀进荡天魔域中抢回来的。他是真正开疆拓土之人，是大夏猛士。只不过他好像也因为那一战而负伤了，好多年都没什么消息。"

任杰咽了咽口水，好家伙，这妥妥的人族最强、大夏柱石啊。

没想到这次的袭城，都引得陆千帆出手了，这魔铭刻印究竟是有多重要？

任杰的危机感再次上升了一个层级。

魔君与隐者合力也不是陆千帆的对手，两人心生退意，直奔位于荡天魔域的老巢跑去。唯有在那里，他们才能得到应有的庇护，才会有安全感。

可陆千帆并没有收手的意思，一直追着两人，横跨了半个大夏国境，不少星火城市中的民众都注意到了天空中的激烈战斗。

荡天魔域被无尽的漆黑魔雾覆盖，里面的一切都笼罩在厚重的阴霾之下，即便是神圣天门散发出的光芒也无法穿透那厚重的魔雾。

魔君和隐者见荡天魔域就在眼前，二话不说加快了速度，一头扎进了厚重的魔雾之中。

陆千帆则站在荡天魔域之外，面色阴沉地望向魔君。

魔君身上足足有数百道伤口，没了一条胳膊和一条腿，漆黑的血液肆意流淌。他的笑声依旧狂放："哈哈哈……陆千帆，你留不下我，你还敢进荡天魔域吗？人族大夏，我想来就来，想走就走。"

陆千帆手持剑光，一步一步朝着荡天魔域走去。

魔君脸上的笑容僵住："你……你真敢进？不知道这荡天魔域是谁的地盘了吗？魔主大人不会放过你的。"

陆千帆眯眼："今日若不斩你，便愧对我大夏山河。"

他的身体化作一道金光，直接冲进荡天魔域之中，奔着魔君杀去。

魔君扭头就跑，直冲荡天魔域深处，隐者则在破口大骂。

因为陆千帆的突入，整座荡天魔域都震荡起来，魔雾翻涌，如浪如潮，群魔狂啸，地动山摇。

三小时后，陆千帆从荡天魔域中踏出，面色微白，额角带血，身上的白衣也被鲜血染红，而他的手上正抓着魔君的脑袋，后者那双眼睛中的恐惧已被定格。

陆千帆头也不回地道："魔君我斩了，你们再换个人顶替他的位置好了。你毁我大夏一城，我屠你荡天魔域三城，也不是很过分。"

魔雾翻涌，一双猩红的眼睛于魔雾之中望向陆千帆的背影："可惜了，可惜你陆千帆不是神眷者，不然人族的族运或许会因你改写。"

陆千帆嗤笑一声，仰头望向神圣天门，眼中尽是不屑："神眷者？我并不认为人真的弱于神。"

魔雾中的身影淡淡地道："是吗？可你陆千帆还能撑多久？没了你的大夏又能走出多远？"

陆千帆眼神漠然，回首望向魔雾："你会知道的。"

魔雾中的身影接着道："第三魔子真的出现了吗？"

陆千帆并没有理他，随手丢掉头颅，骤然消失。

魔雾中的身影望向灯火璀璨的大夏："若是真的出现了，我会找到他的。"

黑夜总会过去，黎明终将到来。

全城的魔灾被清除，魔爪的人死的死，被抓的被抓，被掳到城外的目标人员也被龙角的人救了回来。

危机过去，青亭山魔防工事打开，人们如潮水一般涌出，庆幸着自己劫后余生。

诺颜跟任杰打了声招呼，便骑着她的机车离开了，还不忘交代任杰有空去实验室装个新的机械臂。

任杰在涌动的人群中找寻着想见的身影。

任杰："天天，安宁阿姨。"

一声呼唤，三人目光交织，安宁的眼泪瞬间流下来了，陶天天号啕大哭，朝任杰伸手："哥。"

任杰越过人群，将两人死死抱在怀里，也红了眼眶，心总算是放下了。

安宁不住地拍着任杰的后背："没事……你没事就好……魔灾太可怕了……为什么有这种东西？为什么……"

安宁一边呢喃着，一边掉着眼泪。

任杰不禁咬紧牙关，暗自握紧了拳头。

是啊，为什么？

"我之前还看到了老卫，他人呢？小杰你看到没？"

任杰的心狠狠地一颤，声音沙哑："卫叔……他走了……"

安宁的脸色骤然白了下去，泪水止不住地流出："怎么会这样……"

但有时候现实就是如此残酷，故人已逝，活下来的人，仍要继续前行。

幸运的是，老居民楼区并未受损，洗衣屋仍在。

将安宁和陶天天安置好，任杰也没有歇着，积极投入到了救援之中，唯有这样，他的心才能安静下来。

救援会持续一段时间，因为这次危机，锦城大量的公共设施、商场、居民区、工业区、火柴杆均被毁坏，重建也需要一定的时间。

各大星火城市也纷纷提供物资、人力来帮助锦城渡过难关。

下午，任杰接到了司耀厅的通知，让他去参加此次牺牲的司耀官的送别仪式，送他们最后一程。

司耀厅安息室内，一众司耀官整齐列队，他们衣着脏污，满身的狼狈，还有不少人带着伤。

他们神情肃穆地望着焚尸炉，一具具司耀官的残尸被送进了焚尸炉中，化作灰烬。

任杰也站在队列里，他旁边站着田宇、林怀仁等人，几人正是来送卫平生最后一程的。

任杰怎么也没想到，几天前是卫平生送他进焚尸炉，如今，却是他来送卫平生。几个队长平时互相看不顺眼，但此刻，剩下的人也握紧拳头，红了眼眶。

现场不住有哭声传来。

"一日是司耀官，一生都是司耀官，我等沐浴烈焰，也终将归于烈焰。队服上跃动的赤橙，是火焰的颜色，是黎明前黑暗中的微光。司耀燃我，守护万家灯火。"

全体司耀官敬礼,复述这句口号。这的确是一句口号,但绝不仅仅是口号。

送别礼在沉重的气氛中结束,田宇揉着眼睛,歪头望向任杰:"杰哥,你之后有什么打算,还在司耀厅吗?"

任杰一怔:"你们两个……"

田宇和林怀仁对视一眼,咧嘴一笑:"这次经历了这么多,我俩是打算在司耀厅好好干了,虽然觉醒不了能力,但也可以走武师这条路。这世道,努力提升自己的实力总是没错的,说不定哪天就用上了。"

任杰狠狠地拍了拍两人的后背,咧嘴一笑:"你们两个臭小子就不怕死?"

田宇挠着头:"当然怕了,但与其做一个普通人,祈祷着魔灾不发生在自己头上,我宁愿做一个守护民众的司耀官。或许改变不了太多东西,但总归能做点什么。"

林怀任重重点头:"我也一样。"

看着两人,任杰笑了,他在两人的身上看到了跟卫平生一样的东西,那一抹燃起的火焰并未熄灭,而是传递到了其他人的身上。或许,这就是传承的意义。

林怀仁神色一正:"杰哥,听我一句劝,去猎魔学院好好学本事,别待在司耀厅了,以你的天赋,不该待在这里的。"

田宇点头:"去学本事,回来打死那帮魔崽子,我俩还等着你罩呢。以后你成了镇魔官,我们也许还有合作的机会。"

林怀仁直挑眉:"就是,跟同事吹牛也有得吹。看到没?这是司耀厅走出去的,之前跟我一个青训队。多牛啊?"

任杰翻了个白眼,狠狠给了林怀仁一个栗暴:"我进猎魔学院,就是为了给你俩吹牛的?"说话间,他望向天边夕阳,握紧了兜里的打火机,"不过,或许真的该离开了。"

任杰从司耀厅出来已是傍晚,隐钉里传来沈辞略显疲惫的话语声:

"来镇魔司总部取一下东西,灯笼灵草找到了。顺便再带你去个地方。"

任杰一怔,马不停蹄地赶往镇魔司,他迫切想要知道吴云清等人到底怎么样了。

这次,镇魔司同样损失惨重。

夜沉如水,任杰和沈辞两人一前一后走在街道上。

任杰的手中拎着箱子,箱子里是给陶天天的东西。

沈辞嗓音沙哑:"白鹿被我斩了,诡王罗宿逃掉了,他很聪明,在支援来之前就撤了。魔爪的人被彻底清理了一波,最近魔灾不会像之前那样频繁了。

"你的身份目前还没有暴露,你还算是安全的。塔罗牌执行官魔君,是这次袭击的授意人,被陆千帆追进荡天魔域里斩掉了。吃了亏,那帮魔崽子也会安静一段时间。还有,护道人很快就会到,你的安全暂时不必担心。"

任杰深吸了口气:"夜月……她家里人呢?"

提起这个,沈辞眸光一黯:"她爸妈走得早,家里还有个姐姐,不在锦城。喏,到山顶了。"

任杰微微仰头,呈现在他眼前的是宝塔山,锦城中最高的一座山,这里是牺牲的镇魔官的陵园。

任杰一怔,没说什么,两人沿着台阶逐级而上。山坡上立满了密密麻麻的白色方碑,有些是新的,有些已经长满了青苔。虽说是墓地,但完全没有阴森恐怖的感觉,反而会让人觉得安心。

沈辞声音沙哑:"这陵园少说也有百十来年了,战死的镇魔官都会被葬在这里。初到锦城时,师父带我来的第一个地方就是这里。那时,方碑还没这么多。

"镇魔司里的人换了一批又一批,唯一不变的,就是镇魔司这名字了。锦城星火因他们而燃,或许有一天我也会睡在这里,但我希望自己是最后一个。"

任杰歪头望向沈辞，看到了沈辞眼中的希冀。

沉默了一路的任杰开口："别那么悲观，或许等不到你死的那天，这一切便结束了。"

沈辞一怔，随即哈哈大笑："你小子还真敢说，如果你不想睡在这里的话，就努力变强吧。"

两人一路攀上山顶，山顶正中央插着一柄完全由大理石雕刻而成的巨大石剑，剑柄上篆刻着镇魔司的标志。剑身上刻着笔走龙蛇的十个大字——

愿天下无魔，愿盛世长歌。

山顶的草地上又新添了不少镇魔方碑，其中就包括夜月的。

云筱头顶缠着绷带，扒着方碑，已然哭成了泪人儿。吴云清胳膊打着石膏，铁打的汉子，如今泪眼婆娑。叶淮坐着轮椅，在一旁沉默着。

任杰缓缓走上前去，他怎么都没想到一天中要参加两个朋友的葬礼。

沈辞站在远处，靠在树下默默地抽烟。

云筱抽泣着："夜月姐姐什么都没留下，里边只有她的镇魔官证件。"

同属第三小队的他们对夜月的感情更深。

任杰声音沙哑："她还是留下了些东西的，她将自己的梦想托付给我了。"

天空淅淅沥沥地下起小雨，似是在为镇魔官们送别。

夜雨洗去了城市上空的阴霾，可伤口哪怕已然愈合，也是会留下难以抹去的伤疤的。

任杰回头望去，山上的视野很好，可以将整座锦城尽收眼底。夜月能够睡在这里，眺望着她一直守护着的锦城，应该也不算孤单的吧。

他望着漆黑的夜空，缓缓握紧了拳头，总有一天，他要让月光重新洒落在大夏的沃土上，洒在这片小小的山坡上。

任杰抬手一抓,一朵由火焰构成的烈焰之花于他指尖绽放,被他摆在了夜月的方碑之前。

叶淮歪头望向任杰:"今后你有什么打算?事到如今,你小子该不会还想逃跑吧?"

任杰并未回答,而是回头问道:"沈司主,猎魔学院什么时候开学?"

沈辞笑了,淡淡地道:"距离开学还有半个多月呢,不急。"

任杰望向云筱三人,郑重其事地道:"这半个月,就劳烦各位老师多教教我这个新人了。"

叶淮嘴角勾起:"你说的,可不许反悔。"

…………

相互留了联系方式后,任杰并未回家,而是直接去锦城生物实验室找诺颜安装手臂。

诺颜叼着烟,一边为任杰进行安装操作,一边满眼兴奋地说着:"你听到陆千帆杀进荡天魔域,把魔君直接给砍了的事吗?真厉害,塔罗牌首领都留不住他。就是走得太快,没机会要个签名照,简直亏死……"

任杰看着无影灯怔怔出神,根本没听到她说什么。

诺颜见状翻了个白眼,细胞夹戳在任杰的伤口上:"你魂丢了啊?怎么跟个死人似的,日子不过了啊?"

任杰疼得回过神来,没好气地瞪了一眼诺颜:"话说你……欸,算了……"

诺颜磨牙:"你想问什么就问。"

任杰咽了咽口水:"我能……能问吗?"

诺颜无语:"你是想问我爸妈的事吧?没什么可藏着掖着的,那两只人魔的确是我爸妈,亲的。"

任杰骤然睁大了眼睛,不可置信地望向诺颜:"你……你疯了吗?"

诺颜淡淡地道:"事情并非你想的那个样子。最开始,我对分子生物学领域十分热爱，甚至达到了痴狂的程度。十五岁时，我便在基因科学周刊上发表了上百篇 SCI 论文，解决了十几项科研难题。什么'天才少女''神之大脑'各种天花乱坠的名号都落在了我头上。我虽然没觉醒出什么能力，但依旧凭脑子得到了极大的重视，不知道多少院士、专家、教授想要收我做学生。我也进了夏研所，成为所里最小的科研人员。"

任杰已经听蒙了，这怎么跟诺颜现在这种不良少女的形象挂不上钩啊！

诺颜得意地道："没想到吧？我曾经也是个走在科学前沿的科学家。如果人类现今所掌握的知识是一个圆的话，那么我就是在圆的边界，向外开拓边界的那个人。"

任杰愕然："那……那你怎么……夏研所在夏京吧？"

诺颜苦笑着："是啊……在夏京，我本想在夏研所大展宏图，但我父母病了，是魔痕病。他们活了大半辈子，从没做过什么伤天害理的事。可笑的是，我是学分子生物的，我的研究能治疗无数人，让他们摆脱病魔的困扰，却救不了我的父母。我求了所有能求的人，将自己的主攻方向换到了魔痕病领域，但依旧无济于事。"

任杰沉默着，所以最开始她在听到天天也是魔痕病的时候，才会露出那种表情吗？

"后来呢？"

诺颜的眼中满是黯然："后来我开始私自挪用实验室的设备，制作新药给我爸妈治疗，钱没了就挪用实验经费。我不惜一切代价，想尽一切办法救治父母，却无济于事，只能眼睁睁看着他们日渐消瘦，被疾病折磨得死去活来。

"我爸妈无数次对我说想要死，想要解脱，但我不肯，我不甘心，我还想再试试。最终，他们还是走到了最后一步，被魔痕爬满全身，只剩最后一口气。而我就这么站在床前，哭着望着他们。那天夜里，我的脑海中响起了恶魔的低语。"

任杰呆呆地望着诺颜。

诺颜眼眶泛红："我把最后的希望寄托在了恶魔的身上，但我错了，恶魔怎会帮你实现愿望呢？我爸妈的确没死，只不过成了受我操控的人偶，以这种方式延续着生命。从那天起，我也成了魔契者。"

任杰有些心疼地看着诺颜，很难想象她当年究竟怎样才接受了这一现实。一个只想留住父母的小女孩，却眼睁睁看着自己的爸妈变成了人魔。

诺颜吸了下鼻子："事情被爆出来之后，夏研所我是彻底待不下去了，不少人说我是恶魔化身，说我拿自己的爸妈做实验，说我违反人伦，所有人都跟我撇清关系，我成了人人喊打的过街老鼠。好在姜家收留了我，我便搬离了夏京，离开了那片伤心地。好了，故事讲完了。"

任杰心中也是五味杂陈，道："你……你还好吧？"

诺颜笑骂道："不是应该由我来安慰你的吗，怎么轮到你安慰我了？我想告诉你的是，别愁眉苦脸的，那些因为你而离开的人，也不想看到你这个样子。我也曾自暴自弃过，但生而为人，到底要活成什么样子，不应该是由自己来决定吗？没人会替你承受痛苦，也没人会夺走你的坚强。"

任杰望着诺颜的笑脸，认真道："这碗'心灵鸡汤'我干了。"

诺颜咧嘴一笑："好了，都说了，我是高手。不过有一点，机械臂的强度终究还是有限，随着你的成长，会逐渐跟不上你的身体强度，有机会的话你可以搞一些灵族的珍稀灵药，把这条胳膊补回来。"

任杰摆摆手，跑出实验室："知道了，有机会我请你吃饭。"

诺颜磨牙："还算你小子有良心。"

出了实验室，任杰独自一人来到了火柴杆塔顶。

打火机火光映衬着他的侧脸，没人知道他在想些什么。他将一根点燃的烟摆在栏杆下的台子上，青色的烟气飘荡而出，被风揉碎，延伸出很远很远……

  我了解过夜月的梦想，诺颜的过去，卫叔的执念，田宇林、怀仁他们的志向，那我自己呢？我真正想要的究竟是什么？

  任杰正想得入神，突然，一道声音打断了他的思绪。

  "哟，思考人生呢？"

  任杰面色一僵，不禁朝身侧望去，栏杆上不知道何时多出了个人。

  牛仔裤、黑卫衣，给人一种邻家大哥的感觉，但问题是，这是陆千帆！

  任杰嘴角直抽："你们这种高手都这么闲吗？大半夜不睡觉，跑火柴杆上找我这种人畜无害的阳光开朗大男孩搭话？"

  陆千帆笑着："你不也没睡？我听说你是第三魔子，比较好奇，所以跑过来看看。"

  任杰的脸更黑了："不是说包括我在内，知道这事的人不超过五个人吗，我怎么感觉全世界都知道了？"

  陆千帆笑得更开心了："有没有一种可能，那五个人里就包括我？再怎么说我也是蓝星最强，这点知情权还是有的吧？"

  任杰愕然："蓝星最强？你不是人族最强吗？"

  陆千帆耸肩："目前是蓝星最强，月亮上的那只不算。"

  任杰仰头望向黯月，不禁有些好奇："我听别人说，你之前去月亮上打过架，想要夺回月光，却失败了。那只魇妖很强吗？"

  陆千帆嘴角直抽："你怎么总提些扫兴的话题？魇妖嘛，也就比我强上那么一点点吧。"

  任杰脸一黑，比蓝星最强的陆千帆还要强吗？夜月给我留了个超级大难题啊。

  不过，他还是缓缓握紧了拳头。

  陆千帆见状来了兴趣："怎么，你有想法？想去的时候叫上我，我们可以一起揍它。"

任杰脸更黑了:"我一个二阶小角色去月亮上揍蟾妖?你也太看得起我了。"

他甚至想象不到陆千帆是怎么到四十万公里外的月球上的。

陆千帆却非常自来熟地拍了下任杰后背:"未来的事情又有谁说得准呢?你可是第三魔子,自信点!"

任杰忍不住道:"魔铭刻印真的那么厉害?沈司主说它是通往巅峰的门票。"

陆千帆笑着:"的确挺厉害,但前提是,你能驾驭。厉害的是人,从来都不是力量。"

任杰挑眉:"那把这东西给你,你要不要?你是蓝星最强,给你的话你一定用得上吧?"

陆千帆一脸嫌弃:"给我?我才不要,我拥有的已经是最好的了,才不屑于用这种东西提升。无论是神眷者,还是魔契者,都给我靠边站。"

他对神圣天门没有丝毫的敬畏。

任杰黑着脸,你刚刚还说这是个宝贝,现在却一脸嫌弃。

他好奇地问道:"你该不会是我的护道人吧?"

陆千帆翻了个白眼:"人长得帅,想得也美是吧?我这个蓝星最强给你个二阶小角色当护道人?岂不是才疏学浅了?像我这种大高手可是很忙的。"

任杰:他一定是想说大材小用吧?什么才疏学浅啊,要不要戳穿他?那样的话,他岂不是很没面子?这种大高手,很在乎面子的吧?

陆千帆歪头笑道:"问你个问题,你喜欢大夏,喜欢人族吗?"

任杰表情古怪:"谈不上喜欢,也不算是讨厌吧。"

陆千帆却笑着:"我打赌,你会喜欢上的,你的旅途才刚刚开始。旅途的意义,并不在于要去往何方,而是你在沿途见到了什么风景,不是吗?当你真正踏上这段旅途后,路自然会向前方延伸,所以,有些事情没必要考虑得那么清楚。"

任杰怔住，不禁低头望向手中的打火机。一阵夜风吹过，那台子上，已经燃了一半的烟被风吹走，于空中旋转着，飘出很远很远。

天边朝阳升起，温暖的阳光洒落在锦城上，他比所有人都更早看到了日出。

是啊，有些事没必要想得太清楚。

陆千帆笑着："天亮了，我也该走了，我们顶峰见。可别让我等太久。"说完，陆千帆的身影骤然消失，仿佛从未出现过一般。

任杰连忙道："哎，等下。"

陆千帆的身影再度出现："干吗？"

任杰咧嘴一笑："合影留念，再帮我签个名呗。就这么放你走了，总觉得很亏。"

说话间，也不管陆千帆同不同意，他直接搂过他的脖颈，开始自拍。

陆千帆本能地露出笑脸，比出反向剪刀手。

拍完，陆千帆一脸无语："没想到你也好这个，手机给我，不是要签名吗？"

任杰有些蒙地把手机递过去，只见陆千帆直接打开备忘录，然后用九键输入法在上面打出"陆千帆"三个字，随即递给任杰："喏，签好了。"

任杰脸都绿了："你认真的？你管这叫签名？这不是谁都能签？"

陆千帆一脸认真："这仨字儿是我打的，所以不一样！"

任杰磨牙："有什么不一样？谁认得出来？我不管，用签字笔签，给我签衣服上！"

说话间直接抬手一扯，把自己的衣服脱下来，递给陆千帆。

陆千帆以手扶额，成名多年，还是第一次被人这么威胁啊。

他随手掏出一支签字笔，弯腰在任杰的衣服上写下自己的名字。

任杰甚至还掏出手机录了小视频。

"不是我要,是我有一个朋友想要,我前任。"

陆千帆听完更蒙了,关系这么复杂吗?你前任要你衣服?还要我在上面签名?

他签完刚要走,任杰却探手一捞,直接扯住陆千帆的衣服,拿过签字笔就往上面写。

"我这个人,从来不欠别人人情,等以后我厉害了,你这衣服也就值钱了!"

陆千帆闻言,脸都黑了,你小子挺狂啊。

"走了!"

任杰刚签完,陆千帆整个人就消失不见了!

任杰拿着签字笔,一脸感慨:"还得是我。"

说完便一跃而下。

"叮……"

清早,睡眼惺忪的诺颜被手机消息叫醒,她打开手机一看,是任杰发来的消息!

杰哥:合影.jpg

诺颜蒙了一下,然后瞬间就精神了。

老司姬:P 的吧?你绝对 P 的吧?你见到陆千帆了?

杰哥:开门!

诺颜二话不说,直接从床上跳下来,跑去开门。

他该不会带着陆千帆来见我了吧?

她打开门,门前空无一人,只有一件衣服放在门前,上面甚至还有丝带绑着的蝴蝶结。

最关键的是,上面还有"陆千帆"三个大字的签名。

老司姬:这什么鬼?

杰哥:陆千帆的签名,我帮你要的,送你当礼物,一直以来,承蒙照顾，谢啦。

老司姬：我呸，我还是头一次听说送礼送自己穿过的衣服的，你昨晚穿的就是这件吧？

杰哥：衣服是我的衣服，但签名的确是陆千帆的，视频为证。

说完，将录制的小视频发给了诺颜。

不信邪的诺颜直接点开视频看了起来，然后她就石化在了原地！

真的是陆千帆？人族最强！这是在火柴杆上？

老司姬：你见到陆千帆了？然后让他在你衣服上签名？

杰哥：他不亏的，我也在他衣服上签了。

你竟敢在他衣服上乱写乱画！一时间诺颜都不知道该怎么回了。

老司姬：谢了，你有心了。等等……你身上穿的就是这件，脱下来送我了？所以……你怎么回去的？

杰哥：这不重要！

第十章 旧世街

任杰回到家时已经是早上,安宁洗衣屋已开始营业。

虽说锦城经历了此次大难,各种设施被破坏了不少,但清理重建的工作也在紧锣密鼓地进行中,居民们的生活并未受到太大影响。

陶夭夭抱着貂宝在房间里呼呼大睡,任杰找了件衣服套上,随后蹑手蹑脚地走到她床边,将抑制剂扎在了陶夭夭身上。

"啊呀!"睡梦中的陶夭夭惊醒,"哥,你趁我睡着,对我这个丧失行动能力的十五岁美少女做了什么丧心病狂的事情?"

任杰掏出另外两支抑制剂,脸上露出邪恶笑容:"别反抗,还有两针没打,打完就舒服了。"

陶夭夭趴在床上疯狂蹬腿:"妈,救我,呜……"

任杰黑着脸,冲上去捂住陶夭夭的嘴巴,在她惊恐的目光中,把另外两针打了进去。

"这是抑制剂,几个月内暂时不用担心魔痕扩张了。"

陶夭夭费了好大劲儿才挣脱任杰的束缚,愕然:"真……真的弄到了?还是顶级的那种?"

任杰得意道:"那当然,全世界除了安宁阿姨,也就我最疼你了。

喏，便携式离子透析机，也可以延缓魔痕扩张的速度。这是神武医院的绿卡，全免费的那种，明天有空让安宁阿姨带你去医院好好检查检查。"

说着，他将那手表一样的离子透析机戴在了陶夭夭的手腕上。

一阵刺痛感传来，陶夭夭眉头微皱，呆呆地看着任杰，眼眶泛红："哥……"

任杰狠狠揉了揉陶夭夭的小脑袋："别哭，你又不是白叫我'哥'的。你现在最应该做的，就是快点好起来。"

陶夭夭揉着眼睛，重重点头，家人之间，无须多说什么。

"来，试试这东西有没有效果，我费了好大劲才弄来的，据说可以清除一部分魔痕。"

陶夭夭表情古怪："哥，你该不会被人给骗了吧？这世界上哪有东西可以消掉魔痕？"

然而，看到箱子里的灯笼灵草时，陶夭夭不禁张大了嘴。

灯笼灵草大概有三十厘米高，根茎呈黑色，枝丫上长着九只小灯笼，散发出橙黄色的微弱光芒，一看就是稀罕物。

"哥，你从哪儿弄来的？"

"这你别管，我自然有我的渠道。"

任杰小心翼翼地将灯笼灵草的根系贴在了陶夭夭的胳膊上，那些根系开始在胳膊上疯狂盘绕，一阵清凉的感觉涌遍陶夭夭的手臂。下一刻，手臂上的魔痕开始消退，灯笼灵草上的一只灯笼也逐渐暗淡、变黑，最终爆开，化作漆黑的魔气。

灯笼炸开七只后，陶夭夭胳膊上的魔痕已经被全部拔除了，上半身再无魔痕。剩下的两只灯笼则被任杰用来拔除她腰间的魔痕。

陶夭夭兴奋得直挥胳膊："奇迹，这简直就是奇迹！哥，真的管用，这草还能弄到吗？"

任杰也没想到灯笼灵草这么管用，这样看来，再有一棵，陶夭夭就能恢复行动能力了，再有三四棵，陶天天身上的魔痕就能彻底被拔除了。

这一刻，两人都看到了希望，痊愈的希望。

任杰迫不及待地给沈辞打了个电话，问他还有没有灯笼灵草了，能得到灯笼灵草，让自己干什么都行。

沈辞苦笑一声："你以为这东西是路边的大白菜啊？这东西要吸收万魔之血才能长出来，给你的这棵还是九笼灵草，已经是顶级的了。实际上，龙角的采摘任务失败了，这棵灯笼灵草是陆千帆深入荡天魔域拿回来的，而且他也负伤了。想要再弄到这东西，以后就要靠你自己了。"

任杰头皮发麻，原来是这么回事，陆千帆都负伤了？昨晚他在跟我聊天的时候，可完全没提这个。

想起那道宛如邻家大哥的身影，任杰心中微暖。

荡天魔域，我以后势必要闯上一闯了。

挂了电话，任杰冲着陶天天咧嘴一笑："目前没有，但以后哥会给你找到，今晚我就去帮你弄几针基因药剂回来。"

陶天天眼眶泛红，兴奋到爆炸："哥，你就是我的神。等我好了，我要去游乐园，去海边，去爬山！"

"哈哈哈，好，哥陪你去。"

"我还要去动物园看大熊猫。"

"嗯嗯，等你好，我们想去哪儿就去哪儿。"

"妈，你快看，看我胳膊！"陶天天兴奋地喊着，她想跟亲近的人分享这份喜悦。

平常的时候，陶天天就算想开心也开心不起来，因为她知道，无论用药将自己的生命延长多久，她都是在等死。她想多陪陪家人，陪他们再待一些日子，所以表现得像是个开心果，不想让家里人难受。可这次不一样，她是真的看到了治愈的希望，活下去的希望。

解决好陶天天的事情，任杰没在家里多待，而是直接去了云筱家。镇魔司总部还在重建中，他需要去云筱家中进行训练。

他到时，吴云清和叶淮也都来了，几人一起对任杰进行训练。

直到夕阳西下，一天的训练结束，任杰向他们打听起基因药剂的事来。

叶淮歪头："给你妹用？这东西要是去正规的机构买，至少得排半年的号，还得加价。真想要的话，可以去锦城的旧世街看看。"

一针启灵基因药剂，正常价格在二十万左右，但由于供不应求，排队加价是常态，劣质基因药剂虽然便宜，可副作用大。

任杰歪头："旧世街？"

叶淮无语："旧世街你都不知道吗？倒也是，你才成为基因武者多久，那地方普通人可进不去。锦城初建的时候旧世街就在了，一开始卖一些怀旧的老物件，就是大灾变之前，人类文明的一些产物，都是些老古董。

"后来随着一些探险家、冒险者的加入，旧世街逐渐兴盛起来了。这些人会将自己的东西拿到旧世街去售卖，换钱换资源，旧世街也逐渐成了一个针对基因武者的大集市。虽然目前由群星公会的人负责管理，但市场上依旧鱼龙混杂。"

任杰瞪大了眼睛，他都不知道锦城竟然还有这种地方。

吴云清咧嘴一笑："旧世街也叫黑街，虽说乱了点儿，但那帮人神通广大的，什么东西都能搞到。那里应该有正版的基因药剂，比市场价贵不少，但至少不用排队等。基因碎片管、灵晶魔晶、妖宠灵草、机械义体之类的，也能在旧世街搞到，偶尔还是能捡点漏，但被坑的概率更大些。"

云筱凑过来，一脸认真地告诫道："一定要砍价。他们给你讲故事的话可千万别信。"

任杰眼神一亮："哦吼？看来你是有经验喽。"

叶淮忍不住偷笑："她曾经花二十七万买了一包瓜子，还是五香的。"

云筱黑着脸，一脸委屈："他们说那是灵族太阳花的种子，种出来是会发光的。亏得我辛辛苦苦种了三个月啊，可恶！"

…………

任杰按照叶淮给的地址来到了锦城外。旧世街并不在城里，而是在城外的山脚下，并且白天是不开市的，晚上八点才开。

司耀厅的医疗补贴、救人奖金，加上打工攒的，任杰身上少说也有五十万巨款了。

晚上九点，任杰来到旧世街街口。郊区灯光稀疏，旧世街却灯火通明。盗宝貂从任杰的上衣口袋里钻出来，露出了个小脑袋，紫色的大眼睛盯着旧世街，满眼兴奋。它忍不住搓了搓小爪爪，一副准备大干一场的样子。

任杰连忙将其塞回口袋，严肃告诫道："貂宝，在这旧世街，可不准随便拿人家东西的，这里的东西都是需要花钱的。"说着从兜里掏出一块钱的钢镚儿，"看，这个就是钱。要听话，不然就把你卖了换钱花。"

貂宝歪着头眨着眼睛，似懂非懂地接过钢镚揣进百宝袋。

第一次来旧世街，为了以防万一，任杰还是把盗宝貂给带来了。它的口袋还挺能装的，带着也方便，要是钱不够，还能顺便把它卖了换钱，简直完美。

街口处，任杰放出脊境的气息，工作人员才让开。刚进去，他就被两个戴着无脸男面具的人拦住了："这位小兄弟，怎么不懂规矩呢，就这么进旧世街？"

任杰挑眉："我不这么进难道要飞着进？还是说我走路的姿势不够嚣张？"

面具男子满头黑线，头顶冒出情绪迷雾："不是，进旧世街的人都得戴面具，这是不成文的规定，不信你看看。"

任杰歪头望去，的确有不少逛街的人戴着各式各样的面具，但也有不少人不戴。

任杰翻了个白眼："规定？谁立的规定？"

另一个面具男子磨牙："小兄弟第一次来旧世街吧？你是不知道这里的水有多深，聪明的人懂得隐藏，傻乎乎的人才抛头露面。小兄弟，我这里有隐灵面具，各种款式都有，来一张啊。"

面具男子当即掀开自己的风衣，里边全是各式各样的面具。

"这是用白甲犀的骨甲打磨制作而成的，可有效隐藏自己的等级、面容，哪怕六阶启境的基因武者都看不穿。三千一副，不打折。"

任杰无语："说了半天就为了卖这个？不要，走开。"

他说完就要走，却再次被两人拦住。

"小兄弟，别被人盯上才后悔没买我们哥俩的面具。"

任杰淡淡地道："城东小商品作坊拿的货吧？进货价一块五一副，还是瑕疵品。下次进货报我的名字，一块三一副。"

两个面具男子直磨牙，碰到行家了。你讲话这么大声，我生意还怎么做了？

"小子，断人财路如杀人父母，没被社会毒打过是吗？你很快就会体验到了！要不你就买三只面具，要么……"

话还没说完，只见任杰胸口处白光一闪，就听"刺啦"两声，两个面具男跟着一抖。任杰一抬手，就发现自己手指上挂着两条被撕成了碎布的内裤，不禁嘴角直抽。

好家伙，貂宝这手也太快了！

那两个面具男都惊了，满眼惊恐地瞪向任杰："你……你是怎么做到的……"

两人都没看清他是怎么出手的。不过，这警告方式也太独特了吧！

任杰撇嘴："看什么看？没见过无影手啊？我能轻易拿到你俩的内衣，就能取你俩的命，还不让开！"

两个面具男立马让开，任杰随手丢下两条破布，潇洒离去。

任杰："貂宝，干得不错，只是咱能不能有点志气，别光冲人家内衣使劲啊？"说完，任杰背着小手走进了旧世街。

盗宝貂歪着脑袋，若有所思。

这里的装修风格极其炫目，街道两边是各式各样的店铺，有古董旧货店、机械义体店、珍宝店……商铺门口立着的各式各样的灯牌散发着红紫蓝三色光芒。

大街上人潮涌动，其中有不少戴着面具的人，还有很多机械强殖者，有些机械义体的造型巨大、夸张，极惹人注目。这些机械强殖者们非但不在意他人的目光，反而骄傲地展示着。

街道上放着劲爆的音乐，各种叫卖声不绝于耳。

"走一走，瞧一瞧，看一看了，新出土的旧世手办，带闪灯的，还有变身器，装上电池就能亮！"

"都来看看啊，旧世卡牌一套，翡翠麻将一副，都是新出土的，便宜了哈！"

任杰都听蒙了，这卖的都是些什么玩意啊，有人买吗？

"小哥？旧世窖藏雷碧买吗？五百一瓶，便宜实惠。"

任杰嘴角直抽，窖藏雷碧，这东西能喝？

"不买！"

"哎哎哎……别走啊，可以试喝，你就不想跨越厚重的历史，感受下旧世的味道吗？"说完，打开一瓶雷碧，给任杰倒了一杯。

任杰咽了口唾沫："免费的？"

"这杯免费，不过喝了的话，打开的这瓶你就得买了。"

任杰二话不说，扭头就走，老板连忙招手，袖口不小心碰到了纸杯，里边的窖藏雷碧直接撒了出来，接触到桌面的一瞬间，冒出白色沫子。

任杰瞪大了眼睛："有毒，老板你也没安好心啊。"

老板气疯了："这是碳酸饮料，你是不是见过世面？"

然而任杰已经走远了。

不久,任杰来到了一个叫石头记的店铺前。店外围着几十人,有人大吼着"开开开",还有人,说"这姑娘真有钱"之类的。

爱凑热闹的任杰拼命往里挤也没挤进去,便来到旁边一家名为老丁杂货铺的店,店外的广告牌上写着出售启灵基因药剂。

店内,一位白胡子老头坐在摇椅上,抽着烟斗,他的两条腿都没了,安的是机械腿。

"老板,这里有启灵基因药剂吗?来两支。"

老丁头目不转睛地盯着手机屏幕:"两支六十四万四,市场价了,你一次买两支的话,可以给你抹个零。"

任杰眼神大亮:"真的?老板你人真好。来两支,一共六万四千四是吧?"

老丁头呛了一口烟,一阵猛咳:"我在旧世街做这么多年生意,还是头一次见到你这么抹零的。一分不讲了,嫌贵你可以换一家。"

任杰咧嘴一笑:"老板,别这么不近人情嘛,要不我再加点儿。"

老丁头挑眉:"加多少?"

任杰一脸认真:"加四百怎么样?"

"你是别家派过来砸价的吧?去去去,祸害别家去。"

任杰无奈:"市场价不是二十万吗?你卖三十二万,怎么不去抢啊?"

老丁抽了口烟:"你也可以不让我抢。的确有二十万的,你可以去排队买啊,错过了最佳觉醒时间,可就不好觉醒喽。我这可是现货,市场上你随便问,都这价。"

任杰磨牙,一支不稳妥,两支钱还不够。他目光一转,盯上了杂货铺里挂着的机械义体:"老板,这里收机械臂吗?"

老丁头挑眉:"收,你有?"

任杰一把撸起袖子,露出左臂,手腕轻动,退出了拟态伪装模式,露出了黑金色的原生机械臂:"你看我这臂值多少钱?"

老丁猛地瞪大了眼睛,腾地一下从凳子上弹了起来,拉过任杰的机械臂看个不停:"这机械臂……也就那样吧,给你八十万怎么样?我再外搭两支基因药剂。"

任杰一怔,这机械臂这么贵吗?

"老板,你话不实啊!"街上传来一阵阵惊呼声,好几个机械强殖者凑过来,捧着任杰的机械臂看个不停。

"你们快看啊,市面上从来没见到过这种机械臂。钛钢合金的?仿生肌肉束?嘶……"

"何止?这是华兴生物的产品,未公布的试验机型吧。TXH-1型,军版的系统啊。"

"小哥,这臂你卖吗?我收了,三百万怎么样?"

"我出三百五十万,外搭给你一条骁龙机械臂。"

"小哥,给你做强殖手术的医生是谁啊?能介绍给我吗?这手法堪称完美啊。"

老丁头脸都黑了,这还让他怎么收?

任杰也没想到这机械臂会这么值钱:"咯咯,各位的出价要是达到我心理预期,出了也不是不可以。"

这么多钱,足够我买两支基因药剂了,甚至还能给家里换个好房子。我用个破臂对付一下也成,就是有些对不起诺颜。

此刻,一旁的石头记门口,一高一矮两人正蹲在地上选石头。

"婉柔,你帮我选好了,你运气好,我都挑花眼了。"

戴着青诡面具的墨婉柔不禁劝道:"小黎,真继续挑啊,你都砸进去一百多万了,亏不亏啊?"

穿着一身白裙,戴着只狐狸面具的姜九黎执拗地道:"不行,今天必须得找到一颗。钱不用担心。"

墨婉柔捂脸,也是,她跟这小富婆提什么钱。

姜九黎起身伸了个懒腰，就见一旁围了一大群人，正中央的便是任杰。她愣了一下，没想到会碰见他。

此刻，任杰正展示着自己的机械臂，跟一群强殖者讨论着买臂什么的。

姜九黎顿时就火了，直接拨开人群，一把抓住了任杰的胳膊，瞪眼道："不许卖！"

任杰一怔："姜九黎？"

姜九黎一愣："你是怎么认出我的？我戴的可是妖骨面具。"

任杰看着姜九黎："街口买的？三千一副？你给我三千，我可以送你一卡车。"

姜九黎一怔，这才意识到自己被坑了，不禁咬牙道："错了，一万一副。"

任杰：噗……

姜九黎耳根都红了，咬牙切齿地道："这不重要，问题是你为什么要卖这条手臂？这是我送你的。"

见到自己送的东西要被卖掉，她心里多少有些难受。任杰的胳膊是因为她没的，送他这个本意是想弥补一下，可他如今却想卖掉。

此话一出，众人纷纷看向姜九黎。她送的？这姑娘什么来路？这可是试验机。

任杰一脸认真："不因其他，只因我想过过儿的生活。"

姜九黎无语："你装什么老母鸡？一条手臂哪里好了？不管怎样，不许卖这条手臂。"

任杰无奈地道："大姐，小弟家境贫寒，日子都快过不下去了，给我妹买基因药剂的钱不够，如今只能靠卖臂维持生活了。"

姜九黎黑着脸："你要买启灵基因药剂？我给我二舅打电话，他是负责基因药剂生产线的，让他给你送两支过去，给你按市场价。不管怎样，这胳膊不许卖，这是试验机，还在测试阶段，是专供军方的，不能流入市场。"

这下众人不淡定了，好家伙，基因药剂生产线？有资格生产这个的，也就夏研所和华兴生物了。这姑娘是华兴生物的人？

任杰一听，眼神瞬间亮起："还得是你啊。请原谅我的目光短浅。我先替我妹感谢你，有什么需要我做的尽管吩咐。"

姜九黎翻了个白眼："只要别卖这条机械臂就好。"

这时，还在石头记门口的墨婉柔站了起来："小黎，你看这块怎么样？要不就开这一块吧。任杰？你怎么在这儿？"

任杰仰头望着墨婉柔："你也在？"

墨婉柔："你能认出来我？我可是戴着隐灵……"

任杰嘴角直抽。

姜九黎无语："介绍下，我同学墨婉柔，是我最好的朋友。"

任杰瞄向她手里的那块石头："你们在做什么？"

姜九黎解释道："在开灵石原矿，我想要这种灵晶。"

说话间，她将脖颈上戴着的项链展示给任杰看，项链上面挂着一颗青色水晶一般的通透的石头，显然，这是一颗灵晶。

基因武者不光可以通过吸收灵气修炼，还可以靠吸收灵晶修炼。在灵气极度浓郁的地方，会形成一些灵晶矿脉。一些人会将其开采出来，切割成长宽高均为五厘米的方块，供给基因武者修炼。

低阶的时候可以吸收自然灵气修炼，当等级逐渐提升起来后，再想快速提升，就需要灵晶辅助了。

一颗灵晶的市场价在三千元左右，其中蕴含的灵气浓度越高就越贵，而姜九黎展示的这颗，是灵晶中的极品，灵髓。

姜九黎道："这是星辰灵髓，算是异种灵髓，极为稀有，里边蕴含星辰之力。我已经让家里在市场上帮忙找了，但一颗都找不到，我这颗就是在这家店里开出来的。我还想要，但花了一百多万都没开出来一个，可恶。"

任杰差点一口老血喷出来，花了一百多万买石头，败家啊！这都能买多少灵晶了！

任杰看了看她手里的星辰灵髓，又看了看店铺前的石头堆："就要这种的对吗？"

姜九黎不住点头，一脸认真："想要。"

任杰咧嘴一笑："我帮你挑挑好了，受了你这么大恩惠，吃白食可不是我的风格。"

姜九黎愕然："你会挑这个？你是相石大师？"

"并不是，但我会算。"说话间，任杰已经破开人群，来到了摊位前。

地上摆着十几筐的石头，一个个灰突突的，上面还沾着泥土。

"看来这位小姑娘是找到帮手了。怎么样，看看有没有相中的？筐里的灵石原矿五万一颗，都是从灵石矿区里淘回来的原矿石，保真，有机会开出极品灵髓或特种灵髓。"

任杰听得直咧嘴，五万一颗，这老板是真敢要。

"我看看。"他背着手在摊位旁徘徊，还时不时掐指测算。

一旁的墨婉柔嘟嘴道："你行不行？要不就开我这个，我选了半天呢。"

任杰瞥了墨婉柔一眼："不行，太丑了，一看就开不出来什么好东西。"

墨婉柔内心抓狂，你最好是在说石头。

石头记的老板更开心了，心想：这小哥看着也是外行。

任杰随意从筐里掏出一块人头大小的灵石原矿，丢给墨婉柔："就这块，开了吧。"

墨婉柔歪头望向姜九黎，姜九黎也跟着点了点头，反正她也没抱什么希望，不如试试。

见她将五万块钱转给了老板，墨婉柔一个手刀劈在原矿上，石头当场裂开。

众人顿时惊呼，两颗樱桃大小的灵髓原石躺在一片碎石中，每一颗都闪烁着星辉。

墨婉柔傻眼了，还真有？

姜九黎眼睛都亮了，连忙捡起那两颗星辰晶髓，放在灯光下看了起来："哇，真的是，比我原来的那颗还好。你是怎么做到的？"

任杰得意一笑："都说了，我会算的。等着，我这就给你开出一串来。"

老板这下也傻眼了，还真开出来了！

他就是干这一行的，就算是再牛的相石大师，哪怕用上基因武者的能力，也不敢断言灵石原矿里裹着的是什么，因为灵石原矿上带有杂乱的灵气波动，会干扰一切探查手段。

任杰出手，转眼工夫就开出来十多块樱桃大小的特种星辰灵髓，其中还有着一块鸡蛋大小的。众人彻底惊呆了，心想：这小哥儿是来砸场子的吧。

老板脸都绿了。这要是自己开的话，赚的可就不止这点儿了，简直亏死。

姜九黎像个小仓鼠似的，手里捧着一大堆星辰灵髓，大眼睛闪闪发光，兴奋得俏脸泛红："你可真厉害，还有吗？"

"小哥，差不多得了，你是会透视还是怎么？"

任杰嘴角直抽，他还真会。

他咧嘴一笑："都说了，我会算，哪个有哪个没有，都是算出来的。"

老板一脸晦气："你肯定是有什么鉴石的法子吧，还算，骗谁呢？"

任杰无语："不信是吧，那我今天就给你算算。"说话间，他望着老板，开始掐算了起来，"你名叫周磊，今年四十一岁，家住锦城池水沟纸镇。你肚子上有两颗痣，脚面上也有一颗……"

他越说，老板越震惊："你是怎么知道的？你该不会偷看我洗澡了吧？"

任杰仰头:"都说了是算出来的,我还知道你老婆怀孕了呢。"

周磊瞪大了眼睛,不可置信地望向任杰:"这你都知道?我还没跟别人说过。"

任杰心里嘿嘿直笑,我当然知道,你兜里揣着钱包,钱包里的身份证上可都写着呢,里边还夹着一根验孕棒,两道杠的那种。

一旁的姜九黎完全被惊到了,她连忙掰过任杰的肩膀:"你真的会算?能不能给我算算,看看我最近的运势如何?"

任杰猛地瞪大眼睛,后退两步,我透视还没关啊。

姜九黎被他吓了一跳:"你……你怎么了?"

"没……没事,都说了泄露天机是会遭天谴的。"

姜九黎有些担心:"是因为给我看了太多石头吗?抱歉,这些足够了,那个基因药剂的钱我不要了,直接送你两支好了。你家地址在哪儿?我晚点派人送过去,咱们加个飞信好友。"

任杰都快感动哭了,这人是天使吗?

然而,任杰没发现,在他和姜九黎加好友时,上衣口袋中的貂宝已经不见了。

旧世街天宝商行三楼的密室里,几个身穿燕尾服、头戴笑脸面具的人正坐在会议桌对面。他们的面具上还带着字样,有梅花6、方片7、红桃9……全是扑克牌上的数字。坐在主位上的是一个梳着狼尾武士头的男人,面具上刻着的是黑桃A。

黑桃A的手里握着一个箱子,他将箱子推到了桌面中央,道:"我说龙老大,在场的都是自己人,你还保持着这副人类形态,多少有些见外了。"

黑桃A对面,一个中年微胖的男子抽着雪茄,跷着二郎腿。

"自己人?谁跟你们扑克牌的人是自己人,魔爪的人刚被清掉,你们扑克牌的人就过来接盘了。这么急,看来锦城里是真有你们想要的东西,不过你们胆子很大啊,就不怕也同魔爪一般被灭了?"

说话间，那龙老大缓缓改变形态，不再维持人类的形态，而是化作一只墨绿色的蜥蜴人，他身上长着疙疙瘩瘩的墨绿色鳞片，眼睛如变色龙一般。

天宝商行在整座旧世街都很出名，因为老板经常能找到妖族那边的稀有宝贝，别人还以为他渠道有多牛，却不知道他本就是妖族。

黑桃Ａ笑着："可不要将魔爪的人和我们扑克牌相提并论，魔爪的人做事太糙，而我们做事讲究策略。牌桌上，牌再好，胡乱出牌，也得输。原魔君被斩，还不知道谁会成为新的魔君。我们也不想接盘，但这是上面的意思。闲话少叙，我们要的东西呢？"

黑桃Ａ轻轻敲了敲桌子，饶有兴趣地望向龙老大。

龙老大笑着："这宝贝得之不易，我可没少托人卖面子，还折了不少兄弟，但，是不是得先验验货？"

说话间，他直接吐出长舌，朝桌上的箱子卷去，眼中带着贪婪。

这时，空中寒光一闪，一柄锋锐的匕首被黑桃Ａ插进了桌面。

龙老大舌头一僵。

黑桃Ａ眼中跳动着危险的光芒："别急啊，想验货是吗？我给你验。"

他打开了桌上的箱子，里边是黑色金属和十颗漆黑如墨的珠子。

"事先说好的，二十五千克的魔钨金，外加十颗魔念珠。这东西可以抵御念灵师的精神攻击，在荡天魔域之外，你可找不到。"

龙老大眼睛都直了，挨个检查起来。

盗宝貂趴在房梁上，目睹了交易的全过程。

老大要我有点志气，不要光奔着破布条条使劲儿，我这算是有志气了吧？这里有熟悉的气息，是宝贝的味道。盗宝貂如是想，眼中燃起熊熊斗志，目光落在了龙老大脚下的箱子上，它才看不上什么黑金属呢。

它将自己的身体融入房梁，小心翼翼地接近着目标，不过一会儿工夫，它的脑袋就从桌子下面的地板露了出来，然后直接融入箱子之中。

龙老大满意地放下，咧嘴一笑："好东西，好东西啊，扑克牌的人果然大方！"

黑桃Ａ一把按下箱子，眯眼道："货你也验完了，我要的东西呢？"

龙老大将桌面下的箱子拿起来，拍在桌子上推过去："放心，差不了你的。"

黑桃Ａ当着所有人的面打开了箱子，下一刻，在场全体扑克牌组织的人都僵住了。

龙老大哈哈大笑："这一块可是我费了好大力气才搞到手的，你们用这些跟我换，绝对物超所值！"

黑桃Ａ额头青筋暴跳："费了好大力气？物超所值？你玩儿我吗？"他拍桌起身，恐怖的魔气瞬间绽放。

龙老大皱眉："不满意？这么大一块，我已经诚意满满了。"

黑桃Ａ咬牙，从箱子里捡起一枚一块钱硬币，气得手抖："这一块吗？可真大啊。想黑吃黑就直说，跟我扑克牌玩儿黑的，你想好了吗？"

龙老大此刻也懵了："什么一块钱？"他起身看向箱子，也蒙了，"息壤呢？我那么大一块息壤呢？"

他的眼神骤然变得危险起来："你给我调包了？东西呢？"

黑桃Ａ怒道："演，你再演！玩儿我是吧？上，打他！"

龙老大也怒了："不想付钱就直说，搞这一套，给我上！"

天宝商行里顿时传来一阵叮咣之声，引得不少人好奇地观望。此时，盗宝貂正抱着一颗水晶球，在旧世街的房顶狂飙。

这个亮晶晶的东西应该是个宝贝的吧？我这可不是偷，是交易。老大说了，要用那种叫钱的东西换，我可是换来的。

它正要回到任杰身边，就见到墨婉柔和姜九黎在大街上走着，一边走还一边说着什么。

一个穿着兜帽卫衣的小孩子撞在了姜九黎的身上："不……不好意思，大姐姐……"

姜九黎连忙道："没关系，没撞疼你吧，我……"

那兜帽小孩脸一红，低着头跑远了。

姜九黎倒是没在意，兴奋地道："这些星辰灵髓都足够穿个手串了。没想到任杰真的会算。"

墨婉柔嘴角直抽，你就听他吹吧，她现在严重怀疑，任杰捡到了那老板的身份证。

姜九黎道："任杰也要参加猎魔学院开学大测吧，我们是不是可以带上他？也算是感谢他帮忙了。"

墨婉柔一脸不情愿："他才二阶，能有什么用？有我和你就够了，有我在，没人能伤到你。"

姜九黎笑着："我知道，婉柔最靠谱啦。"

兜帽小孩混入人群，从兜里掏出一只印着熊猫的皮质钱包，打开一看，嘴角不禁勾起一抹弧度："果然，姜九黎，华兴生物集团三小姐，可真是只大羊。"

他顺手掏出钱包里的一沓红票子揣进兜里，又把钱包也塞进了裤兜。

看到这一幕的貂宝怒火中烧。竟然有人敢在我面前偷东西！

接着，它白光一闪，瞬间消失。

兜帽小孩拐进一家义体专营店的后屋，屋里放着劲爆的音乐，花花绿绿的彩灯旋转，空气中充斥着烟和酒精的味道，屋子里的机械强殖者们正在狂欢。

兜帽小孩直接找到了坐在沙发上的金发壮汉："老大，确认了，那女的的确是华兴生物的三小姐，我已经在她身上装了定位器，这是她的钱包。欸？钱包呢？我……"小孩儿懵了一下，不住地摸着自己的裤兜。

那金发壮汉狞笑一声，一把将那小孩儿拎到自己面前："确定吗？"

小孩被吓得面色煞白:"确……确定,我看到她的身份证了,但钱包……"

金发壮汉将小孩甩到一边,狞笑着:"弟兄们,来活了,跟我干票大的去。"

然而屋子里吵闹的声音盖过了他的命令,没人听到他说的话。

他额头青筋暴跳,一把抓起桌子上的霰弹枪,对着音响就是一枪,屋子里顿时安静下来。

"我说,来活儿了。"

…………

此刻,任杰正在满大街搜寻着盗宝貂。

貂宝哪里去了?一眼没看住就跑没影了。

正当他犯愁的时候,胸口前白光一闪,貂宝又回到了口袋里。

任杰:"你干什么去了?该不会又偷东西了吧?我不是说了……"

貂宝从口袋里掏出那颗水晶球,献宝似的递给任杰,然后疯狂比画。

任杰一脸蒙地接过水晶球,看着里边封存着的奇怪土壤,道:"你是说你没偷,这东西是你用我给你的钱跟别人换的?"

貂宝不住点头,一副求夸奖的表情。

任杰捂脸,你用一块钱买了个什么东西回来啊?旧世街就没有一块钱的东西啊。这水晶球是什么?里边的白泥怎么还会动?该不会是旧世时期的老物件吧?

任杰正要教育貂宝,它又献宝似的把那只钱包递给任杰。

任杰表情僵住,它不会又把旧世街所有人的钱包给摸了一遍吧?

他打开钱包一看,里边夹着的竟然是姜九黎的身份证,还有各种银行卡、会员卡……

任杰的脸更黑了,心道:人家刚帮完我,貂宝回头就把人家钱包偷了……

任杰:"你把她的钱包偷来了?"

貂宝又开始比画。

任杰愕然："有小偷偷她钱包，你把小偷给偷了？"

貂宝疯狂点头，叉起腰来，一脸气不过的样子。

任杰嘴角直抽："行，你太行了，旧世街就缺你这种维护正义的好貂。"

就在他想着怎么把这钱包给还回去的时候，旁边传来一道声音。

"小兄弟。"

任杰歪头一看，正是那杂货铺的老丁头。

他抽了口烟，挑眉道："你那个女娃子朋友被强殖者联盟的人盯上了，那帮机械疯子可什么事情都做得出来。在这旧世街，最好别露大财，不然麻烦很容易就会找上来。"

任杰一怔，随即面色一沉："谢了。"

老丁头咧嘴一笑，露出一口大黄牙："别光谢啊，多照顾照顾我老人家生意，你那只耳钉出售吗？我可以给高价。"

任杰头也不回就溜了："您老还是继续刷视频吧，回见。貂宝，知道姜九黎的位置吗？"

貂宝闻了闻钱包，又在空气中嗅了嗅，给任杰指了个方向。

任杰愕然，好家伙，狗干的事你也能干，可以啊。

…………

锦城外郊区，一废车场附近，墨婉柔正扶着姜九黎往城里走。

墨婉柔："怎么就头晕了？要不还是叫个车吧，是不是那个窖藏雷碧弄的？我就说那东西过期了，不能喝。"

姜九黎有些懊恼："早知道就不喝了，我钱包还丢了，那钱包是我姐送我的，补办卡好麻烦。还是走回去好了，今天的训练计划还没完成呢。你不也喝了吗，你怎么没事？"

墨婉柔道："我倒是还行，就是感觉身体发虚，没什么力气。"

两人正走着，突然看到废车场前的小路上站着一个人，体型比墨婉柔还壮。

"两位，天这么黑，自己回家就不害怕吗？要不要哥哥我送两位一程？"来者正是金发壮汉，他头戴墨镜，脸上戴着生化级的防毒面罩，肩上还扛着一个口径巨大的手炮。

墨婉柔眯眼，将姜九黎拉至身后护住："别没事找事，不想被我砸碎脑袋就赶紧消失在我面前。"

墨婉柔浑身肌肉鼓胀，身上泛起耀眼金光。下一刻，她脚下一软，一阵强烈的眩晕感传来。

姜九黎连忙扶住她，身上骤然泛起炽烈的星光，可下一刻，她的星光猛地暗淡下去，面色苍白。

金发壮汉得意地笑着："不得不说，这位女壮士的身体素质真不错，这迷灵香放了一路，就算是头大象也早倒在地上了，你竟然撑到现在才有反应！怎么样，是不是很难受？你越是催动灵力，就越是浑身无力。"

金发壮汉的笑容逐渐猖狂："弟兄们，让她们见识见识咱们机械强殖者的厉害。"

一辆辆隐在暗处的皮卡亮起车灯，咆哮轰鸣而来，车上满载着奇装异服的机械强殖者，共有三十几人，他们身上的机械改造程度都很高，有些还是基因武者。

"老大，跟她们废什么话？"

金发壮汉铁楠大手一压，示意小弟们闭嘴，随即饶有兴趣地望着两人。

姜九黎眼中满是冷色，强忍着难受："你们到底想怎样？从小到大，这种情况我也遇到过不少，但无一例外，他们的下场都很惨。你应该清楚我姜家的能力，现在退去，我可以当作无事发生。"

铁楠拍着手，表情嚣张："不愧是华兴生物的三小姐，这种情况下还能保持镇定，我很喜欢。别误会了，我们今天不劫财，也不劫色，只是来谈生意。"

姜九黎眉头紧皱："什么意思？"她一边说着，一边摸着兜里的手机。

铁楠狞笑着："听说最近华兴生物正在研制一款名为'暴君'的全身机械义体，我很感兴趣，不知道三小姐能否为我搞来一套？另外，我们对华兴生物制造的机械义体都很喜欢，希望三小姐给我们搞一批新款的，外加一批基因药剂。等这些东西到手，我们就放您跟您的朋友安然无恙地离去。怎么样，是不是很合适的买卖？"

姜九黎眯眼："你们这些条件，我一条都不会答应。"

铁楠嗤笑一声："怎么？想用手机求救，此范围内的信号早就被屏蔽了，我们又不是第一天干这种事情，你能想到的点，我都能想到。请别质疑我们的专业性，既然谈不成，就别怪我们不客气了。给我上，拿下她们！"

他话音一落，那些机械强殖者就怪叫着，疯一般冲向两人。

姜九黎咬牙，身上星光二次亮起。迷灵香再度发挥作用，她直朝着地面栽去。

墨婉柔瞪着眼睛："你们敢！"

她强顶着迷灵香的效果催动灵力，身上泛起强烈金光。

"拟态：圣甲虫。"

墨婉柔浑身肌肉再度膨胀一圈，皮肤化作纯金之色，犹如一尊壮硕的金色神王。

"全反击。"她二话不说，抬起一拳砸向冲来的铁楠。

铁楠狞笑着："跟我比力量，你找错人了。"说着他扬起机械臂，凶悍地砸向墨婉柔，两人的拳头直接撞在了一起。

"机械加力。"

机械臂上的零件纷纷收紧，铁楠的手肘和肩膀处喷出火焰。"轰"的一声闷响，气爆声震耳欲聋，压弯了地上的杂草。

让铁楠震惊的是，墨婉柔竟然纹丝不动，他砸出去的力量竟然全反击到了自己身上。

铁楠身体往后滑了十几米,怒道:"基因武者了不起吗?口径即是正义。"

他将另一只手的黑色手炮对准墨婉柔,扣动扳机,火舌喷吐,大口径高爆弹发射,正中墨婉柔头部。

"铛"的一声,那高爆弹偏离轨迹,轰进了废车场里,引发了剧烈爆炸,而墨婉柔除了脸有些黑,什么事都没有。

铁楠:这是什么防御?

迷灵香的效果渐渐显露,墨婉柔单膝跪地,全反击的效果逐渐褪去。

铁楠:"上,都给我上!用网,她死了没关系,那只肥羊没事就行。"

那些机械强殖者拎起大枪,对着墨婉柔发射。

墨婉柔咬牙,直接趴在地上,将姜九黎死死护在怀里。

"轰轰轰——"弹丸在靠近墨婉柔的瞬间直接炸开,变成了一只只大网,将两人覆盖。网身由极其坚韧的纤维制成,上面有利刺,还有麻痹神经的毒素。下一刻,捕捉网上泛起电光,空气中充斥着"哧啦哧啦"的电流声。

墨婉柔承受着无比剧烈的高压电击,脸上的表情逐渐狰狞:"该死的,这帮混蛋!"

她对迷灵香的耐受程度也达到了极限。

铁楠狞笑着:"我倒是要看看你能撑多久。上!"

机械强殖者们的手臂裂开,伸出枪管,对着墨婉柔疯狂扫射。随着全反力的褪去,子弹在她的皮肤表面留下一道道血痕。

见开枪不起作用,强殖者们便将钢缆缠绕在了墨婉柔的四肢上,以电动绞盘拖,试图将她拉直,把姜九黎从她怀里掏出来。

墨婉柔怒吼着,肌肉绷紧。

姜九黎眼睛都急红了,可身体就是不听使唤:"婉柔!"

墨婉柔强挤出一丝微笑:"放心小黎,有我在,没人能伤到你。我发过誓的。"

　　铁楠也急了,动静太大了,把治安官引来就不好了,得尽快拿下才行。他手臂变形,一条寒光闪闪的电锯便探了出来。

　　姜九黎眸中一狠,想要强行开启神化。

　　这时,一道声音传了过来:"哟。"

　　众人一愣,纷纷抬头望去。

　　任杰光脚站在废车场的车山山顶,脚下燃着两道耀眼的火焰。他勾了勾嘴角:"你们一群人欺负一个姑娘,是不是有些不讲武德了?"

　　铁楠眯眼,机械眼旋转:"强殖者联盟办事,不想死就滚远点。"

　　任杰嗤笑一声:"你们这么做,我很是犯愁啊。"

　　"任杰,快跑,你才脊境,打不过这帮机械强殖者的。快去城里联系我家里人来帮忙,拜托了!"

　　任杰翻了个白眼:"打不过?你这多少有点看不起人了。"

　　只听"轰"的一声,任杰脚下炸出炽烈火光,直接飞到了中央。他两手高举向天,无比炽烈的火焰从他掌心喷出,如超音速导弹一般,朝着地面猛坠。

　　"焚烧:炎魔践踏。"

　　"轰——"他一脚踩在墨婉柔的后背上,火焰的高温直接熔断了钢缆,在墨婉柔的全反击之下引发了剧烈的爆炸,将围在附近的人全炸飞了。

　　火焰散尽,任杰脚下出现了一个巨大的漆黑脚印。

　　姜九黎捂脸,怎么还是冲上来了?这里是有迷灵香啊。

　　墨婉柔的脸更黑,打他们啊,踩我干什么?

　　铁楠眯眼:"给我把他射成筛子。"

　　三十多位机械强殖者听到命令,将黑洞洞的枪口对准了任杰。

　　"开火。"

　　枪声不绝于耳,火舌喷吐之间,无数子弹飞射而来。任杰却完全不躲，单手一抓，炽炎之刃在手，瞬眼开启，飞射而来的子弹在他的眼中变慢。

他手中的炽炎之刃狂劈，动作快如闪电，在虚空中留下一道道绚烂的火焰刀幕。所有飞射而来的子弹在接触到刀身的一瞬间熔化成赤红铁水。

"还开枪，幼稚。"

任杰的身体骤然燃起冲天火焰，脚下炸裂，整个人犹如火焰流星一般，直冲开枪的机械强殖者。炎刃上挑，强殖者手中的步枪被任杰切成两截，而后一个抬脚侧踢，脚心焚烧绽放。

"轰——"那机械强殖者的手臂被踢到变形，整个人如炮弹一般倒飞而出，砸进废车场中，大口吐血。

火焰推力之下，任杰再度冲到另一强殖者身前，一把拔出其腰间的手枪。

"焚烧。"

"轰——"那强殖者惨叫一声，身体被无尽火力冲飞。

任杰拿着手枪，往前狠狠一顶，以惯性上膛，对着附近的强殖者们疯狂开枪。随即整个人如饿狼一般冲上去，接连用出焚烧技能，将七八个强殖者轰进了废车场。

"砰砰砰！"

姜九黎急道："小心。"

任杰回身爆斩三刀，三发高爆弹被其直接切开，于身后爆炸。

任杰仰头望向铁楠，挑衅道："喂，机械强殖者就这点本事吗？你让我很失望啊。"

姜九黎和墨婉柔都看傻了。

刀劈子弹？他怎么能看清的？这家伙真的只有脊境？

铁楠面色难看："不可能。迷灵香怎么可能对你不起作用？只要你使用的是灵气，就不可能……"

任杰一步一步朝其走去，眼神玩味："谁说我用的是灵气了？"

铁楠蒙了一下，满脸愕然："你……"

下一瞬，任杰身上骤然散发出无尽寒气，头发刹那间化作纯白，火焰与冰霜于其身上共存。

"魔化：雪之恶魔。"

一柄冰晶长刀于手中凝结。

墨婉柔和姜九黎皆震撼地看着这一幕，他不是纯粹的基因武者，他竟然是魔契者！但他的能力不是火焰吗？这冰雪之力又是从何处来的？

此刻她们才意识到，自己对任杰的了解只是冰山一角。

铁楠咬牙："管你是什么鬼东西，我们也不是没杀过三阶力境的基因武者。尝尝这个。"随即朝任杰丢去一颗颗高爆破片手雷。

与此同时，那些小弟也发射了数张捕网。

任杰脸上的笑容逐渐狂放，他双手持刀，对着地面狠狠一插："霜落。"

无尽的寒气绽放，"轰"的一声，巨大的冰晶山以任杰为中心凝结而成，将他围在中间，撑住了那些捕网，十几发高爆手雷也只是将冰山炸出了裂纹。下一刻，冰晶山内火焰绽放，将冰山彻底炸碎，任杰如火箭一般直冲铁楠。

"凝视。"

铁楠刚要避开，却猛地僵住，眼看着任杰的冰晶长刀斩来。

铁楠的机械义体自主防御，一手亮起能量盾，一手的电锯直朝任杰挥去。

冰晶长刃将电锯连同铁楠的半边身体冻结，能量盾却猛地裂开，赤红色的激光束绽放。任杰当即射出机械手，抓住铁楠的脚踝，随即焚烧绽放，强悍的推力让任杰以机械手为中心画了个半圆，避开激光射线，绕到了铁楠身后。

铁楠瞪眼，腰部竟直接旋转了一百八十度，胸口整个裂开，足足一个人头大小的漆黑炮口红光汇聚，对准了任杰。

铁楠的脸上满是疯狂:"没想到吧?我轰碎你。神激大炮。"

躺在地上的任杰则对准铁楠胸口做出开枪姿势,狞笑一声:"比比谁的劲儿更大好了。指间流星。"

赤红色的火焰流星凝结,拖着长长的红色尾焰,直接发射出去。神激大炮被堵在体内,当场炸开,铁楠的胸口被洞穿,构成其身体的钢铁也被烧熔。

那些强殖者脸都吓白了,转身想逃。老大都被干掉了,再不跑等死吗?

任杰瞪眼:"站住,看看你们谁敢跑。"

三分钟后,三十几个机械强殖者鼻青脸肿地被任杰用钢缆绑在了一起,个个一脸惊恐地望着他。

任杰撤了魔化,恢复到了正常状态。他深吸了一口气,转头朝着姜九黎二人走去。他看着姜九黎,犹豫了一下,随即仰头望向墨婉柔,一把牵起她的大手:"柔儿……"

墨婉柔猛地怔住,起了一身鸡皮疙瘩。

任杰一脸深情地直视着她的双眼:"我发现,我爱上了你那健硕的身躯、坚如磐石的肌肉、如高达一般美丽的身姿,你守护他人的样子令我着迷。回过神来之时,我发觉自己已经无法自拔地爱上你了,你的存在让我安心,可以做我女朋友,守护我一辈子吗?如果你愿意,我想我能给你整个世界。"

一旁的姜九黎脸都红了,眼睛一眨不眨地望着任杰,嘴巴大张。

墨婉柔脸都红了,羞涩道:"行,你整吧。"

任杰脸都黑了,是要给你整个世界,不是给你整一个世界出来啊。我上哪儿给你整去?你怎么还答应了啊?

姜九黎在一旁也是两眼放光,拍手道:"祝福你们。"

任杰磨牙,你祝福什么啊?

"呃,抱歉,你要的世界我整不出来,我们分手吧。"

墨婉柔一脸蒙，什么东西？要不是看在你刚救了我俩的份儿上，我现在就打死你！

姜九黎也蒙了，这就分手了？这么随意吗？

任杰一转身，深情地望向姜九黎："刚刚我可是冒着生命危险把你给救了，要你以身相许不过分吧？"

姜九黎猛地瞪眼："我呸。轻浮，变态，这辈子你都别想。"

任杰脑海中，恶魔的呢喃声再度响起："代价，已支付。"

任杰这才松了口气："哼，不答应就算了。"

姜九黎瞪眼凶道："这次的事非常感谢你，要不是你，我们两个都不知道怎么办才好了，有机会请你吃饭。"

任杰没忍住笑了出来："别误会，我只是为了确保我的基因药剂万无一失。"

姜九黎嘟着嘴，有些不好意思地揪着头发，不说话了。

盗宝貂从任杰的衣服口袋里钻出来，跳到她肩膀上，拿出钱包塞进她怀里，拍着姜九黎的脑袋，一脸语重心长地告诫她："嘤嘤……嘤嘤嘤……"

姜九黎怔住："呀，我的钱包？你们是怎么……"

任杰连忙举手："别误会，不是貂宝偷的，是小偷偷了你钱包，貂宝又把小偷给偷了。"

姜九黎兴奋得面色通红："谢谢你，也谢谢貂宝。哇，它好可爱！"

姜九黎摸摸貂宝，眸光再次落在了那些被绑起来的机械强殖者身上："这些人要怎么处理？"

任杰邪魅一笑："当然是废物利用了，对付恶人，自然要用恶人的处理方式。"

他转身来到了那些强殖者身前，机械手臂变形，变成了一只疯狂旋转的电钻。

"别怪我手黑，谁让你们眼瞎惹上我？好好享受吧。"

强殖者们脸都白了:"杰哥,杰哥,电钻我们可承受不了啊!"

任杰如饿狼一般扑了上去,一把撕掉他们身上的衣服,抄起电钻……开始卸他们机械义体上的螺丝。

强殖者们发出杀猪一般的惨叫:"别拆了,真别拆了,这可是我们的全部家当啊!呜……你卸机械义体都不打麻药吗?你这个恶魔!"

任杰挑眉:"行,你要麻药是吧,我给你。"说完抄起拳头对着那强殖者一阵猛砸,"拳麻听过没?条件有限,只能物理麻醉了,你忍一下。"

就这样,任杰从他们身上卸下来三十几套还算不错的机械义体,装进了盗宝貂的百宝袋里,然后朝着旧世街奔去:"我回去变个现,你俩先回吧。"

姜九黎急道:"开学大测,要不要组个队啊?"

"到时候再说。"

第十一章
护道人

旧世街,老丁杂货铺,任杰将盗宝貂倒着拎起,一阵狂甩,稀里哗啦的声音传来,机械义体撒满了柜台。

"老丁头,按照约定,我来照顾你生意了。"

老丁头瞪大眼睛:"你……你小子行啊。"

"收吗?"

老丁头咧嘴一笑:"收,怎么就不收?下次有这种好事,还可以找我。"

经历了一番艰难的讨价还价,这些机械义体被老丁头以一百零八万的价格收购了。实际上这些机械义体的价值要远远高出这个价,但老丁头给出的理由很充分,除了他,这旧世街没人敢收强殖者联盟的东西。还有,任杰刚刚乱拆一通,把不少机械神经丛拆废了,价值会大大降低,没办法的任杰只能低价出给他了。

"对了,你知道这东西是谁家卖的吗?我……"任杰从裤兜一掏,只掏出来一颗破碎的水晶球,里边的东西已经不翼而飞了。

老丁头挑眉:"这什么破东西?"

任杰嘴角直抽:"没……没事了……"

好家伙，打架的时候没注意，怎么碎了？

没问出什么的任杰只能撤了，只不过他发现街上的气氛好像跟之前不太一样。

一个穿着黑斗篷的男子走在街上，一边走还一边闻着什么。

任杰从其身旁经过时，男子猛地愣住，神情激动地望着任杰远去的背影，抓起手机："龙老大，找到了……"

任杰走了没一会儿，那三十几个机械强殖者就爬回来了，引起了不少人的注意，老丁头则是笑眯眯地道："我看诸位身残志坚，正巧，我这边新到了一批机械义体，比较适合你们，就按市场价贱卖给你们如何？"

那帮机械强殖者一怔，呆呆地看着挂了一墙的机械义体，脸都绿了。

什么叫适合我们？那就是我们的啊！这生意是让你做明白了。

…………

出了旧世街，任杰异常开心，今晚收获不错，一夜暴富，还搞定了基因药剂，可喜可贺。

路过废车场时，任杰刚往前走了两步，"咣"的一声撞在了一面透明的空气墙上。

他捂着鼻子后退两步："什么东西，结界吗？"

察觉到危险，任杰的面色骤然冷了下来，他回头望向空无一人的小路。

不知何时，夜风消散于无形，夏夜的蝉鸣声也彻底安静下来，整座废车场安静得吓人。一个身穿燕尾服、头戴梅花9扑克面具的男子正站在车山上低头冰冷地望向任杰，一言不发。

与此同时，废车场中，一道道身穿燕尾服的身影于黑暗中踏出，领头的正是黑桃A。

"小子，虽然不知道你是什么来路，但拿了我扑克牌的东西，还想离开？东西你今天拿不走，命，也得留下。"

任杰嘴角直抽，心想：今天坏人这么多吗？而且怎么都挑废车场下手，是这里的位置好，氛围感更强吗？

他露出人畜无害的笑容："各位找错人了吧？什么东西？"

黑桃A冷哼一声，给了手下一个眼神。

浑身浮肿、被打得半死的龙老大被拖了上来。他已经伤到无法维持人形，变成了蜥蜴的形态，一身鳞片都被拔了，模样极其凄惨。

黑桃A一脚将龙老大踹翻在地，将他的头掰向任杰："认清楚了，是他吗？"

龙老大不住地吐血，眼球转向自己的小弟。那黑袍小弟被架着，眼中充满了恐怖："没错的，就是他，我在他身上闻到了息壤的味道，东西一定在他身上，要不就是过了他的手。"

黑桃A双手插兜，仰头望向任杰："臭小子，你还有什么好说的吗？"

任杰面色不变，心中早已翻江倒海。

这帮扑克脸等级最低的都是三阶，那黑桃A的等级，他甚至根本看不清。而且，连妖族都卷进来了。如今那水晶球破碎，白泥消失不见，他想还也没办法啊！

貂宝将自己缩成一团，捂着脑袋窝在口袋里，一副完全不关它事的样子。

任杰眼珠乱转："息壤是什么东西？能吃吗？我完全听不懂你在说什么。"

事到如今，也只能死不承认了。

黑桃A嗤笑一声："希望你死的时候，嘴也是硬的。"

他微微抬手，身上魔气绽放，五阶体境的气息迸发，一只完全由魔气化作的漆黑巨爪成形。

"轰"的一声，一辆超两吨重的汽车朝着任杰所在的位置狠狠轰去。在隐世结界里，他完全不怕声音大。

本能地，炽炎之刃刹那成形，对着身前的废车暴斩而下，废车被任杰一分为二，断口赤红，平滑整齐。第二台紧跟着砸来，他来不及反应，只能抬臂抵挡。

机械臂疯狂加力，废车随之变形，任杰的身体被冲击力撞得向后滑去，狠狠撞在了结界上，吐了一口血。

"轰——"上吨重的汽车被火焰炸飞，任杰手指对准结界，指尖流星迸发，撞在结界壁垒上，结界只荡起了些许涟漪。这已经是任杰的全力攻击了，即便是开启魔化，结果怕是也不会有任何改变。

梅花9嗤笑一声："脊境的小子还想破掉我的结界。"

任杰还没有其他动作，便被巨大的漆黑魔爪按在了墙上。他口吐鲜血，满脸无奈，内心不住地吐槽，为什么我对手的等级都比我高这么多啊？

黑桃A眯眼："别妄图逃跑，你没这个能力。我最后再问你一遍，东西呢？谁派你来的？怎么下的手？偷息壤做什么？"

任杰咬牙，骨骼发出不堪重负的响声。

他心想：我哪知道？再说了，即便交出息壤，这些人也不会放过他，所以能拖延一会儿是一会儿。于是他道："你杀啊！杀了我，你们也别想得到息壤，只有我知道东西放哪儿了。"

黑桃A笑了："我就喜欢你这种骨头硬的。黑桃10。"

戴黑桃10扑克面具的男人缓缓走到了任杰面前，从后腰处掏出一把羊角锤和一把钢钉。他将钢钉对准了任杰的眼睛，高高扬起锤子："我数三个数，不说就砸了。三。"

任杰瞳孔微缩，心想：事到如今，只能虚报位置拖延一段时间，然后尝试打爆隐钉，让镇魔司的人过来支援了。

"二，一。"

羊角锤猛地落下。

任杰刚要开口，只听"咔嚓"一声，他身后的结界壁垒竟如镜子一般全部裂开，一只纤细的白手从结界后方穿出，抓住任杰的脖颈往后狠狠一拽。

任杰如沙包一般被丢了出去，那只手的主人也彻底显露在了人前。

那女子身高约一米八，白衬衫，黑西裤，系着一条黑色领带，短发过耳，苗条纤瘦，身材极好，给人一种优雅而神秘的感觉。她回过头，一只纯白色的哭脸面具将其面容完全遮掩，只露出一双漆黑如墨的眸子。

"待着。"

任杰瞪大了眼睛，急道："你身后！"

黑桃10已经高高跃起，手中羊角锤泛起黑光，向面具女子后脑砸去。

面具女子没回头，身下的影子骤然变形，化作黑色的丝带将黑桃10的身体死死缠住，拉到半空中。

面具女子缓缓转身，从后腰的刀鞘中抽出两把寒光闪闪的短刃。

任杰根本没看清她是怎么出手的，只见数道锋芒闪过，黑桃10已经命丧当场。

黑桃A根本不慌，淡淡地道："没想到锦城里还有你这样的高手。怎么，是你派他来的？还是说，你是买家？"

面具女子冰冷地道："你无须知道，你只需要知道，今天你们将死在这里。无人生还。"

下一刻，其身影炸成黑雾消散，而后出现在一位扑克牌成员身后，刀锋如雪，划过其脖颈，鲜血于夜空中泼洒。

黑桃A见状，眯眼道："你找死。"

他背后一双翼展三米的漆黑魔翼成型，翅羽锋锐如钢刀，朝面具女子所在的位置划去。

"羽斩。"

锋芒刹那而过，那面具女子的身影早已消失不见，而后又从另一位扑克牌成员的影子中冒出，如黑夜中的精灵一般，无情收割着每一条生命，连奄奄一息的龙老大及其小弟都没放过。

黑桃A眯眼："影的能力吗？梅花9。"

梅花9瞪眼："封禁：铁处女。"

面具女子现身的那一刻，一道漆黑的结界骤然浮现，其形是一位满脸痛苦、留着血泪、呈祷告状的少女，内部中空，满是漆黑的尖刺。

结界瞬间将面具女子和一位扑克牌成员关了进去。惨叫声传来，鲜血顺着铁处女的缝隙流出。

梅花9神色一狠："封魔钉。"

一根根漆黑的尖刺形成，朝着铁处女扎去，将其扎成了刺猬。

下一刻，只听"轰"的一声，铁处女炸开，无尽的黑影以面具女子为中心延伸而出，如触手一般。那扑克牌成员已经被刺成了筛子，可面具女子依旧安然无恙，身上甚至不见血痕。

她骤然消失，来到了梅花9身后，无数黑影化作影刺，朝着梅花9凶悍扎来。

"魔化：方寸恶魔。"

"御：方寸之间。"

一个漆黑的方盒子将梅花9包裹，影刺狠狠刺在上面，方盒子出现了裂纹。

黑桃A眯眼："你休想！恶堕羽剑。"

其魔翼狂扇，无数漆黑魔羽铺天盖地地朝面具女子攻去。面具女子放弃攻击结界，顶着羽剑，以刀格挡，直奔黑桃A杀去。

黑桃A咬牙："一起上，全部开启魔化！她并非神眷者，对我们无克制作用。"

一时间，在场的扑克牌们，除了黑桃A，全部开启了魔化，满眼疯狂地杀向面具女子。

面具女子以一敌多，场中的战斗顿时进入白热化状态。面具女子逐渐失去优势，陷入苦战之中。

远处的任杰瞪大眼睛，使出瞬眼，可还是看不清场中的战斗。他很清楚魔化的提升效果有多强，面具女子的攻击不具有神眷者的神圣属性，打起来很吃亏。

想到这里，任杰跑到一辆废车上，居高临下，将机械臂握拳置于自己嘴边，开启扩音模式。

"今天你们算是捡了大便宜了，二百块钱我也不收了，就免费骂你们半个小时好了。"任杰深吸一口气，双眼瞪着黑桃A，骂声不断传出，通过扩音拳传播出去，声音震耳欲聋。

扑克牌的人都蒙了，这到底是什么污言秽语？也不怕烂嘴。面具女子听到，动作也是一僵。

黑桃A瞪眼："你说什么？有胆你再说一遍！"

任杰一脸贱笑："找死的我见过，主动找骂的我还是第一次见。脸上戴个破面具就是扑克牌了？别人是笑起来很好看，你不一样，你看起来很好笑，你这五官长得是有多惊世骇俗，还要戴个面具才敢出门……"

任杰的话语声通过扩音拳回荡全场，黑桃A的脸都绿了，扑克牌的小弟们也被骂急了。

面具女子：为什么总感觉自己也被骂了？

黑桃A彻底急了："上，弄死他，我要割了他的舌头，缝上他的嘴！"

任杰表情嚣张："狗不会说，您倒是挺会说的。"

扑克牌们彻底怒了，不顾一切地朝任杰冲去，却被面具女子的影子死死拉住。

黑桃A红着眼睛："让开，真以为你能挡住我吗？魔化：黯羽恶魔。"

黑桃A的全身化作漆黑色，背后魔翼展开，翅膀一扇，整个人浮到半空中。

"魔临：死之羽。"

无穷的漆黑魔气将其身体包裹，化作一个身形巨大的黯羽恶魔。他抬手一抓，一根漆黑的死之羽凝聚成形，于空中缓缓坠落。落地的刹那，大地腐坏，青草枯萎，散落各处的废车也瞬间被锈蚀为铁渣。黑色的圆圈急速扩散着，圆圈之内，一切皆死。

面具女子眼神一凝，身形暴退。

黑桃A狞笑着："扑克牌不容亵渎，大魔煌煌，魔威浩荡，我等终有一天将凌驾于世界之上。能死在我的手上，是你的荣幸。"

说话间，他大手一挥，黯羽魔爪直朝着任杰抓去。

任杰："这位大姐姐，你也不想我这么英俊潇洒、嘴甜如蜜的阳光开朗大男孩就这么死在这里吧？"

此刻，面具女子已经退到了阴影中，她的身体隐没在黑暗中，只余一双漆黑的眸子，死死地盯着黯羽恶魔。

"黯夜之歌。"

面具女子话音落下，无数影子朝着她所在之处汇聚，就连任杰的影子都被夺了过去，其身所在，已然化作最极致的黑暗。

面具女子于黑暗中踏出，在她脚掌落地的瞬间，无数扭曲的黑影丝带以其为中心悍然迸发，化作一片漆黑的影之森林。面具女子如黯夜中的女王一般，每踏出一步，影之森就跟着扩张一步。

面具女子死死盯着黑桃A，清冷的声音在夜空中回荡："我即是黑夜。承影。"

下一刻，无穷的影子丝带于空中缠绕汇聚，化作一柄巨型影剑，对着黯羽恶魔暴力斩下。

一剑落下，世界仿佛被一分为二，漆黑的魔爪化为虚无，黯羽恶魔被生生切开，于大地上留下一道狰狞的剑痕。

黑桃A大口吐血，跌落在地，一脸惊骇地望向面具女子。她真的只有五阶体境吗？黑桃A眼中带着一抹犹豫。

下一刻，面具女子抬手，眼神清冷："迅。"

影之森林瞬间爆发，无穷的影子触手化作利刺，朝着在场所有扑克牌的成员杀去，犹如死神的镰刀一般。

结界已破，再打下去，会把镇魔司的人引过来。黑桃 A 飞身而起，一把抓住重伤的梅花 9，单翅狂扇，化作漆黑的利剑，朝远空遁去。

"给我等着，这事没完，我扑克牌的东西不是那么好拿的！无论你是什么来路，都给我做好被扑克牌报复的准备，东西先放你那儿，我会来取的。"

任杰一看，顿时笑了，朝黑桃 A 喊道："别走啊，怎么不接着打了？"

等完全看不到黑桃 A 的身影后，任杰的嘴才停下来，半小时不到，他收获了一大波情绪迷雾，美滋滋。

废车场被夷为平地，场中只剩下任杰和面具女子。

面具女子将目光落在任杰身上，一步步向他靠近。

任杰打了个招呼："这位大姐姐，你是镇魔官吗？是沈司主派你来救我的吗？"

任杰刚一开口，就看到巨量的情绪迷雾自面具女子的头顶析出，进入镜湖空间中。他嘴角直抽，不由地提高了警惕。

她不会也想对我出手吧？不是镇魔司的？还是我说错什么话了？

面具女子开口："我是你的护道人，代号晴。你叫我晴就可以了，至于我的由来，你不必知晓。我将作为你的护道人，贴身守护你的生命安全，训练你的技能，提高你应对危险的能力，直到上层终结此任务。

"任务期间，我会负责处理一些超出你现有能力范围的事件，如果连我也处理不了，我也会死在你的前面。你的生命是我唯一要守护的东西，日日如此，夜夜皆然。

"除了一些必要的训练计划，我并不会过多干涉你的决定，介入你的日常。你可以当我不存在，当你需要我的时候，我便会在。还有什么问题吗？"

晴的语气不带有丝毫感情波动，可其头顶的情绪迷雾一直没停过。

任杰愕然，心道：她竟然是我的护道人，上面的动作这么快吗？

任杰："刚才多谢了，只是你为什么要戴着面具？这样会显得更神秘吗？"

晴析出的情绪迷雾更多了："此问题不予回答。"

任杰不禁瞪大眼睛，有些好奇，他倒要看看面具下究竟是怎样的一张脸。

透视一开，想象中的情况并没有出现，透视竟然无法穿透面具，晴的身体也被一层厚重的黑影包裹着，只能看到轮廓。

任杰神色认真："以防万一，我再确认一下，你真的是上面派来保护我的，不是来杀我的吧？"

毕竟这情绪迷雾的析出量着实有些恐怖了。

晴神色一僵，很快答道："为什么这么问？我会恪守护道人的职责，这点还请你放心。有一个问题，扑克牌为什么会找上你？扑克牌为塔罗牌旗下执行官魔术师手下的组织，强者颇多，不是很好对付。"

一想起这个任杰就生气，他从兜里掏出盗宝貂，抓着它的尾巴猛甩："还不是因为这家伙，用一块钱从扑克牌手里'买'回了息壤。"

盗宝貂一脸委屈，抱着脑袋，身上白光一闪，又回到了任杰的兜里。

任杰无奈地向晴解释了一下前因后果："现在那水晶球碎了，那个什么破息壤也不知道去哪儿了，就算是想还也还不回去。"

晴听完也是眼角直抽："不必归还，扑克牌本就是敌对组织，如今出现在锦城，怕是来接替魔爪的。扑克牌如此在意息壤，怕是也有原因，能破坏他们的意图是好事。此事你不必在意，我会替你处理。"

说话间，晴的身体化作黑烟，消失不见。

任杰嘴角直抽，在他的感知里，晴并没有离开，虽然眼睛看不见，但还是能察觉到。

她这是藏在我的影子里了？这贴身保护可真是够贴身的。

任杰搓了搓手，望着地上的"宝库"双眼泛光，开始捡装备。

可惜他翻了一遍也没有捡到什么值钱的东西，只好用吞噬基因吸了一遍，让所有技能经验条都提升了一些，但距离二阶满级还差挺远。

不知道是不是之前攻击得太狠的缘故，恶魔之树并没捕获到完整的魔灵。现在恶魔之树根下缠绕着四只魔灵，分别是画皮、千刃、激眼和筋肉魔灵，其中画皮和千刃已经被消耗得差不多了。但任杰已经很满足了，毕竟家底是慢慢攒出来的。他一把火烧掉了所有痕迹，朝家里跑去。

影子里，晴默默地注视着这一切。

锦城外一处密林里，黑桃A狼狈地靠在树下，肩膀的伤口逐渐复原。

"该死的，她原本走不掉的！"他的眼中尽是愤恨，本来就是出来买息壤的，所以他根本没带多少人，哪想遇到了这样的事。

梅花9摘下面具，他年纪不大，头发却没剩几根了。如今他抓起头顶那为数不多的头发中的几根，满脸心痛地扯掉。这是他的代价。

"头发不多了，得省着点用，最近魔化的次数太多了，我花大价钱买来的生发剂也不太好用。老A，怎么办？息壤带不回去，计划就无法进行，王知道会杀了咱们的。时间紧迫，再耽误下去的话，不确定那家伙还会不会待在那里。这次要是错过，以后可就难找了。"

黑桃A神色阴沉："还能怎么办？若是因为我们坏了事，死的也会是我们。先通知上面，尝试一下其他渠道，看看能不能再搞一块息壤。那小子如果一直躲在锦城中，还真不好对他下手，但这笔账，我记下了！"

黑桃A起身，满脸晦气地道："走，先回基地。"

任杰到家已是深夜，刚一进门，他就看到了摆在旁边的快递，上面写着华兴生物集团寄。他拆开一看，果然是两支启灵基因药剂。

好家伙，四十万的东西就用快递寄吗？

任杰回到房间时，陶天天还没睡，正趴在电脑前帮任杰完善兼职网页。

"哥，你回来了。看，我帮你接了个挣钱的大活儿，去刚装修好的别墅里当人体甲醛净化机，一天八百块。去了只要待在里面喘气就行，你这么燃，区区甲醛应该伤不到你吧？"

任杰脸都黑了，一个箭步冲上去，勒住陶天天的脖颈，咬牙切齿地道："你可真是我亲妹啊，这活儿是人能干的？"

陶天天一脸认真："哥，我觉得你可以试试，这活儿的确不是人干的，但你不一样，你是任杰。"

任杰脸更黑了："好哇，就是这么心疼你哥的是吧。看来这花大价钱买来的基因药剂，某美少女可是享受不到喽。"说完，他从兜里掏出两针基因药剂，望向陶天天。

陶天天张大了嘴巴，眼神大亮："不是吧哥，你真搞到了？还是两针？"说着，陶天天摆好姿势，朝着任杰疯狂眨眼。

任杰捂脸，将基因药剂扎在她身上："真是拿你没办法。"

陶天天兴奋地道："全宇宙最帅、人美心善的好哥哥，我就知道你最疼我了。一针就够了，剩下的那针还是你自己……"

话还没说完，第二针也被任杰扎了进去。

"给你扎两针，概率更大些，稳妥。"

"谢谢哥。"陶天天非常兴奋，"我今晚不睡了，我要亲眼见证自己的觉醒。"

任杰翻了个白眼："那可说好了，谁睡谁是小狗。"

安置完陶天天，任杰收拾了下屋子，便去了卫生间，晴也藏在他的影子中跟了进去。

任杰满头黑线："晴，你要不要这么贴身？"

晴缓缓从影子中析出，幽幽道："你是怎么察觉到的？为了确保你的人身安全，防止扑克牌的报复，这么做是有必要的。"

任杰捂脸："可是你这样，我没办法上厕所……"

晴沉默半晌，脑袋缓缓沉进影子里，不见了踪影，任杰这才松了口气。

"哥，你在跟谁说话？"房间里传来陶天夭的声音。

"直肠。"

"听我的！哥，你这么劝它是没用的，要不你还是吃点药吧，贼管用！"

任杰：完全不知道要怎么解释。

晴：总感觉自己被骂了。

一时间情绪迷雾更多了。

解决完生理问题，任杰回了房间，这时陶天夭已经睡着了。或许是打了基因药剂的缘故，她睡得很香。

任杰悄悄钻进被子中，来自晴的情绪迷雾仍旧在产出。他虽然不知道是什么原因，但觉得每时每刻都带着一个迷雾包似乎也是不错的选择。

睡前当然要刷手机。任杰躺在床上，拿出手机，飞信里全是未读消息，其中就有姜九黎发来的。

她的网名是"国家一级宝护动物"，头像是一只大熊猫。

国家一级宝护动物：基因药剂收到了吗？给你寄过去了。

杰哥：什么？你已经寄过来了？没收到啊，可以再寄两支过来吗？

国家一级宝护动物：想得美。还是那件事，学院大测，组队吗？我是队长，负责攻击，婉柔负责防御，主要的攻击和防御队员都齐了，还缺一个负责攻击的队员和一个负责恢复的队员，你要不要来？负责恢复的队员我到时候再找。

杰哥：还有开学大测？我可是特招，不得八抬大轿请我过去，顺便给我发十万八万的奖学金？

姜九黎气得磨牙。

国家一级宝护动物：我呸，你的录取通知书都是我给你送过去的，没有什么特招。所有学员都要参加开学大测，如果个人积分不够，是会被淘汰出局的，就连我这种从高中部直升的，也需要参加大测。

国家一级宝护动物：还有一些是从各神武高中选拔出来的学员，有些实力强劲的已经有力境了。你才脊境一段，等级太低了，被淘汰的可能性很大，我好心带你，你还不领情。

杰哥：就你？今天不知道谁趴在地上，爬都爬不起来。

国家一级宝护动物：今天是特殊原因，要不是那迷灵香，我分分钟解决他们，你根本就不知道我真正的实力。

杰哥：知道，怎么不知道？被熔岩巨魔顶着撞穿大楼，砸死一个人中豪杰的实力。

国家一级宝护动物：还提！爱组不组！

杰哥：好啦，知道啦，放心，哥会带你的。

国家一级宝护动物：熊猫听了都摇头.gif

两人聊了一会儿，任杰便放下了手机，眼皮逐渐沉重。

同届的学员都在神武高中打磨了三年，自己刚觉醒，跟他们差得不是一点半点。但是已经和沈司主说过要去猎魔学院了，要是被淘汰可就太丢脸了。还好距离开学还有十几天，可以找晴多训练一下，缩短差距……

想着想着，任杰便进入了梦乡。

夜沉如水，唯有轻微的呼吸声传来。

阴影中，晴的身影缓缓浮现。她就这么站在床边，安静地凝视着任杰的睡颜，良久良久。她的手缓缓握住刀柄，情绪迷雾不断析出，被收集到镜湖空间中。

窗外，一缕柔和的神圣天门之光透过窗子照进来，投在了地板上，延伸到晴的脚下。晴动作一僵，慢慢放开刀柄，后退至墙边，抱着手臂安静地望着任杰。

没人知道她究竟在想些什么，也没人知道面具下究竟是怎样一张脸，只不过，情绪迷雾更浓郁了。

她就这么一直望着任杰，直到深夜。

另一边，陶夭夭含糊不清地说着梦话，磨牙翻身，满身的热汗把被子浸湿。

"咕噜噜——"任杰的肚子传出巨响，他吧唧吧唧嘴，从床上爬起来，走向窗台，抱起摆着的仙人掌花盆，拔出仙人掌，抓起花盆里的土就往嘴里塞。

晴：他……他这是梦游？这也有点太严重了吧？抑或魔契者的代价？有这么奇葩的代价？

晴害怕这是魔契者的代价，也不敢阻止，就这么眼睁睁地看着。

而那些被任杰拔掉的花和扔在一边的花盆竟莫名其妙地飘浮到了半空中，四处乱飞。

晴看着两人，只能以影子接住要掉落的花盆，争取不发出太大的声响，避免吵醒安宁。

第二天一早，任杰是被陶夭夭给撞醒的。

"哥，你快看我。"

任杰迷迷糊糊地睁开眼睛，就见陶夭夭倒挂在上空。

"夭夭，你怎么做到的？觉醒出能力了？"

陶夭夭兴奋地在屋子里飞来飞去："早上醒来我就发现自己有这种超能力了。哥，你看，我还能这样。"

在陶夭夭的意念控制下，窗台上的那些花盆悬浮起来，没多久，她的脸上开始露出吃力的表情。

任杰眼神大亮，比自己觉醒出能力还开心："好家伙，念力吗？太好了，那两针果然没白打，这种能力即便是在基因武者里也是相当稀有的。你甚至可以成为念灵师，真是太棒了！"

念灵师这个职业可不是一般强大，进可攻退可守。刚觉醒就可以用念力拖着自己飞行，这对行动不便的陶天天来说，简直是天大的好事。

嗯？为什么会是空花盆？难道是天天要练习能力，又觉得花盆太重了，所以把土倒掉了？任杰想了一番，又觉得这些都不重要，便把事情忘在了脑后。

陶天天特别兴奋："从此我这个行动不便的十五岁美少女就进化成飞天美少女了，哈哈哈……"话还没说完，她就从空中栽到了地上，那些花盆也掉在地上，摔得粉碎。

任杰翻了个白眼："看见了吧，这就叫乐极生悲。你本来身子就弱，才刚刚觉醒能力，不要过度使用。"任杰一边说着，一边把陶天天抱起放在了轮椅上。

陶天天笑嘻嘻地吐了吐舌头："我忍不住嘛。"

任杰宠溺地摸了摸她的脑袋："话说你用能力打扫过房间了？怎么这么干净？"

藏在他影子里的晴默默地想：为什么这么干净，你还不知道吗？

陶天天歪头："不是啊，你也太高估自己妹妹的觉悟了吧，我不捣乱已经是仁至义尽了，怎么可能做家务呢？"

任杰嘴角直抽，刚要说话，安宁推门进屋，她已经知道陶天天觉醒能力这个激动人心的消息了，脸上洋溢着抑制不住的笑容。

"快来吃早饭，我做了糖醋排骨，好好庆祝一下。"

任杰笑着："你们先吃，我不饿。天天吃快点，今天还得去游乐园呢。"

"我这就去吃，全世界最好的哥哥，我爱死你啦！"

陶天天以极快的速度冲向饭桌，将轮椅后轮转出了幻影。

任杰捂脸，这念力是让你用明白了，居然还能用来推轮椅。

卫生间里,任杰低头挤着牙膏,心里有些迷惑,我昨晚也没吃饭啊,这没由来的饱腹感是怎么回事?

看着镜子里的自己,任杰的表情一僵,这牙缝里黑黑的东西是什么?怎么有点像土?好像没有感到不舒服,算了,不想了,就是有点难刷啊。

任杰足足刷了三遍,才把牙刷干净。

饭后,他告别安宁,推着陶天天出了门。陶天天精心打扮一番,穿了牛仔背带裤、粉色短袖,还戴着个太阳帽,非常可爱。

转眼工夫,两人便来到了一处十字路口,有不少人都在这儿等红灯。

刚到这儿,任杰跟陶天天俩人就蒙了。因为这路口足足有二三十个坐着轮椅的年轻男女,全在等红绿灯,相互之间还有说有笑的。

什么情况?现在这社会,残疾人出门都这么便利了吗?

陶天天则是一脸好奇地推着轮椅过去:"大哥哥大姐姐,你们也生病了吗?"

那穿着西装的小哥咧嘴一笑:"没,我们都在附近的公司工作,上班通勤,坐什么交通工具不是坐啊?轮椅就正好,我们这还是电动轮椅。"

另一个小姐姐道:"小妹妹,这你就不懂了吧,这是现在年轻人们非常流行的一种通勤形式。生活嘛,就得享受慢时光!"

"可不,谁说要等老了才能坐轮椅?我不!我二十五岁就坐轮椅,直接少走五十年弯路,提前享受!"

"哈哈哈,你那个轮椅不行,我这个轮椅电机都是经过改装的,解除了电动限速,还换了刀片电池,等一会儿红灯绿了,我起步就能秒了你!"

任杰嘴角直抽,心想:是我被时代所抛弃了吗?现在都有轮椅改装行业了?

旁边有一老一少同样坐着轮椅，那少年的轮椅上还挂着一只滑板，唯一不同的是，他俩的腿上都打着厚重的石膏。

坐轮椅的老爸满脸不爽："我看你们就是闲的，等你们真需要坐轮椅的时候，看你们还笑不笑得出来？"

陶天天好奇地推着轮椅过去："欸，大叔，你俩是怎么坐上轮椅的？大家都是病友，说出来让我开心一下呗。"

轮椅老爸脸都黑了，还说出来让你开心一下？我怎么搞的你先别管，你坐轮椅肯定是被人打的吧。

那轮椅少年满脸怨气："还不是因为我爸，说自己是什么滑板少年王青年组冠军，非得要给我指导，然后我就把腿摔折了。他说我不行，不信邪，非要自己试试，结果一家人就整整齐齐了。听说过坑爹的，还真没听说过坑儿子的。"

坐轮椅的老爹捂着脸："回家别告诉你妈，不然我另一条腿也得折。但我真的是冠军！"

陶天天在旁边听得嘿嘿直乐，刚要跟任杰说话，就见任杰皱着眉望向路口旁边的店铺门口……

那边停着一辆面包车，有个小孩笑着伸出手朝停在路边的面包车走去，旁边也没大人看着。下一刻，哭声传来，那孩子被一双大手拉进车内，车门关闭后，车子扬长而去。

这时，手里拎着菜的女人才从小巷子里拐出来，环视一圈也没看到自己的孩子。

"谁看到我家孩子了？她刚刚就在这儿的，这么高，穿的蓝色衣服。小琪……琪琪……"

任杰眉头紧锁，刚要说话，便听陶天天气愤地道："不是人的混蛋，别想抢走人家孩子！"

"咻啦"一声，念力驱动下，陶天天的轮椅昂头起步，以极快的速度漂移出去，于斑马线上留下两条轮胎印。

任杰急道："天天，你别去……那是机动车道，你坐的是轮椅！"

他回头对那丢了孩子的女人道："大姐，你的孩子被那辆面包车上的人抢走了，我们这就帮你把孩子找回来，你待这儿别动。老弟，滑板借我一下。"

任杰也不管人家同不同意，一把抓过轮椅少年的滑板，丢在马路上，而后屈身做出前冲姿势，两手掌心向后。

"焚烧。"

"轰——"火焰喷出，强劲的推力下，滑板以最快的速度冲了出去。

于是，街上就出现了极其惊悚的一幕，一辆面包车在前头狂飙，一位少女坐着轮椅在马路上狂追，而他们的后面，还跟着一个踩火箭滑板的年轻人。

"什么情况，今年官方举办了什么新兴赛事吗？好快！"

公路上，一辆豪车正平稳地行驶着，西装革履的老板坐在后座，手里握着红酒杯。他轻轻抿了一口，一脸享受，而后随意往窗外瞥了一眼，道："凤霞，堵车了吗？可别迟到了。"

"老板，没堵车啊，道路相当通畅。"

"我们的车速都没人家轮椅快，还没堵车？"

"我们都开到八十迈了，轮椅怎么可能比咱们……"凤霞一脸惊恐地看着从旁边"飞"过的轮椅，本能刹车。惯性的作用下，老板杯中的酒全洒了。

老板："王凤霞，你这个月工资是不是不想要了？"

王凤霞神色一肃："老板，关于你这个月不给我开工资的事，我有四条解决方案……"

然后，王凤霞开始给老板科普劳动法。

面包车上，坐在后排的人贩子抱着哇哇哭的孩子，负责开车的王麻子叼着烟，不耐烦地道："把这小崽子的嘴堵上，烦死了。后面没人追上来吧？"

人贩子小弟向后看了看,惊道:"麻子哥,的确没人追上来,追上来的是一辆轮椅。大哥,赶紧跑吧,不然肯定捞不着好。"

王麻子撇嘴:"还轮椅?你当我的车是……"

话还没说完,王麻子骤然怔住,一脸蒙地看向后视镜。真有一辆轮椅追上来了!有没有搞错?

陶天天一脸气愤:"停车,把孩子放下!天网恢恢,疏而不漏,你们就等着接受正义的制裁吧!"

王麻子脸都白了,直接将油门踩到底,疯狂加速。

陶天天一脸不服:"还跑?我今天绝不放过你。念动力引擎全功率输出,加速。"

轮椅再次翘头加速,直追面包车。

人贩子小弟急了:"大哥,你开快点啊!"

王麻子咬牙:"我已经开到最快了。"

任杰黑着脸:"天天,慢点。魔化:炎之恶魔。焚烧加力。"

没办法,不开魔化是真追不上啊。

路边两位正在执勤的骑警看到一辆面包车以大约每小时一百多公里的速度飙了过去,瞪眼怒道:"严重超速,真当我们不存在是吧?走,上车追!"

两人刚上车,就见一辆轮椅"嗖"一下冲了过去,后面还跟着一个浑身着火、踩着滑板的人。

骑警脸色更黑了,额头青筋暴跳:"追!"

"停下,马上停下!哪怕是基因武者,也不能在机动车道上以这么快的速度滑滑板,你这属于危险驾驶。"

任杰也急了:"不是,骑警叔叔你听我解释,前面那辆面包车里是人贩子,他们刚抢了一个孩子,我们正追呢。"

骑警一怔:"人贩子?你们……所以前面那个坐轮椅的……"

任杰捂脸:"那是我妹,她是个行动不便的残疾人。"

骑警差点一口老血喷出来，都飙到一百多迈了，你跟我说她是个行动不便的残疾人？

任杰再次提速："我是第七大队的司耀官，这就帮忙把那小孩儿救回来，希望你们配合下行动。"

两人这才想起之前在电视上见过任杰，连忙以对讲机传话："二仙桥跟华成大道附近的骑警，组织人手封路，这边有行动。"

开了魔化模式的任杰速度飞快，转眼就追上了陶天天。

任杰："你不要命了，知不知道有多危险？"

陶天天："哥，我这不是想见义勇为嘛。"

任杰黑着脸："开轮椅的时候集中点儿注意力，别看我，看路。我知道你急，但救人的前提是保护好自己，无法保护自己的人，也无法拯救他人，你……"

说到这里，任杰一怔，脸上泛起一抹苦笑，现在他理解卫平生说这句话的心情了。

陶天天嘟着嘴，可怜兮兮地道："哥，我错了，你别生气好不好？"

任杰狠狠揉了揉陶天天的头："交给我，看你哥的。"说完再次加速，追上了面包车，与其并排行驶。

人贩子小弟急了："大哥，快点，再快点啊，又有人追上来了。"

王麻子侧头一看，脸都黑了，这怎么又来了个踩着滑板的人？

"追我是吧，我让你追。"

话落，他开着面包车朝着任杰挤去。任杰躲都不躲，一拳砸在了后排车玻璃上，而后将手伸进去拉车门把手。

任杰："停车，你逃不掉的，前面的路都已经封了。"

人贩子小弟彻底慌了，一想到会被抓，眼中充满了恐惧，竟直接抽出一把水果刀抵在了那孩子的脖颈上："叫前面的人撤走，你们也不许追，要是再敢追，我……我就杀了她。"

任杰眯眼，瞳孔瞬间化作金色，用出凝视技能，而后那人贩子惊恐地发现，自己的身体竟然不听使唤了。

机械手瞬间弹射出去，任杰抬手一抓，抓住那哇哇大哭的孩子，将其从人贩子手中给扯了出来。

"天天，接着。"

陶天天连忙抬手，念力控制下，孩子平稳地飘到了她怀里。她一脸的兴奋："哥，你真帅。"

任杰咧嘴一笑："更帅的还在后面呢。"

任杰急加速，直接冲到了高速行驶的面包车前面，两手按住引擎盖，双脚迸发出冲天火焰，以强悍的推力逼着面包车减速。

与此同时，他双手之上寒气绽放，逐渐扩散。水箱防冻液和机油迅速凝结，发动机被冻住，甚至连前轮的轴承和刹车盘都被冰霜冻结。车轮抱死，面包车停在了路边。

车上的王麻子三人被冻得直抖，一脸惊恐地望着任杰。

任杰捏了捏拳头："三位应该知道自己会有什么下场吧？还不快点束手就擒！"

…………

十分钟后，二仙桥下，孩子被安全送到了骑警手里，面包车也被拉上了拖车。

陶天天则因为超速驾驶轮椅，以及无证驾驶还不系安全带，被骑警叔叔教育了一顿。

骑警笑着望向任杰："这次多谢你仗义出手，挽救了一个家庭，此事我会上报司耀厅。只是下次可别这么干了，太危险了，这三个人我们就带回去了，祝你生活愉快。"

望着他们远去的背影，陶天天满脸欣慰："哥，原来见义勇为、拯救他人是这种感觉。好开心，以后我也要变得像你一样炫酷。"

任杰笑着："傻丫头，不要试图去成为别人，去成为你自己。很酷吗？这的确是很酷的事情。"

任杰不自觉地望向宝塔山的方向，眼神复杂。陶夭夭则似懂非懂地望向任杰。

任杰笑着摸了摸她的小脑袋："走啦，一会儿游乐园的人该多了。"

他不需要陶夭夭变得很强，更不需要她能够独当一面，因为成长的路上往往伴随着痛苦。站在最前面的人，肩上扛起来的责任也会更多。任杰不想陶夭夭经历这一切，他会变强，而后守护全天下最好的妹妹。

第十二章
魔鬼训练

两人一路来到锦城欢乐谷,这里是锦城最大的游乐园,有各种让人眼花缭乱的娱乐设施。

任杰买了两张套票,推着陶天天进了园。陶天天眼中闪着小星星:"哥,我要玩儿这个,还有这个,那个也想玩儿。两百多的套票,不全玩儿一遍岂不是很亏?"

任杰咧嘴一笑:"这可是你说的,到时候可别怕。"

"当然不怕。快快快,我们快走。"陶天天拉着任杰直奔各个惊险的项目。路上,她的目光突然被旁边的奶茶摊吸引,她咽了咽口水,很快收回目光。

任杰不禁笑道:"想喝?想喝就买一杯。"

陶天天头摇得跟拨浪鼓一般:"不喝不喝,都是香精,一点也不健康,而且很贵吧,我书包里带水了。"

"别拘束,哥请你喝秋天的第一杯奶茶,出来玩儿考虑这么多干什么?你哥现在怎么说也是个富翁了。"

"嘻嘻,谢谢哥。老板,来两杯珍珠奶茶,多加珍珠。"

任杰笑着摇头:"我不喝,你自己喝吧,一杯就够了。"

第十二章 魔鬼训练

"好嘞,一杯珍珠奶茶,十五块。"

任杰倒不是嫌贵,而是奶茶对他完全没有吸引力,倒是一旁花坛里的花土让他产生了一种饥饿感。

任杰连忙摇头,一脸莫名。

陶天天一脸期待地望着老板:"老板,加珍珠是免费的吧?"

"当然。小姑娘要多加点?"

"嗯嗯,多加珍珠。"

"再加!再加再加!不够,再加点!"此刻,那杯奶茶里的珍珠都已经快满出来了,没有奶茶,全是珍珠。

老板的脸都黑了:"还加?我直接给你来碗疙瘩汤得了呗。"

陶天天被老板吼得一缩脖,有些不好意思地抠起手指来。

任杰当即瞪眼,从兜里抽出二百块拍在了摊位上。

"老板,来盆疙瘩汤!"

老板露出"你是在和我开玩笑吗"的表情。

此话一出,路过的游客一怔,有些蒙地望向奶茶摊位。这奶茶摊业务挺全啊,还卖疙瘩汤,中西结合?

一分钟后,陶天天如愿得到了一盆黑色的珍珠疙瘩汤,抱在怀里用勺舀着吃,一脸幸福。

有游客问道:"小哥哥,你们这疙瘩汤哪里买的?我也想吃。"

任杰回头朝着那奶茶店挑眉:"那边。"

没一会儿工夫,两个背着女式包包的年轻人来到了摊位前:"老板,我们也要买疙瘩汤。"

老板:我好像发现了什么创业新思路了,在游乐园里卖疙瘩汤?

…………

任杰带着陶天天体验了超级大回环,过山车等项目,直到陶天天感觉饿了,才就近找了家抻面馆坐下。任杰给陶天天点了一大碗抻面,热气腾腾的面端了上来时,香气扑鼻。

陶夭夭歪头道："哥，就要了一碗吗？你先吃好了。"说着就将面推到了任杰面前。

任杰笑着摸了摸陶夭夭的脑袋，又把面推了回去："哥不饿，你先吃吧。"

陶夭夭一脸怀疑："这都中午了，你还不饿？你今儿早上也没吃饭啊。"

任杰一脸神气："这你就不知道了吧？高级的基因武者都是吸天地灵气修炼的，对食物的需求很少，等你到了我这个境界就知道了。"

"真……真的？"

"嗯嗯。真的。"

陶夭夭这才放心大口吃面。

任杰望着窗外怔怔出神，心中也满是不解。奇怪，我是不是得了什么大病，如此诱人的食物，我竟然一点都不想吃，倒也不是不饿，只是看着面没食欲。

面馆外，一处店铺正在施工，拉来了不少垫路的沙土，堆成了小山包，几个工人正顶着大太阳施工。

看着那一大堆新鲜的土包，任杰忍不住口齿生津，一股强烈的饥饿感涌上心头。他连忙晃了晃脑袋，想要将这种奇怪的感觉压下去，可越看，就越忍不住心中那份渴望。

"夭夭你先吃，我去洗手间。"

脱身后，任杰溜到了外边的施工现场，装作路过的样子，趁工人不注意，闪身躲到了土堆后面，随即一脸痴迷地看着土堆。

"不行不行，我还是有做人的底线的，怎么能干出这种丧心病狂的事情？"

只吃一小口的话，应该没事吧？我就是尝尝……

鬼使神差地，任杰抓起一把土塞进了嘴里。泥土的芬芳充满了整个鼻腔，口感绵密，有种甘甜的味道，就像在吃巧克力粉，一旦开始就完全停不下来了。

吃了十几把土之后，任杰总感觉自己的姿势不是很雅观，于是直接扯来一块纸壳子坐在地上，拿过旁边的安全帽，盛了满满一碗的土，抓起抹墙用的小铲子，一口一口地吃。他沉浸在美食世界中，完全没意识到如今的行为有多怪异。

"他……他在干什么？是在亲口检验这批土的质量吗？"

"我……我觉得他是想将自己的嘴巴当成混凝土搅拌机，进行人工搅拌。"

这时，坐着轮椅的天天破开人群，好奇地望过来，表情瞬间僵住："哥？你……你在干吗？"

任杰猛然回过神来，见天天怔怔地看着自己，尴尬地道："没……没干吗。你怎么来……"

一说话，嘴里还没来得及咽下去的干土便喷了出来。

陶天天眼眶通红，"哇"的一声哭了出来："呜……哥，咱家的钱是不是都用来给我治病了？早上买奶茶，你就只给我买，自己舍不得喝，吃饭你也只给我点面，还骗我说不饿，然后背着我偷偷跑出来吃土……

"都这样了，你还花那么多钱给我买基因药剂，带得了魔痕病的我上游乐园，给我买新衣服，买好吃的，我我我……呜呜……是我不懂事……哥，世界上怎么会有你这么好的哥哥！咱们走，回家，我不玩儿了，呜哇……"

陶天天是真哭了，豆大的泪珠不住地滴落，她推着轮椅上前，拉着任杰就要回家。

这一刻，路人们也红了眼眶，看任杰的目光都变了。任杰内心哀号：不是啊，我这只是个人爱好，并不是真的穷到吃土啊！

任杰急了，连忙解释道："不……不是，你误会了，我只是单纯地想要吃土而已，对其他食物不太感兴趣。天天你别哭啊。"

陶天天哭得更大声了："呜……你还骗人，你还骗我说基因武者不需要吃饭，实际上只是想省钱对吧？你把最好的都留给我，自己却默默地承受着这一切，昨晚是你饿得不行，所以把花盆里的土吃了吧？哥，咱不玩儿了，咱回家。"

得知"真相"的陶夭夭心都碎了。

任杰脸都黑了，心想：我说我牙缝怎么是黑的。

一位大叔不禁上前，掏出五十块钱塞进任杰手里："孩子，叔没什么地方能帮到你的，这点钱你拿着，带着妹妹去吃顿好的。"

一名大姐掏出一百块钱塞给任杰："这世上怎么会有你这么好的哥哥！拿着，别委屈了自己。别灰心，你经历的所有苦难，都是在为日后的幸福生活奠基。加油少年，别再吃土了。"

路人们也纷纷掏钱塞给任杰。任杰抓着一把钱，石化在原地。我真是来游乐园消费玩耍的！

他腼腆地挠着头，道："多谢大家的关心，我会好好生活的。"随即赶紧拉着陶夭夭溜了，不然等会儿好心人们就要把他的悲惨事迹发到网上众筹了。

陶夭夭一直哭，紧握着任杰的大手，怎么都不松开。无论任杰怎么解释，她就是不信。

没办法，任杰直接掏出手机，调出自己的银行卡余额："你看，哥真不是穷到吃土的。这……这纯属个人爱好。"

看到银行卡余额，上一刻还哇哇大哭的陶夭夭瞬间止住了哭泣："嘶——一百五十多万？你哪儿来的这么多钱？"

"我赚的，基因武者来钱的路子多了去了，这回总该相信了吧？"

陶夭夭的眼神更加奇怪了："你好歹也是个百万富翁，怎么还吃土？"

任杰捂脸，我哪知道是为什么？说是本能你信吗？

"这你别管，吃土对我有帮助，记得帮我保密。"

陶夭夭嘴角直抽，基因武者的修炼都这么奇怪的吗？她重新展开笑颜："我不管，你晚上要请我吃大餐。"

任杰笑着："好，那咱们继续？还有好多项目没玩儿呢。"他擦了擦嘴角的土渣，小声道："晴，这什么情况？我怎么会这么喜欢吃土的？"

晴的声音在任杰的脑海中响起："我怎么知道？这不是魔契者的代价？"

任杰的脸更黑了："我的代价怎么可能这么奇怪？昨天之前我还好好的。"

晴沉思片刻，随即道："既然不是魔化的代价，那么就只能是因为息壤了。那块息壤应该没有丢失，而是与你的身体融合了，所以你的身体才对土壤有强烈的需求。"

任杰道："所以那息壤到底是什么，这东西还能融合进身体里？该不会对身体有什么危害吧？能不能把它拿出来？"

晴回道："大夏图书馆里对息壤的记载不多，它是一种有生命的土壤，正常情况下是可以自行生长、膨胀，永不损耗，是珍宝的一种。但由于自身拥有生命，也可以将其定义为还未进化成灵族的生命体，其本身并没有智慧。其主产地在妖族、灵族，非常稀有，一旦接触到土壤就会消失不见，极难抓捕，出世量很少。至于与人体融合，你应该是第一例。从目前的研究来看，息壤可以用来栽培一些灵药、灵植，让其快速生长，增强药效。除此之外，并没发现其他特殊的作用。"

任杰无语了，怎么就莫名其妙地融合了一块破土，还不知道有什么用？以后不会光吃土吧。

晴道："我认为你不必过于担心，息壤不会无缘无故地与你的身体融合，你甚至可以去迎合息壤的需求，看看是否能给你带来好处。"

任杰嘴角直抽："怎么配合？早餐吃营养土，一杯泥浆唤醒身体机能，中餐吃混凝土，用河沙补充能量，晚上吃黄泥拌高岭土，有助于消化？"

晴默默地想，听起来是有点惨。

不过任杰也没什么其他的办法，他直觉息壤选择自己，大概率也是因为恶魔之树的影响。不行的话就先配合它一下好了,看看身体有没有什么变化。至少现在看来,吃了这么些土进去,也没有难受的感觉。

"哥,你在跟谁说话?"

"哈哈……没谁,走,去玩儿跳楼机。"

下午的时间,任杰和陶夭夭在游乐场里玩儿疯了。

他们又玩了激流勇进,相互撕雨衣,一起在海盗船上拍照留念,在鬼屋里把鬼吓哭,还玩了密室逃脱。任杰干过开锁兼职,全程以别针开锁,完全不找线索,十五分钟走完全程,一口气开了十八扇门。晚上任杰又带陶夭夭狠狠地吃了一顿烤肉大餐。

夜里,月暗星稀,任杰推着陶夭夭来到了锦江边,望向江岸绚烂的霓虹灯。突然,江边的喷泉水柱冲出去几十米高,在霓虹灯的映衬下,格外绚烂。就在这时,一道巨型烟花直冲天际,于漆黑的夜空中猛地爆开,无比绚烂。火光映在陶夭夭的脸上,她的眼中闪着光。

两人抬头望向绚烂的夜空,他们的影子被拉得很长很长,一大一小,一个站着一个坐着。

绚烂的烟花转瞬即逝,可时间却仿佛于这一刻化作永恒。

任杰不禁回想起卫平生曾对他说过的话,人这辈子,或许活的就是某一个精彩的瞬间。

未来,我也会拥有属于自己的瞬间吗?如果现在还没有的话,那么就去创造它吧。绽放的烟花下,一位少年的信念愈发坚定。

陶夭夭笑着:"哥,你知道吗?今天是我这么多年来过得最开心的一天,就算是现在离开,我都心满意足了。"

任杰磨牙,弹了一下陶夭夭的额头:"瞎说什么呢?!以后的每一天都要这么开心,知道吗?我会治好你的,一定。"

陶夭夭捂着脑袋,调皮地吐了吐舌头,而后认真地道:"哥,不用太担心家里了,我的魔痕也减退了些,暂时不用担心。我还觉醒成了基因武者,会负起责任,照顾好妈,顾好这个家。哥,大胆去闯吧,不要让这个家成为你的枷锁。唯有卸下脚镣,苍鹰才能飞得更高更远。"

任杰脸上泛起宠溺的笑容,狠狠揉了揉陶天天的脑袋:"你这些话都是在哪儿学的?好好好,天天长大了,知道心疼人了。只是我从来都不觉得这个家是枷锁,是累赘,是将我困住的铁笼,相反,它是我前行的唯一动力。放心,该做的事我会去做的,再过十几天,我就要去猎魔学院念书了。我不在的时候,照顾好安宁阿姨,有事联系我。"

陶天天灿烂一笑,如同夏日里绽放的向日葵一般纯真绚烂。

"拉钩,一言为定。"

"拉钩。"

一大一小于夜空下立下约定。

晴的声音不合时宜地于任杰的脑海中响起:"你接下来的时间属于我了,夜里十点,青亭山见,我先去准备了。"

看完烟花盛典,任杰便送陶天天回了家。

他跟安宁说自己要准备猎魔学院的开学大测,每晚都要去镇魔司训练,这几天晚上都不回来了。交代完这些事,他这才跑出家门,直奔青亭山而去。青亭山位于老居民区后方,山体已经被掏空,建设成了魔防工事。

任杰沿着台阶逐级而上,一路来到了山顶。

山顶是一片缓坡,周遭都是郁郁葱葱的树木。夜风拂过,青草摇曳,宛如绿色的海浪一般,发出阵阵沙沙声。晴站在草地中央,远远地望着任杰。

任杰一叉腰,仰头道:"说说吧,要怎么练?"

晴从兜里掏出一副长长的卷轴,直接展开:"你去参加开学大测前的所有训练项目,我都已经安排好了。"

任杰嘴巴大张,瞪着眼睛一看,一共三百多项,包括敏捷性训练、体能训练、速度耐力训练、侦查、反侦查、疼痛耐受度、五识、战斗思维、战术拟定、近身格斗、远程打击、控火、控冰、荒野求生、弱点分析等等，几乎囊括了基因武者所需要提升的每一个项目。

任杰嘴角直抽："这……这些都要训练吗？"

晴淡淡地道："这些只是最初级的训练，你还很弱，承受不了太高强度的训练，会有患上横纹肌溶解症及过劳的风险。别觉得项目多，真正决定一个人实力强弱的，永远都是他的短板，所以你要做的就是弥补短板。学到的就是你自己的，掌握的技能越多，遇到危险的时候活下来的可能性就会越大。这不是为了别人，而是为了你自己。"

任杰嘴角直抽，这是要将我训练成六边形战士吗？

"来就来！"

晴淡淡地道："很好。训练第一项，敏捷性训练。不知道你有没有玩儿过躲避球？"

她单手一抓，丝丝缕缕的影子于其掌中汇聚，化作一只完全漆黑的小球，捏起来软软弹弹的，约莫棒球大小。下一刻，晴高高抬起了自己的大长腿，做出了棒球手投球的姿势，将那黑色小球暴投而出。

"轰"的一声，一圈白色气环扩散而出，小球以极快的速度朝着任杰的脑袋冲去。任杰本能地开启瞬眼，即便如此，那小球依旧快到模糊，他的身体甚至都来不及动，只能以掌心迸发的焚烧推力来让自己微微侧身。

"唰——"小球贴着任杰的脸颊飞了过去，而后狠狠地砸进树林里，一人合抱粗的树木被小球砸穿，大树轰然倒地，更恐怖的是，被砸倒的树木不止一棵。气流在任杰的脸颊上擦出一道鲜红的印记，将他惊出了一身冷汗。

任杰："开什么玩笑？这是躲避球吗？"

晴淡淡地道："你不是躲开了吗？我只是想让你认真一点。上面给我的任务是保证你活着。你也同样可以理解为，只要你还活着就可以。"

任杰刚要说话，只感觉一阵恶寒。刚刚那飞出的漆黑小球竟然飞了回来，速度丝毫不减。

晴道:"来了,不躲吗?"

"轰——"任杰脚下火焰喷涌,将草地炸出漆黑大坑,他猛地朝一侧冲去,险之又险地避开了漆黑小球。

晴毫不客气,又凝聚出了一只小球,朝着任杰的肚子暴力砸去,空爆声震耳欲聋。任杰极限后仰,抬手向下,机械臂绽放出空气炮,让他及时摆正了身体,不至于摔倒。

晴挑眉道:"看来你的眼睛很好,不错,我要接着加了。"

她接连出手,一颗颗漆黑小球被丢了出去,在场地中高速穿行。

任杰头皮发麻,连说话的余力都没有了,必须用瞬眼时刻观察全场才能不被砸到。然而小球还是太多了,任杰连续躲过了三个球,被第四个球击中了肩膀,整个人如破麻袋一般飞了出去,狠狠地撞在树上。任杰的肩膀大面积淤青,却没受什么重伤。

晴眯眼道:"爬起来,快,摆好战斗姿态,你还想被球砸吗?在战斗中,被人击倒就要马上爬起来,重新进入战斗状态,因为敌人会乘胜追击,趁你病,要你命。躺着的确会很轻松,但你会死!"

任杰咬牙,头也不回地冲进树林里,利用树木作为掩体。

晴继续道:"没让你一直被动挨打,你可以反击。哪些球可以躲,哪些球必须扛,需要你去判断。在战斗中也是一样,你需要思考怎么才能以最小化的伤害,换来最大的输出。你的战斗水平太糙了,全靠莽来压人,你的刀呢?"

任杰一声不吭,弱就是弱,没什么好说的,他怎么也没想到,一个躲避球竟然会包含这么多学问。这不是一场单纯的训练,这就是战斗。

任杰当即凝出两把长刀,死死地观察着飞来的小球。

避不开的球,被其直接以刀身猛拍,化解其蕴含的强大冲击力,而后将其拍飞。躲不开也拍不飞只能硬扛的,就以霜落技能在身上凝聚出小范围冰甲,抵御伤害,或者换肉厚的位置去扛。

晴看着这一幕不禁有些错愕:"很好,我还是低估了你的动态视力,继续加球了。"

任杰张大了嘴巴:"还加?我……"

话还没说完,他就被小球砸飞了。

晴根本不给他丝毫喘息的机会,目的就是要将他逼到极限。

任杰的身上不禁燃起冲天火焰。

晴却道:"不准使用魔化,训练要在常规态下进行,在以后的战斗中也是一样,不要过度依赖魔化的提升效果。因为战斗情况复杂,你没法确保每一次都能及时支付代价,有时候对于力量的渴求会让你失去对风险的判断。"

刚要用魔化的任杰变了回去,因为他知道晴说的不无道理。这荒郊野岭的,能弄哭谁去?

此刻,场中的漆黑小球已经增加到了十五颗,轰鸣声跟闷哼声不绝于耳。

两个小时后,任杰浑身青紫,衣服破烂,如一条死狗一般趴在地上大口喘息着,地面上全都是坑坑洼洼的土坑,宛如月球表面。

晴道:"躲避球训练先到这里,接下来开始体能训练。这个给你。"

说话间,她将四个漆黑的护腕丢给任杰。护腕落在地上,发出"哐当"一声。

任杰愕然:"这是什么?"

晴淡淡地道:"负重腕带,由玄黑金丝编织,通电后会变重,电压越大重量越大,直到极限重量。上面有旋钮,可以控制腕带重量大小。一只腕带的初始重量是一百斤,极限重量能达到一吨。从今天开始,你要一直戴着负重腕带训练、生活,不准脱下来,并且要每天每只增加十斤重量,直到你可以戴着四只满重量的腕带轻松战斗为止。这东西很贵,用完记得还我。"

任杰脸都绿了,戴着四吨重的腕带行动自如?那得多变态呀!不过既然这东西很贵,那我就勉为其难地收下好了。

三分钟后，任杰戴上负重腕带，肩膀上扛着一棵一人合抱粗的大树，浑身肌肉如钢筋铁条一般拧紧，脖颈青筋毕露，汗水如落雨一般洒下。任杰微微屈膝，股四头肌骤然发力，往前跳了半米，把地面压出了个大坑。

任杰："晴，这么训练真的有用吗？身体强度不是每次提升等级都会强化一遍吗？"

晴抱臂回答："怎么没用？你觉得武师的身体素质是怎么提升起来的？这世间什么都有可能欺骗你，唯有你流下的汗水不会欺骗你。逼近极限，突破极限，强化提升，潜力就是这么压榨出来的。不要忽视身体素质的锻炼，身体是你最为原始的资本。你如今是脊境，脊梁大龙觉醒，带动全身骨骼增强，正是打熬筋骨的时候，身体素质越强，提升等阶时，进化的幅度就越大。快跳，还有一千个。"

任杰牙都快咬碎了："我可以跳，但你能先下来吗？这树太沉了，一定是你压的对吧？"

晴析出的情绪迷雾骤然增多。

"一千五百个，跳！"

任杰：好，我跳！

实际上，任杰的身体素质和动态视力也让晴极为震惊，她需要摸清任杰的极限，加大训练强度。

凌晨四点，清亭山顶，任杰跪趴在地上，不住地呕吐着酸水，他的胳膊腿也在不停颤抖。

是的，任杰练吐了，无论是身体还是精神，都已经到达了极限。

晴依旧站在原地，毫无感情波动地道："起来。百米冲刺往返跑，还有一百二十次。"

任杰摇着头："不行……我真不行了，让我歇会儿……"

他这辈子头一次被练得这么惨，相比之下，镇魔司的训练简直就是挠痒痒。

晴抱臂道："此项训练练习的是你的爆发力，战斗中，爆发力极其重要。现在放弃，之前的努力可就都白费了。"

任杰半睁着眼睛，连抬手的力气都没有了："不……我饿了，让我吃个消夜总行吧。"

晴无情地道："你可以吃土，这儿全都是，随便你吃。"

任杰直接趴地上不动了。

看着这样的任杰，晴析出的情绪迷雾更多了，她上前一把抓住任杰的领子，单手将其抓起："起来，继续，你就只有这种程度吗？"

"随你说什么……我真没力气了……"

晴眯眼，将其直接丢在地上，任杰的意识越来越昏沉，眼看着就要睡着了。

晴默默道："你还想让别人因为保护你而死掉吗？这世上一切悲剧的发生，都是因为当事者的能力不足。如果未来某一天，当你渴求力量的时候，不会因为今天的放弃而后悔，那么你可以歇着，今天的训练也就到这里了，以后我也会减轻你的训练强度。"

趴在地上的任杰沉默着，手指深深地抠进土里，狠狠攥紧。他挣扎着爬了起来，将手里抓着的一大把土塞进嘴里，晃悠着身体走到旁边，将那棵大树扛在肩膀上，眼神中满是执拗与疯狂。

"啊啊啊……"扛着巨树的任杰再次开始百米往返冲刺，而他也在这一刻突破了自己的极限。

望着疯狂冲刺，哪怕腿软摔倒也一次次爬起来的任杰，晴沉默了。

他还是很在乎的，并不觉得那一切是理所应当……如今的任杰就像是一块未经锻打的钢坯，而这块钢坯，经历无数次的锤打，总有一天会展露出属于自己的锋芒。

…………

凌晨六点，清亭山顶，任杰呈"大"字形躺在山坡上，满身狼狈。天边升起的第一缕朝阳落在他的身上，暖洋洋的，似是对他辛苦了一夜的奖励。

任杰仰头望着晴，道："你为什么要戴着面具啊，能摘下来给我看看吗？我问沈司主要你的资料，他也说护道人的身份需要保密。"

晴望着天边朝阳，一缕晨风拂乱了她的发丝："如果你有一天能依靠自身的实力摘下我的面具，那么我可以给你看看我的模样。"

任杰眼神一亮："真的？"

"嗯，真的。"

"那一言为定？"

"一言为定。"

"回去吧，白天的时间属于你自己，只要晚上十点记得来就好，如果你敢的话……"

任杰一听，哪里还会多留，趴在地上一阵狂爬，直奔下山的台阶而去。

他刚要下山，只听晴仰头道："滚。"

任杰："请素质交流。"

晴嘴角抽搐："我是让你从台阶上滚下去，一直滚到山脚下，就算是扛疼痛训练了。"

任杰脸更黑了，有没有搞错？滚下去？

"真滚啊？"

"滚。"

"滚就滚。"任杰神色一狠，顺着台阶滚了下去。

…………

白天的时间，任杰也没有闲着，而是开始了自己的小计划，在老居民区附近找起了房子。

他在地段不错的街边找了个二层小别墅，总面积三百多平方米，楼上还有露台。一楼可以作为商铺使用，二楼则是居住区，四室两厅三卫，算是附近很好的房子了，总价近四百万。任杰将它盘了下来，首付一百万，房贷十年还清。

他没雇多少装修工人，他自己水、电、泥、瓦工都会，如果不是为了赶装修进度，他就自己干了。

就这样，任杰过上了两点一线的生活，白天装修，晚上训练。其间他也向姜九黎打听了一下开学大测的事，一听说还有笔试环节，任杰脸都黑了。

正常的文化课他根本不担心，但神武专业课他根本没学过。

姜九黎很贴心地给任杰寄了猎魔高中部三年的教科书，以及她所有的笔记复印本。于是在装修和训练之余，任杰又多了一项学习的任务。

一转眼，距离猎魔学院开学大测的日子只剩下一天了。

这天一早，任杰就把安宁和陶天天拉到了南山街上，两人的眼睛被任杰用眼罩蒙了起来。

安宁不解地问："小杰，什么惊喜啊？家里那边还有不少衣服没洗，早饭我还没做呢，要不……"

任杰笑着："哎呀，那些您先别管了，跟我来就是了。到了，当当当当……"

任杰摘下了两人的眼罩，就听"砰砰"几声，四只礼花炮被拉响，各色彩带飞扬，落在两人的头上。

两人睁开眼睛，眼前是一座被漆成了白色的独栋小楼，装修风格极其清新，小楼门口竖着大大的灯光牌匾，上面写着"安宁洗衣屋"五个大字。

看着眼前的房子，安宁和陶天天呆住了。

"这……这是你弄的？我……我的天。"

任杰咧嘴一笑："原来的房子太小、太逼仄了，如今手里有了点闲钱，就给咱家换了个大房子。楼下是店铺，洗衣店可以照开，都弄好了，不耽误生意。钱的事也不用担心，我都搞定了。"

陶天天看着崭新的房子，眼中泛起小星星，兴奋地欢呼一声，竟然用念力直接从轮椅上飞了起来,一头扎进了任杰怀里:"哥,你是我的神。"

安宁眼眶都红了,不住地揉着眼睛,不敢相信眼前的一切:"小杰出息了,真的出息了啊。"

任杰笑着:"这么开心的日子,别哭嘛,以后的日子会越来越好的。别在这儿站着了,进屋看看装修风格喜不喜欢。"

三人刚要进屋,安宁的表情却一僵:"这四位是……"

店铺门口站着四位身高超两米的肌肉壮汉,满脸横肉,留着光头,戴着墨镜,身上满是文身,与其形象相反的是,他们身上都穿着印有"安宁洗衣屋"字样的围裙。

任杰挑眉:"还愣着干什么?叫人。"

四个机械强殖者立正站好,敬礼道:"杰哥好!天天小姐好!大家好!祝安宁洗衣屋开业大吉,财源滚滚,我们魈、魅、魍、魉四人将誓死守护安宁洗衣屋。"

说完,几人分别做了一个蟹式健美动作,以展示自己的能干。

其中一人还笑着道:"嘿嘿……杰哥,哥几个说得还行吗?"

安宁和陶天天已经彻底傻眼了:"小杰,这到底什么情况?"

任杰咧嘴一笑:"他们是我雇来的工人,有什么活儿尽管使唤他们,您就坐在柜台后面收银就行,工资也不用给,我都发完了。"

铁楠死后,强殖者联盟就一直处于群龙无首、几乎快解散的状态。任杰自然不可能放着这种资源不用,便把强殖者联盟给收服了,从其中挑出来四个人品不错、底子干净的,拉过来给自己打工。

魈、魅、魍、魉四人都是基因武者,还进行了强殖改造,所以战斗力还算是可以的。任杰是强殖者联盟名义上的老大,他不在的时候,联盟就归四个人管。而他们之所以这么听任杰的,并不是任杰多有魅力,原因之一是打不过,再者则是任杰有渠道能找到机械义体。

这些机械强殖者都是机械义体的狂热爱好者,但一些真正高端的机械义体在民间市场是搞不到的,所以任杰联系了诺颜,拜托她帮忙,刚好诺颜那边也缺少为测试机提供数据的实验对象,这些强殖者就成了最好的数据来源。

机械强殖者们一听说任杰能将他们介绍给诺颜认识,还能给他们装华兴生物的试验机械义体,差点跪下,从此便死心塌地地跟着任杰混了。

安宁看着四人,担忧地道:"小杰,这……这真的可以吗?"

任杰笑着:"哎呀,怎么不可以?我都安排好了,快进屋看看。"边说边把两人推进屋里。

陶天天兴奋地在新房子里转来转去:"我也拥有属于自己的房间了吗?新房子哪里都好,就是没法再跟我最亲爱的哥哥住在一起了,真可惜。"说完还一脸不舍地望向任杰。

任杰翻了个白眼:"我的房间就在你隔壁,房门密码是你生日,说得像是谁能拦住你往我屋里钻一样。"

陶天天嘿嘿直笑:"放心啦,本善解人意的好妹妹是不会夜袭你的,毕竟哥哥也需要私人空间嘛。"

任杰脸一黑:"帮忙搬家,正好锻炼下你的念力,我明天就出发了,还有一大堆事要做呢。"

在魑、魅、魍、魉四人的帮助下,搬家工作很快就完成了,没用的家具、旧洗衣机、电冰箱什么的直接卖了废品。到了下午,喜迁新店的安宁洗衣屋就正式开始营业了。

安宁洗衣屋刚开业,并没有想象中的火爆,魑、魅、魍、魉不干了。洗衣店要是没生意,杰哥能高兴?杰哥不高兴,诺颜还能高兴?刚开业没生意?怎么可能?南山街上全是人,还怕没客源吗?

这样想着,魑、魅、魍、魉四人穿着围裙就上街了,人们一见他们,恨不得绕着走。

魑直接一个箭步冲上去,拦住一个大哥。

大哥被笼罩在阴影下，仰头弱弱地道："干……干吗？这可是法治社会。"

魑努力挤出和蔼可亲的笑容："嘿，兄弟，洗衣服吗？"

大哥还没回答，转眼工夫，就被跟来的魅、魍、魉给围上了。他脸都吓白了，洗衣服是什么新的黑话吗？我怎么听不太懂啊？

"洗……洗什么衣服？"

魑抬起机械臂，揪住大哥的领子："就你身上的这一套，洗不洗？我们是开洗衣屋的。"

大哥满头大汗，看了看面前凶神恶煞的大汉，又看了看安宁洗衣屋，嘴角直抽："洗，我洗。"我敢不洗吗？

魑、魅、魍、魉闻言，眼神大亮，当即就把大哥架起来抬进了店里。

"男宾一位，全套。"

任杰目睹了这一幕，不禁嘴角直抽。

不愧是旧世街出来的，没需求就创造需求是吧？

安排好家里的一切，又学习了一下午，看完了姜九黎发过来的所有资料，任杰便出发去青亭山训练了。

这十几天下来，清亭山顶都被他们练秃了，任杰的等级也到了脊境三段。

到了二阶，就不像一阶升得那么快了，而且任杰是基因武者，又是魔契者，所需的灵气是一般基因武者的两倍，提升得慢很正常。

糟心的是，魔契者修炼需要魔气，将灵气转化为魔气则需要情绪迷雾，这导致他的情绪迷雾始终都是不够的状态。

要维持两只魔灵的日常供给，光靠晴肯定不够，所以，闲着没事的时候，任杰就去医院走廊坐着看书。医院里病患多，病人家属也多，每天都有新病人，就没有情绪不波动的人，光是在那里坐一下午，就能收集不少情绪迷雾。

在医院的时候，他还认识了火葬场的朋友。在那边，家属们情绪波动更剧烈,任杰也能收集一波情绪迷雾。

除了日常消耗以及留存的备用,剩下的情绪迷雾全被任杰用来提升自身等级了,这才勉强升到了三段。

"叮叮,锵——"

清亭山顶,任杰手持双刀,疯狂攻击着晴,动作快出幻影。晴则单手持短刀,一手背在身后,从容地接下任杰的每一次攻击。

任杰的身上燃烧着熊熊火焰,火焰时不时从身体中喷出,以调整进攻姿态。

之前,任杰只能控制焚烧从双手双脚处喷出,如今他可以在身体的任何一个部位喷出焚烧。在焚烧的推力下,任杰甚至能做出一些急转动作,以推力克服惯性。然而,这对晴来说还是不够。

"快点,再快点,你就只有这种程度而已吗?"

任杰瞪眼,炽炎之刃朝着晴的脑袋急速斩去。晴自然而然地以短刀抵挡,就在两者相触的一瞬间,那炽炎之刃竟穿过了短刀。晴几乎本能地抽出第二把刀抵挡,刀身被影子染成黑色。任杰直接放手,炽炎之刃消失不见,他换成了手枪形态,指间流星急速凝结。

"砰——"火焰流星发射,晴以影刃猛斩,指间流星的运动轨迹突然发生了变化,于空中划出了一道弧线,直击晴的面门。晴本能偏头,火焰流星擦着她的发丝飞射过去,随即剧烈爆炸。晴不禁侧身抵挡爆炸,以保证自己不变得狼狈。就在其侧身的刹那,任杰小手一探,直奔晴的面具抓去。

就在这时,晴的短刃猛地一转,刀柄狠狠砸在了任杰肚子上,将其砸得整个人离地而起。随即,她一个肘击重重捶在任杰后背上,将他砸在地上。任杰倒在地上,捂着肚子蜷缩成一团。

任杰:"好不容易练成了抖枪术,可以让火焰流星拐弯,本以为今天能得逞的。"

晴灵巧地往后退了两步，语气平淡地道："你的目的太明显了。中门大开，进攻的时候也别忘了给自己留下防守的余地。今天的训练就到这里，回家收拾一下吧，等下要出发去猎魔学院了吧？"

任杰捂着肚子站了起来："你实话说，我现在的水平，跟猎魔学院的那些学员比怎么样？我要是去了那里，该不会被欺负吧。"

晴淡淡道："你？中下游水平吧，勉强及格。比你强的大有人在，努努力应该能考上。"

任杰脸一垮："啊？他们都那么厉害啊。不过想来也是，他们比我多练了三年，也应该这么厉害。看来得低调做事了，希望不要被欺负。我回家收拾东西去了。"任杰一瘸一拐地来到了下山的台阶处，本能地滚了下去。

晴望着任杰的背影，低声道："怪物……才脊境三段……"

任杰并不知道晴对他的真实评价，他在家里洗完澡，收拾好一切，准备出发。值得一提的是，貂宝这次也跟着任杰一起去，小家伙的百宝袋还是有大用的。

早上八点，开往云麓山脉的装甲客车开了过来。

锦城猎魔学院并不在锦城内，而是在城外云麓山脉的脚下。时至今日，城外的地界依旧无法保证安全，所以往城外开的都是装甲客车。

眼见任杰要上车，陶天天不住地挥着手："哥，照顾好貂宝，照顾好你自己。好好考试，你可是咱们小区的希望。据说网上会有直播，我会通过弹幕给你加油的。"

安宁塞给任杰一个饭盒，道："给你煮了粥和鸡蛋，路上吃吧，安全第一，到了记得给我打电话。"

任杰看着两人，鼻头微酸，却没说什么，而是咧嘴笑着，抱着饭盒上了开往猎魔学院的装甲车。

番外
流星
Chapter Extra

"我……我们在一起吧!"

夕阳下,小巷中,秋晚穿着一身米黄色的连衣裙,脸红得如那醉了酒的晚霞。她低着头递出礼物,小手因过度紧张有些颤抖。

二十四岁的卫平生有些不知所措。

他穿着一身训练服,满身热汗,手都不知道往哪儿放好了,只能不好意思地挠了挠头:"小晚……你认真的?"

秋晚气坏了,耳朵红得不行:"表白呢!哪儿有你这么回的?快说行不行,信不信我回头给你一个脑瓜蹦儿?"

卫平生嘿嘿一笑:"好!"

"哼哼,算你小子识相,那……从今天起,你就是我男朋友了。快看看,喜不喜欢这礼物?"

卫平生连忙拆开礼物包装,精致的礼物盒里装着只煤油打火机,亮闪闪的,很漂亮。

"怎么是支打火机?你知道我们司曜官的工作就是……"

"哼!不要给我!"

"哎哎哎……干吗不要?只要是晚晚送的,我都喜欢。"

"那亲一个！"

说话间，秋晚便踮起脚尖，将脸颊凑到了卫平生面前。

卫平生的脸更红了，紧张得直抠手指，但还是闭上眼睛，缓缓凑近秋晚的脸颊。

就在这时，小巷的街角窜出来四五个身着训练服的青年。他们看着卫平生和秋晚，一脸揶揄。

"哦哦哦……亲一个！亲一个！嗷呜嗷呜……"

身后传来的一声声"狼叫"吓了卫平生一跳，他扭头黑着脸道："陶然，又是你们几个！你赔我的初吻，都没亲到！"

陶然嘿嘿坏笑着："赔你倒也不是不行，你敢要吗？来来来。"说完就嘟起嘴朝着卫平生亲去。

秋晚见此，"扑哧"一声笑了出来："你们几个聊，别忘了明晚的电影！照顾好我男朋友。我先走啦。"

秋晚说完就蹦蹦跳跳地离开了，走前还朝着卫平生招了招手。

陶然一把搂住卫平生的脖颈："哈哈，恭喜咱们三组最后一个人顺利脱单！从今天起，卫子就不是'单身贵族'了，不得请哥几个好好撮一顿啊？"

卫平生磨牙："你把安宁追到手的时候，也没见你请哥几个吃饭啊！不过，今天我开心，就……"

话还没说完，城区中顿时响起一阵刺耳的警报声，几人脸上的笑意瞬间消失，神情变得严肃，几乎同时朝司耀厅中跑去。

"回队里，取装备！快快快！"

…………

魔灾过后的69区一片狼藉，地上躺着巨大的魔尸，身着橙黄色制服的司耀官们正收拾着满目疮痍的现场。秋雨淅沥沥地下着，地上满是泥泞，血迹于脚下流淌。

卫平生的制服上染满了血迹，他默默地站在那里，脸上流的不知是泪水,还是雨水。

他们三班共七人,卫平生、陶然他们五个站在这里,剩下的两个躺在地上,尸体用白布盖着。

此刻唯有沉默……

晚上,卫平生请大家喝酒,本是庆祝自己脱单的酒局,可此刻五个大男人坐在饭桌前,默默地望着烤炉里噼啪作响的炭火,没人开心得起来。

"刘哥他妹妹刚考上大学,他人就没了。"

"老七是家里的独生子,他没了,剩下的老两口怎么活啊……"

"我……下个月就退了,我准备跟小冉结婚了,马上有家了,命就一条,拼不起了。对不起哥几个了,我可能要当逃兵了。"

"卫子,你呢?"

卫平生仰头猛地灌了口酒,抹了抹鼻子:"退?我不退!只有在司耀厅才能拿到基因药剂,我……不想放弃!"

老四道:"我说卫子,你都二十四了,还对成为基因武者抱有幻想吗?谁不想成为能飞天遁地、拥有对抗恶魔力量的基因武者?曾经大家都是怀揣着满腔抱负、热血的年轻人,可现在呢?不还是在司曜厅玩儿命?有的时候,我们得承认自己普通。血肉之躯,又怎么能去跟那些强大的恶魔对抗?"

听到这些话,卫平生掏出一根烟默默点燃:"我爸妈死在恶魔口中,亲戚、邻居、朋友……一个个全死在魔灾中。我恨恶魔,恨不得将世界上所有的恶魔斩尽杀绝,这个世界,不该是这样子的。我渴望力量,渴望变强,渴望用我这双手守护我想守护的一切!我……不想认命!"

陶然歪头道:"那之前说过的强殖手术,要做?"

"嗯……已经约好时间了。"

"卫子,晚晚叫我照顾好你,你有女朋友了,不再是孤家寡人,悠着点儿!"

卫平生望着手中的煤油打火机，眼神复杂，他重重点头："嗯，我知道……"

…………

那年，卫平生二十八岁，他留起了胡子，眼角也多了一道疤，看着比年轻时更稳重、更成熟。

卫平生和秋晚坐在长椅上，望着身前流淌着的锦江和倒映在江面上的锦城夜色……

秋晚挽着卫平生的臂弯，眼中带着一抹担忧："黑子他是不是……"

提起这个，卫平生眼中闪过一抹黯然："嗯……上个月走的，我……送的他。"

秋晚紧咬着下唇："卫子，算我求你，退了吧，再在司耀厅做下去，早晚会出事的，你们的工作太危险了。"

卫平生眼神复杂："我知道危险……但我不做，你不做，司耀官谁来做？总要有人去救人的……"

秋晚眼眶泛红："卫子，你十九岁入队，至今已经九年了，你救的人难道还不够多吗？求你了，退了吧！你得承认，自己不再年轻了，体力也没从前好了，你每次出任务，我在家都担心得要死，生怕你出事。我不想再这样下去了，我爸妈……也不想我嫁给一个随时都会没命的司曜官。你有没有想过，你出事了，我怎么办？"

卫平生张了张嘴，想要说些什么，可还是笑道："放心吧，我可是经验丰富的老油子了，怎么会……"

秋晚红着眼睛："你总是这样说，我知道你不甘心，可你已经二十八了，该为以后考虑了。强者之梦就真的那么重要吗？当一个普通人不好吗？我们就是普通人，就是随处可见的一根根野草，你为什么非要成为大树？我们没那个命啊！"

卫平生失落地望着秋晚，心如刀绞："就连你……也这么认为吗？"

秋晚一把挣开卫平生的手，指着他的肚子，指着他的眼睛："打基因药剂已经废掉你一个肝了，强殖手术又废了你一只眼睛，你以为这些我都不知道吗？卫平生，醒醒吧！算我求你了，别再跟自己过不去了好吗？我已经跟了你四年了，我不想要一个随时有可能离我而去的丈夫！"

秋晚说着，泪珠大颗大颗地往下掉。

她的话，就如一柄刀子扎进卫平生的心里，此刻的他，快碎掉了。

"我……"话还没说完，卫平生挂在腰边的紧急集合号便响了。

卫平生本能反应似的腾地站起："对不起，晚晚，队里紧急集合，我得去，你自己回家，路上注意安全，到家给我发短信。"

匆匆交代了一句，卫平生便转身朝着夜色中跑去，独留秋晚在长椅上啜泣。

他很想将秋晚抱在怀里，好好安慰一下，可当集合号响起之时，他便不只是秋晚的男朋友，更是一名司耀官。

…………

63区魔灾现场。

哪怕卫平生见惯了生死，可当他将小白的残尸从废墟中亲手刨出来的时候，断胳膊断腿都没哭过一次的男人还是忍不住跪在地上低声啜泣起来。曾经的第三组，如今也只剩他跟陶然两人活着。

"嗡——"手机传来振动，卫平生颤抖着手，打开碎了屏的手机，看到了秋晚发来的短信——

我要一个答案，选我，还是不选？

卫平生跪在地上，任由泪水流出眼眶。

自己的坚持真的有意义吗？要……放弃吗？

…………

是夜，锦城万家灯火，落雪飞扬。

秋晚穿着羽绒服，围着围巾，站在路灯下，期待地望向卫平生："要跟我说什么？"

卫平生的头上还缠着绷带。

"晚晚，我们……分手吧。"

秋晚的表情刹那僵住，脸上强挤出一抹笑容："卫子……你在说什么傻话？脑袋被砸坏了吧？你一定是在开玩笑对吧？"

卫平生摇着头，眼眶中满是泪花："对不起，我没法给你想要的生活。我知道你说得没错，我就是根野草，是根妄图长成参天大树的野草，二十八岁了，还做着那些不切实际的梦。但我真的没法放手。我不想多少年后，我躺在床上抽着烟，枕头里藏着的，是我那腐烂发霉的梦想。

"我想变强，我渴望拥有超凡的力量，将这世上的恶魔屠尽，还大夏一片盛世安康。当司曜官的这些年让我明白，这世上的人是救不过来的。人活一世，短短百载，我不想浑浑噩噩地走完这一生，我想做些什么，我想改变这个世界啊！"

这一刻，卫平生的泪水大颗大颗地流下，他狠狠地敲着自己的胸口："十多年了，我仍记得自己年少时的梦，心中热血未凉！我真的不甘心啊。或许……我这一生注定一事无成，或许……我会死在魔灾之中，但这辈子，若是能有那么个瞬间，如璀璨流星般划过天际，哪怕转瞬即逝，对我来说，就已经足够了。对不起……秋晚，我爱你，但……我没法跟你在一起……"

秋晚早已哭成了泪人，不住地摇着头："不要……求你，求你！"

可卫平生却握紧了拳头，深深地望了秋晚一眼："对不起……"

话落，他转身便走，越走越快，于大雪中狂奔着，因为他怕再晚片刻，便舍不得离开。

秋晚大哭着，哭得撕心裂肺："卫平生！回来！你给我回来！"

可卫平生的身影已然消失在了风雪中……

卫平生回到了当初那个小巷里，靠着墙壁，无力地蹲在地上，肆意地哭着。

他拿出秋晚送他的那只煤油打火机，用刀子在上面一刀一刀地刻下了十六个字——

　　生如野草，不屈不挠，出身微末，志比天高。

　　他希望这十六个字能够时刻警醒自己，认定了，就别后悔。

　　…………

　　那一天，他真的成了一颗划破天际的流星，纵使光芒转瞬即逝，但刹那光辉，亦让整片星空黯然失色。

　　流星划过，点燃了一位少年的梦。

　　那支煤油打火机，也落在了少年的手上……

（未完待续）